Bernard Evslin

Vom Kampf um Troja

Für Hirsh W. Stalberg
Reisender auf anderen Meeren

MIX
Papier aus verantwortungsvollen Quellen
FSC® C084279
www.fsc.org

1. Auflage 2021
2021 dtv Verlagsgesellschaft mbH & Co. KG,
München

Titel der Originalausgabe:
»Greeks Bearing Gifts«

Umschlag: Dieter Wiesmüller
Satz: Fotosatz Amann, Memmingen
Druck und Bindung: Print Consult GmbH
Printed in Slowakia · ISBN 978-3-423-64087-9

Vom Kampf um Troja

Die Ilias neu erzählt von
Bernard Evslin

Aus dem Amerikanischen von
Isabell Lorenz

Mit Bildern von
Dieter Wiesmüller

dtv

Inhalt

Der Hausierer

Der Mann ging gebückt unter einem riesigen Ballen mit Waren. Er schritt durch die Burgtore und stieg die breiten Steinstufen hinauf, die zu den Frauengemächern führten. Die Wachen mit ihren Bronzehelmen standen wortlos da und ließen ihn passieren. Für gewöhnlich erlaubten sie sich mit Hausierern den einen oder anderen bösen kleinen Spaß, bevor sie sie hineinließen – schlugen sie etwa mit den Speergriffen auf die Schultern, zupften sie am Bart oder verstreuten ihre Waren auf dem Boden. Sie waren nicht wirklich bösartig, diese Wachen, aber sie waren Männer des Kampfes; seit dem letzten Krieg war eine lange Zeit vergangen und sie langweilten sich. Doch aus irgendeinem Grund hatten sie diesen rothaarigen Burschen nicht behelligt. Vielleicht weil seine Schultern so breit waren und seine Arme ganz knotig vor lauter Muskeln – den großen Ballen mit Waren hatte er mühelos von seinem weißen Esel heruntergehoben. Gelächelt hatte er unterwürfig genug und wie alle Hausierer hatte er vor ihnen schmeichlerisch den Kopf leicht geneigt; dennoch hatten sie ihn durch die Tore und über den Hof gehen lassen, ohne ihn zu malträtieren.

Auch die großen Wachhunde, die gescheckten Bulldoggen mit den nägelbewehrten Bronzehalsbändern, hatten den Fremden seltsamerweise nicht angegriffen, ja ihn noch nicht einmal angeknurrt.

Der Hausierer setzte schwungvoll seinen Ballen mit Waren ab, kniete sich auf den gefliesten Boden und zog ein glänzendes Gewand nach dem anderen hervor, als die hoch gewachsenen Töchter des Königs von Skyros sich schwatzend und lachend und vor lauter Gier kreischend um ihn drängten. Kleider hatten sie für ihr Leben gern, diese Töchter des Königs, und Skyros war eine derart abgeschiedene Insel, dass sie das Gefühl hatten, in Modeangelegenheiten hoffnungslos rückständig zu sein. Im Übrigen hatten sie einen Gast, den es zu beeindrucken galt: das hoch gewachsene stille Mädchen mit dem goldenen Haar – eine Kusine vom Land, die jetzt seit drei Monaten bei ihnen zu Besuch weilte, ohne je etwas über sich erzählt zu haben. Sie hörte sich stets alles an, was die Prinzessinnen zu erzählen hatten, lächelte dabei ihr seltsames, dünnlippiges Lächeln, vertraute ihnen jedoch ihrerseits keinerlei Geheimnisse an.

»Breite deine Waren aus, Mann«, rief Kalyx, die älteste der Prinzessinnen. »Zieh nicht ein Stück nach dem anderen hervor. Breite deine Waren aus, so dass wir alles auf einmal sehen können.«

»Ja, Prinzessin«, erwiderte der Hausierer.

Mit weit ausholender Bewegung breitete er seine Waren auf dem Steinfußboden aus: Seidenstoffe und Pelze und Gewänder aus prachtvoll gewobenem Flachs in den Farben des Gebirgssonnenunterganges. Juwelen blitzten auf – Ringe, Armreife, Fußspangen, Halsketten. Gebettet auf einen Umhang aus schwarzer Wolle lagen eine Lanze und ein Schwert. Diese Waffen waren nicht mit Juwelen verziert, sie waren für den Gebrauch in der Schlacht bestimmt, nicht für feierliche Riten; die Klingen waren schwer und scharf. Das Heft des Schwertes war aus Stierhorn gefertigt, der Griff der Wurflanze aus poliertem Eschenholz mit einer Spitze aus Kupfer. Mit gierigem Möwengeschrei stürzten sich die Mädchen auf die Gewänder – nur die Besucherin nicht. Sie kam vom anderen Ende des Raumes angesprungen und griff sich die Waffen, streckte die langen Beine und ging in Kampfstellung, hieb mit dem Schwert durch die Luft und enthauptete eine Horde nur in der Einbildung vorhandener Feinde.

Die Prinzessinnen wurden ganz still und starrten mit weit aufgerissenen Augen auf ihre Kusine. Der Hausierer lächelte. Er erhob sich. Seine gebückte Haltung war verschwunden und auch das kleine unterwürfige Lächeln des verkaufsbeflissenen Händlers. Groß und imponierend stand er da, lächelte und sah zu, als die goldhaarige Kusine der Prinzessinnen ein Duell mit ihrem Schatten focht – wirbelnd, tänzelnd, sich duckend, zustoßend.

»So sei es«, sagte der Hausierer. Auch seine Stimme war nun eine andere. »An der Wahl, die ihr trefft, sollt ihr erkannt werden. Auf der Suche nach dir habe ich einen weiten Weg zurückgelegt, Achilles. Nun musst du mit mir kommen.«

»Achilles!«, kreischten die jungen Mädchen.

»Achilles«, sagte der Hausierer.

Er ging auf die hoch gewachsene junge Frau zu, packte das Schulterteil ihrer Tunika und riss es ihr weg, entblößte sie bis zur Taille, wobei jedoch nicht ein weiteres junges Mädchen zum Vorschein kam, sondern ein junger Mann mit Muskeln wie eine Götterstatue.

»Ein Mann«, murmelten die Prinzessinnen. »Sie ist ein Mann.«

Der junge Mann sagte nichts, sondern packte den Hausierer beim Bart und hob sein Schwert.

»Sachte, sachte, Achilles«, sagte der Hausierer. »Auch ich bin nicht, was ich zu sein scheine. Wir sind entfernt verwandt, du und ich. Ich bin Odysseus, König von Ithaka.«

»Odysseus? Du?«

Achilles ließ die Hand sinken.

»Odysseus«, kam es als Echo von den Prinzessinnen.

Tatsächlich war dieser Name, noch bevor der Trojanische Krieg geführt wurde, weit und breit in ganz Hellas bekannt als der Name des wagemutigsten Piratenkönigs des Mittelmeeres, des Meisters der Kriegsführung zu Lande und zu Wasser.

»Doch weshalb suchst du mich, Vetter?«, fragte Achilles. »Meine Mutter hieß mich, in Befolgung irgendeines Orakels die Kleidung eines jungen Mädchens anzulegen und mich an diesem Königshof versteckt zu halten. Sie sagte, sie werde meine Rückkehr befehlen, sobald den Schicksalsgöttinnen Genüge getan sei. Sagte, es werde sich nur um einige Wochen handeln, aber nun kommst du vor meiner Mutter, um mich fortzuholen. Mit welchem Recht?«

»Ach, du magst ruhig bei diesen Mädchen verweilen und auf deine Mutter warten«, entgegnete Odysseus. »Aber ich glaube, ich sollte dir sagen, dass ein Krieg im Gange ist.«

»Ein Krieg?«, rief Achilles und griff sich sein Schwert. »Ein richtiger Krieg?«

»Ein ganz und gar richtiger Krieg. Mit Troja. Gegen einige der fürchterlichsten Krieger dieses wie auch jeden anderen Zeitalters.«

»Und wieso stehen wir dann hier und schwatzen?«, rief Achilles. »Lass uns aufbrechen!«

Odysseus verneigte sich vor den Prinzessinnen. »Behaltet diese Gewänder, ihr lieblichen Mädchen. Ich mache sie euch zum Geschenk. Nehmt auch meine Entschuldigung entgegen für diese kleine List, zu der zu greifen ich gezwungen war.«

»Lebt wohl, ihr Kusinen«, sagte Achilles. »Ihr edlen Mädchen, lebt wohl. Wenn dieser Krieg vorüber ist, kehre ich in meiner eigenen Kleidung zurück und werde mein Möglichstes tun, um euch für eure Gastfreundschaft zu danken.«

Die beiden Männer durchschritten den Raum und verließen den Königshof. Die Prinzessinnen schauten ihnen von den Zinnenfenstern hinterher, sahen zu, wie sie durch die Tore verschwanden und dann am Rand der Klippen wieder auftauchten, dort wo sich die Straße zum Meer hin senkte. Und in jener Nacht träumten neun von ihnen von Achilles und drei von Odysseus, doch auf dem tiefsten Punkt der Dunkelheit kreuzten sich ihre Träume, und bei Morgengrauen wurde nicht mehr gezählt.

Odysseus führte den jungen Mann an Bord seines Schiffes. Sie lichteten den Anker und segelten Richtung Aulis, wo sich die Kriegsflotte versammelte. Im goldenen Sonnenlicht saßen sie an Deck, und Odysseus erzählte, wie Feindschaft zwischen Griechenland und Troja aufgekommen war.

Keime des Krieges

Du und dieser Krieg, ihr seid tatsächlich füreinander bestimmt«, sagte er zu Achilles. »Der Keim des Krieges wurde in derselben Nacht gelegt wie der Keim, aus dem du entstanden bist, und zwar bei einem Hochzeitsfest, das die Götter selbst auf dem Berg Olymp gaben, als deine Mutter und dein Vater sich vermählten. Wisse, Achilles, dass dein Vater Peleus als einer der berühmtesten Krieger seiner Zeit galt und dass deine Mutter Thetis die schönste Najade war, die je nackt und völlig durchnässt aus den Fluten des Mondes stieg, um der Menschen Schlaf zu stören.

Thetis, die unsterbliche Thetis, Herrscherin über Najaden, Nereiden und Meeresnymphen, ständig auf der Flucht vor dem klammernden Zugriff des verliebten Poseidon, wurde von Zeus selbst begehrt, der sie trotz der Raserei von Hera zu seiner Frau gemacht hätte – hätte nicht ein Orakel geweissagt, dass der Sohn der Thetis einst mächtiger sein würde als sein Vater. Das wollte Zeus um jeden Preis vermeiden, und so ließ er ab von seinem Werben, so wie es auch alle anderen eifersüchtig auf ihre Macht bedachten Götter taten. Und so wurde sie dem mächtigsten Sterblichen gegeben, deinem Vater Peleus.«

»Ich bin mir meiner eigenen Herkunft sehr wohl bewusst, Mann«, sagte Achilles ungeduldig. »Komm zum Krieg.«

»Sachte, sachte, mein junger Freund. Die Hochzeit des Peleus und der Thetis wurde mit der prächtigsten Festlichkeit seit Menschen- und Göttergedenken gefeiert. Nun ist es zwar bekannt, dass die Olympier unfehlbar sind, doch sind sie zuweilen auch vergesslich. Und wer auch immer von den hohen Herrschaften die Gästeliste zusammengestellt hatte, versäumte die Nennung der Herrin der Zwietracht selbst, Eris, Herrscherin über die Harpyien, Schwester des Kriegsgottes, die neben ihm auf seinem Streitwagen fährt und sich am Geschrei der Verwundeten und am Geruch des Blutes ergötzt. Sie wurde also zu besagtem Fest nicht geladen. Und ach, Achilles, was für eine furchtbare Unterlassung das war.

Als der Freudenjubel seinen Höhepunkt erreicht hatte und die Sterne sich auf ihren kristallenen Achsen drehten, so durchgeschüttelt wurden sie vom Gelächter der Götter, da machte sich Eris unsichtbar, betrat den großen Bankettsaal und ließ einen glitzernden schweren Apfel aus purem Gold auf die Festtafel rollen. Auf den Apfel waren folgende Worte geschrieben: ›Der Schönsten‹. Dort strahlte er nun wie der innerste Kern lodernder Glut und wurde sofort beansprucht von Hera, Athene und Aphrodite. Wie ein Riss ging ihr Streit durch die Festlichkeiten, als sie kreischend zankten wie Fischweiber um eine gestrandete Makrele. Das Fest war verdorben. Die sanftmütige Hestia, Göttin des Herdes und Beschützerin der Festlichkeiten, weinte bittere Tränen. Kichernd stand Eris im Dunkel. Hestia bat Zeus, den Streit beizulegen und den Apfel derjenigen zu überreichen, die seiner Meinung nach die Schönste war. Doch Vater Zeus war viel zu weise, als dass er sich in einer derartigen Falle verstrickt hätte. Denn zufälligerweise war Hera seine Schwester und gleichzeitig seine Frau, Athene seine Tochter und Aphrodite eine Art Halbschwester – und, so erzählt man sich, noch weit mehr als das.

›Ruhe, edle Anwesende!‹, dröhnte Zeus. ›Das Unterfangen, zwischen drei solch bezaubernden Schönheiten zu wählen, ist zu schwierig, als dass es einer auf sich nehmen sollte, der sie gut kennt und ihrem mächtigen Bann bereits ausgesetzt war. Daher müssen wir uns außerhalb unseres kleinen Kreises um eine gerechte Entscheidung bemühen. Ich werde mich unter den Sterblichen auf der Erde nach einem Mann umsehen, der über nüchternste Urteilskraft und höchst erlesenen Geschmack verfügt. Gebt mir ein paar Tage Zeit, ihn zu finden. Einstweilen befehle ich euch, von eurem Streit zu lassen, ihr drei schönen Anwärterinnen auf den Titel, wir wollen mit der Feier fortfahren. Und was dieses kleine Juwel von einem Zankapfel betrifft, so werde ich es vorläufig an mich nehmen, bis das Urteil gesprochen ist.‹ Und seine riesige Hand schloss sich liebevoll um den goldenen Apfel.«

»Der Krieg, Mann, der Krieg!«, rief Achilles aufgebracht. »Genug der Eltern, Hochzeiten und der göttlichen Eitelkeiten! Wann kommst du in deiner Erzählung denn endlich zum Krieg?«

»Also höre nun. Diese Ereignisse, von denen ich berichte, sind der wahre Keim des Ganzen. Und dieser Keim wird blutige Früchte tragen, das versichere ich dir, und du, mein Junge, wirst an Ort und Stelle sein, um Ernte zu halten. Wo war ich stehen geblieben?«

»Zeus wollte sich nach einem Weisen unter den Sterblichen umsehen, der ein Urteil im Streit der Göttinnen um den Titel der Schönsten fällen sollte.«

»Und er entschied sich für Paris. Paris, der heimliche Königssohn von Troja, jüngster Sohn des Priamos, von dem man glaubte, er sei kurz nach der Geburt getötet worden, weil ein Orakel davor gewarnt hatte, dass seine Taten Trojas Untergang herbeiführen würden.«

»Grund genug für den König, ihn wie ein junges Kätzchen zu ersäufen. Wie kam es, dass er überlebte?«

»Ach, zweifellos durch irgendeine Intrige von Hekabe: Mit ihrem Mutterherzen liebt eine Frau jeden einzelnen ihrer Söhne, auch diejenigen, die den Staat in Gefahr bringen. Es heißt, Königin Hekabe habe ihren Diener angewiesen, den Säugling aus der Burg hinauszuschmuggeln und ihn einem bestimmten Schäfer zu geben, der ihn als seinen eigenen Sohn aufziehen sollte. Er wuchs zu einem wunderschönen jungen Mann heran. Ohnehin sind alle Mitglieder dieser Familie sehr ansehnlich, doch von allen fünfzig Söhnen des Priamos, so erzählt man sich, sieht er bei weitem am besten aus. Die jungen Schäferinnen zogen ihn je nach Jahreszeit die Hügel mal hinauf und mal hinunter. Doch noch war er recht unreif und zeigte kein Interesse an den jungen Mädchen. Dadurch gewann er natürlich das Vertrauen besorgter Ehemänner und Liebhaber, die eine hohe Meinung von seiner Weisheit und seinem maßvollen Leben hatten. So kam es, dass man ihn bat, Streitfälle zu schlichten, Weiderechte festzulegen, die Rassenmerkmale des Viehs zu beurteilen und so weiter. Als Zeus sein Ohr zur Erde neigte, um von einem Mann mit Urteilskraft zu hören, drang vom Berg Ida eine Stimme am lautesten zu ihm, und diese Stimme sprach den Namen Paris.«

Das feurige Silber eines fliegenden Fisches schoss plötzlich aus dem Wasser, gefolgt von dem schwarzsilbernen Buckel eines sich drehenden Delphins. Einen halben Atemzug lang hingen sie in der Luft, Zeit genug für Achilles, so geschmeidig und geschwind, dass es das Kriegerherz des Odysseus erfreute, von den Decksplanken aufzuspringen und eine kurze Lanze durch die Luft zu schleudern, die den geflügelten Fisch durchbohrte, so dass er schwer vor dem Delphin niederfiel – woraufhin dieser die Lanze herauszog, zum Schiff schwamm und die Waffe mit einer ruckartigen Bewegung des Kopfes an Bord warf; er grinste zu den Männern hoch wie ein Hund, dann drehte er sich um und schwamm zu seiner Mahlzeit zurück.

Delphine waren damals sogar noch intelligenter, als sie es heute sind, und waren den Hellenen freundlich gesinnt – hauptsächlich um Poseidon zu ärgern, mit dem sie von alters her in Fehde lagen. Es missfiel ihnen, wie er Amphitrite behandelte, wie er sie mit seinen Seitensprüngen quälte. Amphitrite war vor ihrer Heirat eine Nereide der Delphinenschule gewesen.

»Gut geworfen«, sagte Odysseus.

»Die Waffe dürstet nach Blut«, erwiderte Achilles und wischte die Lanzenspitze ab. »Ich muss sie durch Jagen besänftigen, bis sie an Trojas Küste von den Feinden trinken kann. Es sei denn, ich habe Glück und kann einen kleinen privaten Streit beginnen.«

»Streng verboten«, sagte Odysseus. »Ein Krieg ist im Gange. Private Streitigkeiten müssen warten. Wir haben alle einen Eid abgelegt, und das musst du nun auch tun.«

»Erzähl die Geschichte, König von Ithaka. Das verkürzt uns die Reise.«

Das Urteil des Paris

Sie kämpften mit Gegenwind, als sie Skyros verließen, und Odysseus sah, dass es einige Tage dauern würde, ehe sie Aulis erreichten. Den Rest der Geschichte erzählte er also in der alten Weise der Barden mit so manchen Schlenkern und Floskeln und unter Einbeziehung jedes nur denkbaren Abschweifers. Doch wir wollen die Geschichte verkürzt wiedergeben.

In jenen Tagen war es üblich, Richter zu bestechen; was uns zeigt, wie weit wir es seither gebracht haben. Und so wurde Paris bestochen.

Hera offerierte ihm Macht.

»Auf ein Kopfnicken von dir hin sollen stattliche Flotten in See stechen«, sagte sie zu ihm. »Wenn du die Hand hebst, sollen Armeen marschieren. Herrschen sollst du über Land und Meer. Jeder Mensch soll dein Sklave sein. Dein Lächeln wird sie laben, dein Stirnrunzeln töten. Und Macht bedeutet Reichtum. Auf der Suche nach Gold und Edelsteinen werden deine Sklaven die Erde aufgraben. Um deine Gewölbe zu füllen, werden deine Galeeren weit entlegene Städte plündern und mit Ladungen zurückkehren, die alle Piratenträume übersteigen. All das soll dein sein, wenn du mir den Apfel zuerkennst.

Ehrerbietung ist, da gibst du mir gewisslich Recht, die höchste Form der Weisheit. Wie könntest du weiser urteilen als in Übereinstimmung mit dem Urteil von Vater Zeus, dem Herrn über alle Wahl, der von allen Geschöpfen der Welt mich, mich, mich zur Frau wählte? Eine weit folgenschwerere Wahl, das siehst du doch ein, als unter euch Sterblichen, denn keiner von uns kann sterben, und er muss mich bis in alle Ewigkeit als Frau behalten.

Sei also ehrerbietig, Paris. Sei reich und mächtig. Wähle mich, Hera. Lass den Apfel mein sein.«

Athene sprach: »Vater Zeus hat, bedenke das, dich zum Richter bestimmt, was bedeutet, dass er seine eigene göttliche Macht noch unter deine Urteilskraft stellt; andernfalls hätte er selbst geurteilt. Was nun Heras Argument angeht, so hat das nicht viel zu bedeuten. Wer mit den Angelegenheiten auf dem Olymp vertraut ist, weiß, dass es in der Natur der Götter liegt, Titel innerhalb der unmittelbaren Familie zu vergeben. Das ist der einzige Grund dafür, dass Zeus seine Schwester geheiratet hat. Und es wurde umfassend bewiesen – und damit meine ich fast jede Nacht innerhalb der vergangenen zweitausend Jahre –, dass er andere Frauen attraktiver findet als sein eigenes Weib.

Was ihr Angebot betrifft, nun, auch das kann ich mit Leichtigkeit überbieten. Ich biete dir Weisheit. Ich, die ich einst dem Haupt des Zeus entsprang, bin die Schutzherrin aller geistigen Tätigkeiten, wie du weißt, und nur ich allein bin in der Lage, jemandem Weisheit zu verleihen. Und ohne Weisheit verliert Macht ihre Wirksamkeit und Reichtum versiegt. Ich kann dich lehren, die tiefsten Geheimnisse der menschlichen Seele zu erkennen, zu verstehen und zu durchdringen. Ich kann dir gewisse göttliche Geheimnisse enthüllen, die die Menschen Natur nennen. Mit einem solchen Wissen wirst du Herrschaft über andere Menschen erlangen und, was noch wichtiger ist, Herrschaft über dich selbst. Was Heras glanzvolle Vesprechungen betrifft, so vergiss eines nicht: Ich bin außerdem Meisterin der Strategie. Vor der Schlacht beten die Heerführer zu mir und flehen um taktisches Geschick. Gib diesen Apfel mir und ich mache dich zum bedeutendsten Krieger des Zeitalters. Jedermann weiß, dass Macht und Reichtum letztlich abhängen vom Sieg in der Schlacht.

Sei weise, Paris, wähle die Göttin der Weisheit.«

Dagegen sagte Aphrodite nur: »Tritt näher…«

Als er zu ihr ging, berührte sie ihn, und die Welt veränderte sich. Die Sonne tauchte in das Meer und brachte es zum Kochen, und da kochte auch sein Blut. Er spürte, dass er glühend heiß wurde wie ein Feuerhaken in der Glut. Dann berührte sie ihn mit der anderen Hand und eine köstliche frostige Kühle durchfuhr ihn. Nichts mehr drang in sein Bewusstsein, nur noch die Berührung ihrer Hände, ihr Duft, der Wohlklang ihrer Stimme.

»Ich bin Aphrodite, Göttin der Liebe. Ich will dir nun zwei Geschenke machen und von dir dafür keine Versprechungen haben. Das eine Geschenk ist dein eigener Körper, und darin enthalten sind der einzig wahre Reichtum, die einzig wahre Macht, die einzig wahre Weisheit. Das zweite Geschenk erhältst du, wenn du dein Urteil gefällt hast. Es gibt eine Sterbliche auf Erden, von der man sagt, sie könne es an Schönheit mit mir aufnehmen. Es handelt sich um Helena, Königin von Sparta, und hiermit gelobe ich, dass du sie haben sollst.«

Ohne zu zögern, erkannte Paris den Apfel der Aphrodite zu. Kreischend wie Harpyien flogen Athene und Hera zum Olymp zurück, warfen sich Zeus vor die Füße und versuchten, eine Disqualifizierung Aphrodites aufgrund unrechtmäßigen Einsatzes der Hände zu erreichen. Zeus lachte sie aus. Er hieß die Wahl des Paris gut und war dankbar, dass es der junge Prinz in Schäfergestalt sein würde und nicht er selbst, den die wütenden Vergeltungsmaßnahmen der Göttinnen treffen sollten.

Von Aphrodites Berührung entflammt und von ihrem Versprechen trunken gemacht, gab Paris sein Schäferdasein auf und kehrte nach Troja zurück, stürmte in den großen Thronsaal und riss die verblüfften Eltern Priamos und Hekabe in seine Arme. Er verlangte von ihnen, dass sie ihn als ihren Sohn anerkannten. All ihr Zögern und all ihre Ängste lösten sich auf im blendenden Schein seiner Schönheit, und mit überschwänglicher Freude hießen sie ihn willkommen. Seine neunundvierzig Brüder waren ein wenig skeptischer, da sie sich an die Warnung des Orakels erinnerten, doch Priamos war der König und sein Wunsch war Gesetz. Im Übrigen war in der letzten Zeit alles langweilig und friedfertig verlaufen und die Aussicht auf drohende Gefahr kam ihnen durchaus nicht ungelegen.

Dann bat Paris darum, dass ein Schiff ausgerüstet werden möge, damit er in diplomatischer Mission in das Königreich Sparta reisen könne.

»Mehr kann ich euch dazu nicht sagen, verehrungswürdige Majestäten. Brüder, ich darf weiter nichts erzählen. Der Zweck meiner Reise ist ein Geheimnis zwischen mir und den Göttern. Aber eines verspreche ich euch: Bei meiner Rückkehr werde ich eine Fracht mitbringen, wie noch kein Schiff sie je an Bord hatte – und mit dieser Fracht wird unsterblicher Ruhm für uns alle kommen. Das hat mir im Geheimen eine Göttin versichert und dieses Geheimnis ist mein Schicksal.«

Eine kleine Flotte wurde ausgerüstet und Paris segelte nach Sparta. Nach ein paar Wochen kehrte er mit Helena an Bord zurück. Er erklärte sie vor ganz Troja zu seiner Frau, räumte allerdings ein, dass es da noch das kleine Hindernis einer bereits geschlossenen Ehe gebe, dass dieses Detail jedoch ohne jeden Belang sei. Wenn Menelaos nach Troja käme, womit wohl zu rechnen sei, dann würde er, Paris, den Ehemann zum Zweikampf fordern und mit einem einzigen Speerwurf Helena halb zur Witwe und ganz zur Ehefrau machen.

Priamos und Hekabe und die neunundvierzig Brüder und fünfzig Schwestern des Paris begriffen sehr wohl, was da geschah – Paris hatte nicht nur einem anderen Mann die Frau gestohlen, sondern, schlimmer noch, die Gesetze der Gastfreundschaft verletzt. Ihnen war bewusst, dass

Troja binnen kurzem in einen blutigen Krieg verwickelt sein würde, und zwar mit den mächtigsten Heerführern von Achaia, Hellas, Boëtien, Sparta, Athen und jener gesamten kriegerischen Halbinsel, die damals noch nicht Griechenland genannt wurde. Doch als Helena sie anlächelte, vergaßen sie all ihre Ängste.

»Es stimmt«, flüsterten sie einander zu. »Sie ist genauso schön wie Aphrodite. Gewiss werden die Götter uns gestatten, einen derartigen Schatz zu hüten.«

Die einzige Stimme, die dagegen sprach, war die Stimme von Kassandra, der jüngsten Tochter des Priamos.

Apollon hatte eines Sommers um sie geworben: Sein sonnenverbranntes Streicheln hatte sie mit Visionen gesegnet; die Zukunft zeigte sich ihr in dunstigen Bildern. Doch sie war der Berührung des Sonnengottes bald überdrüssig geworden, und der vor Wut rasende Apollon hatte gesagt: »Verrufenes Mädchen, du sollst an deiner Enttäuschung ersticken, so wie es auch mir jetzt geht. Ich schenkte dir die Gabe der Prophezeiung und nun mache ich aus dieser Gabe eine Strafe. Je genauer deine Vorhersagen, umso weniger soll man dir glauben. Je kälter der Unglaube, desto glühender sollen deine Weissagungen sein.«

Als nun Paris Helena dem Königshof vorgestellt hatte und die hoch gewachsenen Liebenden in dem blendenden Schein herzlicher Aufnahme und Zuneigung standen und die fünfzig Söhne des Priamos mit den Speergriffen auf ihre Schilde schlugen und den Griechen ihren trotzigen Widerstand entgegenbrüllten, da hob mit einem Mal Kassandra die Stimme und setzte zu einer Prophezeiung an:

»Hört mich an, Trojaner, hört mich an. Schickt diese liederliche Dirne dorthin zurück, wo sie hergekommen ist, denn sie bringt den Tod mit sich. In eurer schönen Stadt wird kein Stein auf dem anderen bleiben, eure jungen Männer werden abgeschlachtet, eure Alten erniedrigt, eure Frauen und Kinder in die Sklaverei geführt werden. Schickt sie zurück nach Sparta, denn sonst ist es zu spät … zu spät … zu spät …«

Sobald Helena hörte, dass von ihr gesprochen wurde, lächelte sie das Mädchen an. Die Menge, die ihr Lächeln sah, geriet vor Begeisterung außer sich. Kassandras Worten wurde nicht mehr Gehör geschenkt als einem leichten Wind, der das Laub zum Rascheln brachte. Da schwieg die junge Prinzessin und stöhnte leise, als die unerwünschte Vision die Fänge in ihren Kopf grub.

»Und deshalb sind wir nun auf dem Weg nach Troja«, sagte Odysseus zu Achilles. »Die Ereignisse, von denen ich dir berichtet habe, mein junger Falke, sind die Ursache dieses Krieges.«

»Und all das, um eine entlaufene Braut heimzuholen«, sagte Achilles. »Nun ist ein Grund zu kämpfen ja so gut wie jeder andere, solange man überhaupt kämpft, doch ich hätte angenommen, ein bedeutender Krieg sollte eine bedeutendere Ursache haben.«

»Du hast die hohe Herrin nicht gesehen«, erwiderte darauf Odysseus.

»Ach, ich verstehe durchaus, was du mir sagen willst: dass sie Anlass genug ist, die Trojaner irre zu machen. Doch halb irre sind die Trojaner schließlich seit eh und je gewesen.«

»Ich sage dir noch einmal, du hast die hohe Herrin nicht gesehen, sonst würdest du nicht so reden. Sie ist Anlass genug, noch mehr irre zu machen als nur Trojaner. Ich weiß von einigen höchst nüchternen und besonnenen Griechen, die sie um den Verstand gebracht hat: Eigentlich gehören wir alle dazu. Wir alle haben um sie gefreit – jeder einzelne Fürst und Heerführer des Peloponnes und all seiner Inseln –; so viele waren wir und eine derart ungestüme, streitlustige Horde, dass ihr Pflegevater Tyndareos es nicht wagte, sie einem von uns zu geben, denn er fürchtete, er könne die anderen beleidigen. Und so speiste er uns immer wieder mit Ausreden ab, bis wir so weit waren, dass wir uns gegenseitig an die Kehle gegangen wären. Doch schließlich kam mir die Idee zu einem kleinen Plan: Wir Freier sollten alle einen Eid schwören, dass wir uns mit Helenas Wahl abfinden würden, sobald sie sich für einen Ehemann entschieden hätte, und dass wir weder den glücklichen Erwählten noch Tyndareos angreifen wollten. Des Weiteren würden wir uns verpflichten, ein unverbrüchliches Bündnis zu schließen, so dass wir, sollte jemand Helenas Ehemann angreifen oder den Versuch unternehmen, sie ihm zu rauben, uns zusammentun und den Eindringling bestrafen würden. Über dem Kadaver eines gevierteilten Pferdes schworen wir einen hochheiligen Eid. Und deshalb müssen wir jetzt alle Menelaos zu Hilfe eilen und Paris sogar bis nach Troja verfolgen.«

»Sind die Trojaner gute Krieger?«, fragte Achilles.

»Die besten – gleich nach uns. Wenn es nach ihnen geht, lassen sie eine derartige Einschränkung allerdings nicht gelten. Es wird erbittert gekämpft werden, da habe nur keine Sorge. Ich habe dir von unserem Werben um Helena erzählt, von dem Kompromiss, der letztlich geschlossen wurde, und von dem Bündnis. Aber lass dir gesagt sein, ein Mann verfolgt, auch wenn es um einen eher allgemeinen Zweck geht, durchaus seine eigenen Ziele. Ich will damit sagen, dass wir alle womöglich gar nicht so begierig wären, Menelaos zu Hilfe zu kommen, würde nicht jeder von uns auch einen Vorteil für sich bei dem Ganzen sehen. Ruhm und Ehre, natürlich. Eine Gelegenheit, unsere Schwerter zu benutzen, bevor sie Rost ansetzen. Auch Sklaven. Und bergeweise Beute. Troja ist eine sehr reiche Stadt, bedeutend reicher als unsere Städte. Sie erhebt sich auf einer Landzunge, die jene Meerengen beherrscht, die in das Schwarze Meer und in das reiche

Skythien führen, wo es unzählige Möglichkeiten gibt zum Einfangen von Sklaven, zu Beutezügen, Seeräuberei und anderen interessanten Handelsbeziehungen. Solange Troja steht, werden unsere Flotten diese Meerengen nie befahren können, genauso wenig wie es uns gelingen wird, in die Länder um das Schwarze Meer herum oder die noch weiter entlegenen geheimnisvollen Gebiete Asiens einzudringen, alles Landstriche, deren Ostwinde ganz eindeutig den Geruch von Reichtum herübertragen. Auch das sind Dinge, die man in Erwägung ziehen muss, mein Junge.«

»Alles, was ich will, ist kämpfen«, sagte Achilles. »Die Gründe dafür überlass ich dir.«

»Nun, davon wirst du schon reichlich zu schmecken bekommen. Unsere Streitkräfte sollen von Agamemnon befehligt werden, dem König von Mykene, Bruder des Menelaos. Er ist ein kühner, praktisch denkender Heerführer, höchst aggressiv, höchst skrupellos. Er ist mit Helenas älterer Schwester Klytämnestra verheiratet und hat so einen zweifachen Grund, seines Bruders Blutfehde mit der trojanischen Königsfamilie zu seiner eigenen zu machen …«

Was Odysseus dem Achilles jedoch nicht erzählte, war, dass er selbst all seine beträchtliche List und Schläue darauf verwandt hatte, sich vor dem trojanischen Feldzug zu drücken. Ein Orakel hatte geweissagt, dass es zwanzig Jahre dauern würde, ehe Odysseus nach Hause zurückkehren könnte, wenn er in den Krieg nach Troja zog, und wenn er schließlich zurückkäme, dann in Gestalt eines mittellosen Vagabunden, den niemand erkennen würde. Als also Agamemnon und Palamedes, König von Euböa, nach Ithaka kamen und Odysseus auffordern wollten, ihnen im Kampf gegen Troja beizustehen, versuchte er, sich seinem Schwur zu entziehen, indem er vorgab, wahnsinnig zu sein. Er setzte sich eine hohe, spitze Narrenkappe auf und spannte einen Stier und eine Ziege vor seinen Pflug und warf statt Saatgut auf seinen Ackerfurchen Salz aus. Nachdem Palamedes, der beinahe so listig war wie Odysseus, eine Weile zugesehen hatte, entschloss er sich, den Geisteszustand des Odysseus einer Probe zu unterziehen. Er riss den kleinen Sohn des Odysseus seiner Amme aus den Armen und setzte ihn dem näher kommenden Pflug mitten in den Weg. Durch einen Ruck an den Zügeln brachte Odysseus seine Tiere zum Stehen und zog den Säugling aus der Gefahrenzone.

»Du kannst sehr wohl kämpfen«, sagte Palamedes. »Hör auf, dich zu verstellen, und komm mit uns.«

»Die Instinkte eines Vaters und einer Mutter sind stärker als die Vernunft – ich meine die Unvernunft«, entgegnete darauf Odysseus, »aber ich versichere dir, mein Geist ist getrübt.«

»Unsinn«, knurrte Agamemnon. »Wie vernünftig muss man denn sein, um in den Krieg zu ziehen? In dieser Sache ist ein bisschen Wahnsinn womöglich hilfreich. Für uns ist der Zustand deines Geistes gerade richtig, Odysseus. Und jetzt halte deinen Schwur und komm mit uns.«

Und so war Odysseus gezwungen nachzugeben. Als Erstes meldete er sich freiwillig zu der Aufgabe, den spurlos verschwundenen Achilles der Truppe zuzuführen. Dasselbe Orakel hatte nämlich erklärt, dass die Griechen den Krieg verlieren müssten, wenn nicht Achilles auf ihrer Seite kämpfte, doch dass der die Belagerung nicht überleben würde. Odysseus hatte den klugen Einfall gehabt, dass Thetis, die Mutter des Achilles, den Jungen versteckt haben musste, da ihr sein Überleben wichtiger war als der Sieg der Griechen.

Die Ereignisse in Aulis

In Aulis trafen sie auf eintausend Schiffe und die größte Ansammlung von Helden seit Anbeginn der Zeit. Heerführer war Agamemnon, ein reizbarer Bulle von einem Mann, stämmig wie der Strunk einer Eiche, mit einem dunkelroten Gesicht und Augen so kalt und hart wie Lavaklumpen – bis er in Wut geriet, dann verwandelten sich seine Augen in rot glühende Kohle. Sein Befehlston glich dem Gebrüll eines Stiers.

Wenn dagegen Achilles Kampfgeruch witterte, kam sein Blut nicht in Wallung, und auch Erregung packte ihn nicht. Ein köstliches Frösteln breitete sich prickelnd in seinem ganzen Körper aus, liebliche kalte Lüfte hüllten sich um seine Glieder, kühle Finger strichen über sein Haar und in seinem Mund war ein Geschmack wie von Honig. Und genau das machte ihn in der Schlacht so Furcht einflößend; er kämpfte, wie andere Männer sich der Liebe hingaben: mit strahlender Brust und blitzendem Arm und kraftvoll gespanntem Bein, und während er kämpfte, lächelte er sein lippenloses Lächeln. Außer beim Zusammenrufen seiner Männer brüllte er nicht, sondern summte leise vor sich hin, was wie ein Liebeslied klang. Die Männer, die gegen ihn kämpften, empfanden seine Klinge an ihrer Kehle wie einen Akt der Erlösung.

Als er nun den Stiermann Agamemnon sah, spürte er, wie jenes köstliche Frösteln seinen Nacken berührte, und er wusste, dass dieser Mann sein Erzfeind war, wenn sie auch beide auf derselben Seite kämpften, und dass es sein Hauptproblem in dem bevorstehenden Krieg sein werde, sich nicht zu einem Angriff auf seinen obersten Befehlsherrn hinreißen zu lassen.

Ohne besonderes Wohlwollen schaute Agamemnon auf Achilles, als Odysseus die beiden miteinander bekannt machte.

»Heil dir, großer Agamemnon«, sagte Odysseus. »Ich möchte dir Achilles vorstellen und hoffe, du wirst ihn so schätzen, wie ich das tue. Gemäß der Prophezeiung werden sein Mut und sein Geschick uns in dem bevorstehenden Krieg den Sieg bringen.«

»Orakel geben gerne Rätsel auf«, sagte Agamemnon. »Mir scheint, sie erteilen schon lange keine klaren Auskünfte mehr. Nun, ich heiße dich willkommen, junger Mann, und freue mich schon darauf, dich Proben des Mutes und des Geschickes ablegen zu sehen, von denen das Orakel kündet.«

»Danke«, erwiderte Achilles.

»Das Orakel behauptet auch, dass du diesen Krieg nicht überleben wirst«, fügte Agamemnon hinzu. »Ich nehme an, dass deine Mutter dich deshalb bei den Prinzessinnen von Skyros versteckt hatte.«

»Das nehme ich auch an«, antwortete Achilles, »aber du weißt ja, wie Eltern sind. Wie verzehrend ihre Liebe sein kann.«

Odysseus brach in schnaubendes Gelächter aus. Das Blut stieg Agamemnon ins Gesicht. Achilles' gewitzte Erwiderung bezog sich auf einen Skandal in Agamemnons Familie: Sein Vater Atreus nämlich hatte eines der widerwärtigsten Verbrechen der Geschichte begangen. Er hatte seine Neffen abgeschlachtet und sie seinem Bruder Thyestes, dem Vater der Jungen, als Eintopf serviert; und das alles, um sich den Thron von Mykene anzueignen und unangefochten herrschen zu können, denselben Thron also, den Agamemnon geerbt hatte.

Odysseus musterte Agamemnon aufmerksam. Er wusste, dass der Mann vor Wut kochte und kurz davorstand, auf Achilles einzuschlagen.

Und er sah, dass Achilles seinerseits leicht auf den Fußballen balancierte, bereit, sich in eine beliebige Richtung wegzubewegen, und dass er sein lippenloses Lächeln lächelte.

Doch Agamemnon beherrschte sich und sagte: »Wirklich, Achilles, wenn dein Schwert so scharf ist wie deine Zunge, wirst du den Trojanern große Verluste zufügen. Einstweilen – sei willkommen hier. Wir sprechen uns wieder, wenn deine dir verbündeten Myrmidonen eintreffen. Dann magst du bei mir vorsprechen und Anweisungen entgegennehmen, was ihre Unterbringung, die Verpflegung für die Pferde, Reihenfolge der Segelschiffe und so weiter betrifft.«

»Ganz wie du befiehlst, Herr«, sagte Achilles. »Hab Dank für deine Liebenswürdigkeit.«

So wurde bei jenem ersten Zusammentreffen ein Blutvergießen vermieden, doch der Keim des Hasses war zwischen ihnen gesät, der den Kriegsanstrengungen der Griechen schwer zusetzen und beinahe ihren Untergang herbeiführen sollte.

Dann führte Odysseus den jungen Mann durch das Lager und stellte ihn den anderen Heerführern vor. Er lernte Palamedes, den König von Euböa, kennen, den geschicktesten Handwerker seit Dädalos; und Diomedes, den König von Argos – einen Mann, von dem man sich erzählte, dass er so etwas wie Furcht nie gekannt hatte. Er machte ihn mit den beiden Kriegern namens Ajax bekannt. Der eine war Ajax von Salamis, der stärkste Sterbliche seit Herkules, der um einen guten Kopf größer war als Achilles. Wieder spürte der junge Mann, der den Riesen mit seinen Blicken abschätzte, einen Hauch jenes lieblichen, rauflustigen Fröstelns, doch kämpferische Wut wollte nicht in ihm aufkommen.

Der riesige Mann grinste auf ihn herab und sagte: »Hör schon auf damit, dich wie ein Gockel zu spreizen und in die Brust zu werfen. Wir beide werden Freunde sein und nur gegen Trojaner kämpfen.«

Er schlug Achilles mit seiner großen kraftvollen Pranke auf die Schulter – ein Hieb so hart, dass er jeden gewöhnlichen Mann zum Krüppel gemacht hätte, doch Achilles nahm ihn als freundschaftlichen Klaps entgegen und nickte Ajax seinerseits mit ernstem Gesicht zu. Sein lippenloses Lächeln lächelte er nur, wenn er wütend war.

Er war ebenfalls hoch erfreut, Ajax den Kleinen kennen zu lernen, den Anführer der Lokrer, einen Mann, der für seine flinken Füße und seine tödlichen Speerwürfe berühmt war, zwei Talente, von denen Achilles sich einbildete, sie vor allen anderen Männern zu besitzen.

Bei den beiden Ajaxen stand Teuker, Bruder von Ajax dem Großen und bester Bogenschütze seit Herkules. In der Schlacht bildeten die drei stets eine Einheit: Ajax der Große stellte sich schützend mit seinem riesigen stierhautbespannten Schutzschild vor Ajax den Kleinen und Teuker. Aus dieser Deckung heraus verschoss Teuker seine giftigen Pfeile und Ajax der Kleine schleuderte seine Speere, und niemandem gelang es, sich ihnen zu nähern, denn Ajax ließ sein mächtiges Schwert durch die Luft wirbeln und schuf so ein undurchdringliches Dickicht aus Stahl. So bewegten sie sich langsam auf die feindlichen Linien zu und bahnten sich ihren Weg durch eine Schicht von Leichen, so wie ein Ackersmann das Feld pflügt.

Er begegnete auch Idomeneus, dem König von Kreta, einem dunkelhäutigen Piraten, ungestüm wie ein wilder Stier, der sich den Oberbefehl über die Landstreitkräfte mit Agamemnon teilte.

All diese erprobten Krieger hießen den jungen Mann mit allen Anzeichen der Wertschätzung willkommen, obgleich er sein Können noch nie in einer Schlacht bewiesen hatte. Denn sie hatten verblüffende Berichte über ihn gehört, und zwar von seinem alten Lehrmeister Phönix, einem bei seinen Feinden sehr gefürchteten Mann, der als Mitglied des Kriegsrates ebenfalls in Aulis weilte. Phönix hatte erzählt, wie er sich der Erziehung des jungen Achilles angenommen hatte. Er hatte ihn und seinen älteren Vetter Patroklos auf die zerklüfteten Hügel des Berges Pelion geführt, als Achilles gerade sieben und Patroklos zwölf Jahre alt war. Den jüngeren Knaben hatte er mit dem blutigen Fleisch des Mutes selbst genährt, indem er seine Ernährung auf die Innereien von Bären und Wölfen und Löwen beschränkte, die Achilles gierig verschlungen, Patroklos jedoch verweigert hatte. Er hatte den Kentauren Cheiron mit herangezogen, der helfen sollte, die Knaben zu erziehen, und Cheiron hatte Achilles gelehrt, schneller zu laufen als ein Hirschhund, einen Wildeber ohne Einsatz von Hunden zur Strecke zu bringen und mit seinem Speer eine Weidenrute auf einhundert Meter Entfernung zu spalten.

Patroklos hatte er in den feinsinnigeren Künsten unterwiesen – im Gebrauch von Kräutern und Musik zum Zweck der Heilung und im Spiel von Flöte und Psalter. Im Alter von dreizehn Jahren hatte Achilles bereits ganz allein eine Räuberbande abgeschlachtet, die viele Jahre lang die Dorfbewohner auf dem Berg Pelion heimgesucht hatte. In jenem Kampf hatte er Verletzungen an Oberschenkel und Schulter davongetragen, und Patroklos hatte sich um ihn gekümmert, ihm einen Breiumschlag aufgelegt und ihn wieder gesund gepflegt. Mit derartigen Geschichten hatte Phönix die anderen Heerführer in Aulis gefüttert, so dass es nicht verwunderlich war, dass sie ihn bereitwillig derart herzlich willkommen hießen.

Der junge Krieger war überglücklich, an diesem Ort seinen alten Lehrmeister wiederzutreffen, und mit noch mehr Freude erfuhr er, dass sein lieber Vetter und Spielkamerad Patroklos an der Spitze der Myrmidonen unterwegs nach Aulis war.

Die Belagerung beginnt

Odysseus hatte davor gewarnt, dass der Krieg lange dauern würde, doch Agamemnon, der es stets vorzog, das zu glauben, was für ihn am bequemsten war, rechnete zuversichtlich mit einem schnellen Sieg. Als die Griechen an Trojas Küste landeten, schlug ihnen erbitterter Widerstand entgegen. Ein trojanischer Held namens Kyknos, Sohn des Poseidon, ein Mann, der weder mit dem Schwert noch mit dem Speer verwundet werden konnte, führte die Strandtruppen an und kämpfte wie ein Dämon und trieb die Griechen so beinahe ins Meer zurück. Es war Achilles, der ihn schließlich ohne Zuhilfenahme einer Waffe tötete, und zwar indem er ihm den Helm so verdrehte, dass ihn sein eigener Kinnriemen strangulierte. Dann sammelten sich die Griechen wieder und kämpften sich ihren Weg bis an die Stadtmauern Trojas vor, doch dort trafen sie auf so wütende Gegenwehr, dass sie sich zurückziehen mussten.

Im Kriegsrat erklärte Odysseus: »Ich hatte leider Recht. Dieser Krieg wird lange dauern. Ihre Stadtmauern sind gewaltig, ihre Männer tapfer, und sie haben wenigstens drei herausragend gute Krieger, Prinz Hektor, seinen jüngeren Bruder Troilus und seinen Vetter Äneas. Von solchen Stadtmauern geschützt, solchen Helden geführt sind sie zu mächtig für einen direkten Angriff. Wir werden die Stadt belagern müssen. In der Zwischenzeit können wir unsere Seestreitkräfte nutzen und eine nach der anderen die nahe gelegenen Inseln überfallen. Das wird die Stadt Troja ihrer Verbündeten berauben und uns Lebensmittel und Sklaven verschaffen.«

So wurde es beschlossen und Achilles wurde zum Oberbefehlshaber der Überfallkommandos ernannt. Während der folgenden acht Jahre griff er also die Heimatinseln der Verbündeten Trojas an, plünderte deren Städte, machte viel Beute und führte viele in die Sklaverei. Während dieser ganzen Zeit lagerte der Großteil des griechischen Heeres am Strand hinter einem Palisadenzaun aus angespitzten Pfählen und belagerte die mächtige Stadt.

Doch eine Belagerung ist eine langwierige, ermüdende und bisweilen langweilige Angelegenheit, und immer wieder flammten Zwistigkeiten zwischen den Männern auf, die des Krieges inzwischen überdrüssig waren und sich nach der Heimat sehnten. Die erbittertsten Streitigkeiten entstanden bei der Aufteilung der Sklaven. Und eine dieser Streitigkeiten führte beinahe dazu, dass die Griechen besiegt nach Hause ziehen mussten.

Der Streit

Bei einem Überfall nahm Achilles Cressida gefangen, eine der lieblichsten jungen Frauen Trojas, die auch Chryseis genannt wurde. Sie hatte rauchgraue Augen, honigfarbene Haut und eine tiefe raue Stimme. Als Agamemnon sie reden hörte, hatte er ein Gefühl, als liefe ihre Stimme über die Nervenenden seines Gesichts – wie die Zunge einer Katze, die ihm über das Gesicht leckte. Und sofort verlangte er sie als seinen Anteil der Beute für sich. Normalerweise hätte ihm Achilles diesen Anspruch verweigert und ein hässlicher Streit wäre ausgebrochen, doch bei diesem Überfall hatte Achilles ein Mädchen gefangen, das ihm noch besser gefiel, eine grünäugige junge Frau namens Briseis. So wurde dem Anspruch des Agamemnon stattgegeben und er führte Cressida in sein Zelt. Zunächst war es nicht einfach, mit ihr fertig zu werden, doch Agamemnon hatte ein Händchen für Sklavenmädchen, und bald schon war sie still und zufrieden oder gab jedenfalls vor, es zu sein.

Ihr Vater war alles andere als zufrieden. Er hieß Chryses und war Wahrsager und Priester des Apollon. Während einer Waffenruhe kam er zu Agamemnons Zelt, bat um die Freilassung seiner Tochter und bot ein großzügiges Lösegeld an. Doch davon wollte Agamemnon nichts wissen. Er war völlig vernarrt in das Mädchen und so schickte er den Vater unter einem Schwall übler Verwünschungen wieder zurück. Der wütende und gedemütigte alte Mann betete zu Apollon, während er sich humpelnd auf den Rückweg nach Troja machte.

»O Phöbus, ich flehe dich an, zügele diesen hochfahrenden Geist. Bestrafe Agamemnon, der meine Tochter zur

Sklavin seiner Begierde gemacht hat und sie in schändlicher Knechtschaft gefangen hält. Heute beleidigt er deinen Diener; morgen wird er dich in deiner Heiligkeit beleidigen. Er ist ein höchst vermessener Grieche, herrisch und anmaßend, und stets bereit, einem Gott die Stirn zu bieten, wenn er seinen Willen nicht bekommt.«

Dieses Gebet zu hören kam Apollon gerade recht. Er stand in diesem Krieg auf Seiten der Trojaner und hatte ohnehin den Eindruck, es sei an der Zeit, den Griechen einmal übel mitzuspielen. In jener Nacht stieg er herab und platzierte sich zwischen der mächtigen Stadtmauer und dem Lager der Griechen am Strand. Er schoss Pest bringende Pfeile zwischen die Zelte. Die Pfeilspitzen waren fiebergetränkt; sie setzten die Abfälle des Zeltlagers in Brand, üble Dämpfe fingen Feuer. Wieder und wieder schoss Apollon seine Pfeile ab. Wo sie ihr Ziel trafen, wütete die Pest. Mensch und Tier wurden von der Seuche befallen. Am Morgen erwachten sie, um zu sterben. Pferde starben und auch das Vieh. Nach drei Tagen hatten die Griechen halb so viele Krieger verloren wie in den vorausgegangenen neun Jahren des Kampfes.

Odysseus überredete Agamemnon, einen Kriegsrat einzuberufen. Kalchas, der Seher, wurde um Rat gefragt, denn es war bekannt, dass die Pest von den Göttern stets als Strafe für eine, tatsächliche oder eingebildete, Beleidigung gesandt wird. Und immer ist es dann notwendig herauszufinden, von welchem Gott die Strafe kommt, um die Kränkung ungeschehen zu machen. Doch Kalchas sträubte sich, als er um eine Deutung ersucht wurde.

»Verzeih mir, großer König«, sagte er zu Agamemnon, »doch es wäre mir weitaus lieber, wenn du einen anderen Seher befragtest.«

»Weshalb sollten wir das tun?«, erwiderte Odysseus. »Du bist der Beste, den wir haben, und der Beste ist genau das, was wir brauchen.«

Darauf sagte Agamemnon: »Deute die Zeichen, o Kalchas, und wahrsage uns.«

»Die Zeichen habe ich gedeutet und die Wahrheit wird dich erzürnen. Wer wird mich dann vor deiner jähen Wut beschützen?«

»Ich«, sagte Achilles und blickte zu Agamemnon hinüber. »Ich stehe ein für deine Sicherheit.«

»So hört denn den Grund für diese Heimsuchung. Unser hoher Herr und Heerführer Agamemnon hat Apollon erzürnt, als er dessen Priester Chryses verhöhnte, der um die Rückgabe seiner Tochter Cressida bat. Agamemnons Weigerung hat den glühenden Zorn des Phöbus heraufbeschworen, und der ist mit einem Köcher voller Pestpfeile herabgestiegen, die er in unsere Zelte schleuderte, auf dass wir krank werden und sterben.«

»Das glaube ich nicht«, brüllte Agamemnon.

»Es klingt einleuchtend«, sagte Achilles. »Sprich weiter, Kalchas. Sag uns, wie wir Apollon besänftigen und diese Pest von uns abwenden können.«

»Was uns Heilung bringen kann, ist offensichtlich«, antwortete Kalchas. »Cressida muss zu ihrem Vater zurückgeschickt werden, und zwar ohne Lösegeldforderung. Dann wird sich ein klarer Wind von der See her erheben und die Pestilenz hinwegwehen.«

Wütend fuhr Agamemnon den Kalchas an: »Du elender, boshafter, krächzender alter Rabe. In all den Jahren, die ich dich nun kenne, hast du mir auch nicht ein einziges Mal günstige Auspizien verheißen. Ob du nun den Flug der Vögel studiert, ihre Eingeweide untersucht oder Knochen geworfen hast, welch geheime Kunstgriffe auch immer du angewandt hast, um das Rätsel der Zukunft zu deuten, stets geriet es mir zum Nachteil. In deinen Augen erzürne ich unablässig die Götter, so als hätten sie nichts anderes zu tun, als auf dem Olymp zu sitzen und mich Tag und Nacht zu beobachten, um in den Handlungen dieses einen armen kleinen Sterblichen nach Grund zur Verärgerung zu suchen, wobei sie jeden anderen auf Erden völlig übersehen.

In Aulis hast du gesagt, ich hätte Artemis erzürnt, weil ich bei einer Jagd oder etwas Ähnlichem ihre Hilfe nicht erfleht hatte, und dass folglich sie es war, die den orkanartigen Nordostwind geschickt hatte, um uns im Hafen festzuhalten und unsere Flotte daran zu hindern, nach Troja auszulaufen. Erst nachdem du mich dazu gebracht hattest, meine eigene älteste, liebste Tochter Iphigenie zu opfern, warst du zufrieden. Jetzt trachtest du danach, mich eines noch größeren Schatzes zu berauben, der lieblichen Cressida mit den rauchgrauen Augen, die so viel schöner und geschickter ist als mein eigenes Weib Klytämnestra. Du willst mich des einzigen Schatzes berauben, den ich nach neun Jahren blutiger Mühsal an dieser Küste lieb gewonnen habe, und heißt mich, mir das Herz aus dem Leib zu reißen, um Apollon zu besänftigen, und der königliche Rat pflichtet dir bei. Die Heerführer pflichten dir bei. Nun gut, so sei es. Doch bei den so leicht zu erzürnenden Göttern will ich dir dies noch sagen: Ohne einen Lohn lasse ich nicht von ihr. Wenn du mir Cressida nimmst, dann nehme ich die schöne und talentierte Sklavin eines anderen.«

Achilles sprang auf. »Aus welchem gemeinschaftlichen Pferch voller Sklaven hoffst du, dir deine Entschädigung zu holen?«, rief er. »In deiner blinden, unvergleichlichen Gier hast du wohl übersehen, dass sich jeder Mann seine eigene Belohnung nimmt, und zwar nach den von dir selbst aufgestellten ungerechten Bestimmungen, denen zufolge du stets den Löwenanteil erhältst – oder sollte ich sagen, den Schweineanteil? Nein, du musst Cressida ohne umgehende Entschädigung aufgeben. Kein Mann hier wird, so glaube ich, das hergeben, was ihm gehört. Wenn wir eine weitere reiche Kolonie einnehmen oder wenn Troja selbst schließlich fällt, wenn es denn je dazu kommen sollte, vielleicht wirst du dann eine Beute in deinen Besitz bringen, die sogar deine Gier stillt.«

»Du bist ein mächtiger Krieger, Achilles«, erwiderte Agamemnon. »Doch deinen Speer führst du mit mehr Treffsicherheit als deine Zunge. Ich bin oberster Heerführer, gewählt von euch allen in einer Wahl, die die Götter bestätigten. Mich eines Deuts oder eines Jotas meiner Rechte zu berauben ist ein Sakrileg – es wäre nicht nur töricht, sondern auch gottlos. Es ist geradezu meine Pflicht, die Frau eines anderen zu nehmen, um mich für den Verlust der wunderschönen Cressida zu entschädigen, denn ein beraubter König ist nur ein halber König, und ein halber König bringt Niederlage im Krieg. Wenn ich dein Weib will, Achilles, oder das des Odysseus oder des Diomedes – ganz gleich, welches Mädchen ich wähle, ich brauche nichts weiter zu tun, als meine Hand auszustrecken und die Frau zu nehmen. Doch das soll alles später entschieden werden. Für den Augenblick stimme ich zu. Cressida möge zurückgeschickt werden, damit die Pest ein Ende nimmt.«

»Du immenser grunzender Wildeber«, rief Achilles. »Du wärest eher geeignet, irgendwo über einen Schweinestall zu herrschen, statt zu versuchen, eine Truppe freier Männer anzuführen. So willst du also die Dinge regeln – dass die Last stets auf mich fällt, während du für dich allein die besten Beutestücke sicherst. Nun, ich bin es endgültig leid. Ich bin es überdrüssig, deine Schlachten zu schlagen und die deines Bruders, der nicht einmal Manns genug war, sein Weib in seinem Bett zu behalten. Ich werde mit meinen Myrmidonen nach Hause zurücksegeln. Wir werden ja sehen, wie du dich gegen Hektor und seine Brüder behaupten wirst.«

»Geh doch, wohin du willst, du prahlerischer Raufbold«, gab Agamemnon zurück. »Du kämpfst ohnehin besser gegen deine eigenen Freunde als gegen deine

Feinde. Besteige dein schnabelförmiges Schiff und segle, wohin du magst – in die Unterwelt zu Hades, hoffe ich. Doch bei meiner Krone schwöre ich, dass du, wenn du denn gehst, Briseis zurücklassen wirst. Und ich werde sie mir nehmen als Ersatz für Cressida.«

Da stieg Achilles sein gefürchteter Löwenzorn in der Brust auf und ließ ihn an seiner schwefeligen Galle würgen. Er konnte an nichts anderes mehr denken, als die Menge zu teilen und Agamemnon an Ort und Stelle zu töten. Er zog sein Schwert, doch eine starke Hand hielt ihm den Arm fest. Es war die vom Himmel herabgestiegene Athene, die für jeden außer für Achilles unsichtbar war. Sie heftete Augen auf ihn, die so glühend grau waren wie die durch Nebel schwimmende Sonne und so hell glänzend, dass sie sein Gesicht zu versengen schienen. Von ihren weißen Armen löste sich ein überirdischer Moschusduft. Doch Achilles war zu zornig, als dass er sich hätte einschüchtern lassen.

»Erhabene Göttin«, sagte er, »ich liebe und verehre dich. Doch solltest du gekommen sein, um mich daran zu hindern, Agamemnon zu töten, dann verschwendest du deine Zeit. Er hat mich beleidigt und muss mit seinem Leben dafür zahlen.«

»Wenn es um Leben und Tod geht«, erwiderte Athene, »sprechen nur die Götter vom Müssen. Du bist der bedeutendste Sterbliche, Achilles, doch ich bin gekommen, um dich dies zu lehren. Du wirst Agamemnon nicht töten. Hera, Herrscherin der Götter, und ich selbst, wir sind beide äußerst interessiert an einem Sieg des griechischen Heers. Wir können unter euch Heerführern und auch innerhalb der Truppen keine Zwistigkeiten dulden. Was deinen Zorn angeht, nun, der ist berechtigt. Ich verspreche dir dies: Innerhalb von nur wenigen Tagen wird der große Agamemnon Abbitte bei dir leisten und dir die Rückgabe deines Sklavenmädchens anbieten sowie weit wertvollere Geschenke, als du es dir erträumen kannst. Dies verspreche ich dir. Und auch Hera verspricht es. Doch du musst uns nun gehorchen.«

»Ich höre und ich gehorche«, sagte Achilles. »Ich will nicht Hand an ihn legen, und leben soll er – wenigstens bis zum nächsten Mal. Doch unter seiner Führung werde ich nie wieder kämpfen.«

»Ja, sag ihm das«, entgegnete Athene. »Greif ihn mit Worten an so heftig, wie du willst. Zum Schaden seiner Führerschaft wurde dieser Mann von seiner Gier geblendet und er muss wachgerüttelt werden, andernfalls wird euch Griechen, die ihr von den hervorragendsten Göttern geliebt werdet, der Sieg entgehen. Erzähl ihm, was du willst, sage, was du willst, nur töte ihn nicht.«

Athene verschwand. Achilles steckte sein Schwert zurück in die Scheide und sagte: »Du bist ein abscheulicher Schweinehund, Agamemnon, und du bist nicht in der Lage, Männer in die Schlacht zu führen. Ich werde deinem Beispiel nicht folgen und mich wegen einer Sklavin streiten. Nimm sie, wenn es denn sein muss; ich hoffe, du erstickst an deiner eigenen Wollust. Doch das eine sage ich dir: Ich werde nicht gegen Troja kämpfen. Ich werde mich nicht mit Hektor und seinen Brüdern in der Schlacht messen, die tapferen Söhne des Priamos und die trojanischen Krieger mögen meinetwegen ungehindert vorrücken. Von nun an kümmere ich mich nicht mehr um die Schlacht, sondern mache meine Schiffe seetüchtig für die Heimreise. Und wenn Hektor deine Reihen niedermäht wie der Mann mit der Sense den Septemberweizen, wenn du deine Krieger dutzendweise fallen siehst unter diesem schrecklichen Schwert, dann, ja dann wirst du dich vor Reue verzehren, weil du Achilles so behandelt hast.«

Mit diesen Worten stolzierte Achilles davon und die Mitglieder des Kriegsrates blieben bestürzt zurück.

Thetis

Bevor der Kriegsrat auseinander ging, wandte sich der greise General Nestor an die Versammlung. Drei Generationen von Kriegern hatte er angeführt, und jetzt war er Agamemnons verlässlichster Berater. Er versuchte, Agamemnon von dem Pfad abzubringen, den einzuschlagen er sich entschieden hatte, doch obwohl ihm die gewandten Worte lieblich wie Nektar aus dem Mund flossen, konnte der oberste Heerführer nicht zur Umkehr bewogen werden. Er schickte zwei Boten zum Zelt des Achilles, die die schöne Briseis fortholen sollten. Achilles sah ihnen zu, wie sie das Mädchen mitnahmen, und tat ihnen nichts zuleide, obwohl sie schon beim Anblick seines Schattens zitterten. Seine Gerechtigkeit war zu groß, als dass er Agamemnons Boten verantwortlich gemacht hätte für die Verderbtheit des Königs selbst, und aufgrund von Athenes Befehl war er gezwungen, Agamemnon in Frieden zu lassen. Doch als er sah, wie Briseis fortgeführt wurde, weinte er. Da drehte er sich zur See.

»O Mutter in den Tiefen«, betete er. »Thetis mit den Silberfüßen, die du aus den Fluten des Mondes steigst, um auf ewig der Menschen Schlaf zu stören, die du meinem Vater eine Jagd geliefert hast durch all die Metamorphosen von Tier und Fisch, bevor du dich hast fangen lassen, du, Thetis, meine Mutter, schönste und großzügigste aller Najaden, hilf mir, der ich sonst an einer Galle ersticke, die ich mit meiner trefflichen Klinge nicht aufspießen kann.«

Thetis, die gerade in den Tiefen des Meeres umhertollte, war wie so oft auf der Flucht vor dem klammernden Zugriff des verliebten Poseidon, und sie gestattete ihm beinahe, sie zu fangen, entzog sich seinen Aufmerksamkeiten dann aber wieder, indem sie sich hinter einem riesigen Tintenfisch versteckte, den sie kitzelte, bis das große gallertartige Geschöpf zwischen Thetis und ihrem liebestollen Verfolger einen Vorhang aus schwarzer Tinte auswarf. Inmitten ihres Umhertollens drang die Stimme ihres Sohnes nach unten zu ihr und wie Nebel erhob sie sich aus der See.

»O mein tapferer Sohn«, rief sie. »Weshalb diese Tränen? Erzähl es deiner Mutter, damit sie deinen Kummer mit dir teile.«

»Sei willkommen, sanftmütige Mutter«, sagte Achilles. »Hab Dank dafür, dass du erschienen bist, als ich dich rief. Ich leide so, weil Agamemnon, der oberste Heerführer, mir eine schändliche Kränkung zugefügt hat. Nachdem die Götter ihn seiner eigenen Bettgefährtin beraubt hatten, hat er sich meine wunderschöne Sklavin Briseis in sein Zelt geholt. Und Athene hat mir verboten, mein Schwert zu ziehen; so muss ich hilflos dabeistehen und mit ansehen, wie man mich beraubt.«

»Ach, Athene, immer mischst du dich ein!«, rief Thetis. »Du bist sehr mächtig, doch auch ich verfüge über eine gewisse Macht.«

»Ja, tatsächlich, Mutter, die Eulengöttin hat mir verboten, mich zu rächen. Ich muss hier stehen und meine Wut herunterwürgen, und, o Mutter, diese Wut ist viel zu bitter, als dass ich sie schlucken könnte.«

»Was soll ich für dich tun, mein Sohn? Wie kann ich dir helfen?«

»Du musst dich bei Vater Zeus für mich verwenden, denn sein Richterspruch hebt den Athenes und aller anderen Götter auf. Sprich so gewinnend mit ihm, Mutter, wie nur du das kannst. Wecke sein Interesse zu meinem Vorteil. Lass ihn Troja mit einem Kopfnicken bedenken und Mut in die trojanischen Herzen senken und Kraft in die trojanischen Arme. Lass den hochmütigen Agamemnon sich am Strand in die Enge getrieben sehen, während der flinke Hektor und seine Brüder die achäischen Krieger abschlachten. Dann, ja dann wird er sich den Bart raufen und weinend nach Achilles verlangen.«

»Ich will deine Bitte erfüllen«, entgegnete Thetis. »Flinken Fußes will ich mich zum Bronzepalast des Mächtigsten von Allen begeben und sein Eingreifen zu deinen Gunsten erflehen. Hera und Athene, die beiden einflussreichen alten Hexen, haben ein wachsames Auge auf ihn und achten darauf, dass er nicht zugunsten von Troja einschreitet. Doch zweifellos schätzt er mich immer noch, und ich verfüge nach wie vor, so bestätigt man mir, über allerlei Überredungskünste. Sei unbesorgt, mein Sohn. Hülle dich in deinen Umhang und genieße eine süße, traumlose Ruhe, während deine Mutter tut, was du verlangst. Und voller Freuden wird sie es tun, denn wahrlich, du bist der liebenswerteste, stärkste Sohn, mit dem je eine Mutter, ob sterblich oder Göttin, gesegnet war.«

Dann verschwand sie wieder im Meer. Achilles legte sich nieder und schlief, ohne zu träumen.

Noch in derselben Nacht kehrte Cressida zu ihrem Vater zurück, und zwar geleitet von Odysseus, der sagte: »Hier, ehrenwerter Chryses, hast du deine Tochter zurück. Nun erfülle auch du deinen Teil der Abmachung und bete zu Apollon, auf dass er die Pest zurücknehme, die in unseren Zelten wütet und Mensch und Tier tötet.«

Chryses umarmte seine Tochter und erwiderte: »Gehe in Frieden, edler Odysseus. Noch in dieser Nacht will ich dem Apollon neun Stiere opfern. Und mit dem aufsteigenden Wohlgeruch ihres Fleisches werden auch meine Gebete sich erheben. Da es auf meine Bitte hin geschah, dass der mächtige Phöbus seine Pestpfeile verschoss, wird er zweifellos auch auf meine Bitte hin seine Hand ruhen lassen. Bei Morgengrauen wird ein Wind vom Meer her aufsteigen und das Fieber aus euren Zelten vertreiben.«

Gehorsam blieb Cressida an seiner Seite, doch sprechen wollte sie nicht. Denn nach einigen kummervollen Nächten hatte sie sich in den strengen Agamemnon verliebt. Obgleich sie vorgab, sich über ihre Rückkehr zu freuen, schmiedete sie bereits Pläne und fragte sich, wie sie möglichst bald zu den Zelten der Griechen zurückkehren könnte.

In diesem selben Augenblick flog die silberfüßige Thetis wie ein großer weißer Meeresvogel zum Bronzepalast des Zeus hoch oben auf dem Berg Olymp. Sie fand ihn in seinem Garten, wo er auf einem Thron aus schwarzem Fels saß und auf die Erde hinabschaute. Als er sie sah, lächelte er, denn lange Zeit war sie sein besonderer Liebling gewesen. Als ihm dann jedoch einfiel, dass Hera ihn möglicherweise beobachten könnte, ließ er aus seinem Lächeln schnell ein Stirnrunzeln werden. Doch da hatte Thetis bereits die anfängliche Wärme seines Lächelns gespürt, das zur unpassenden Jahreszeit den Schnee in den fernen Bergen Thessaliens zum Schmelzen brachte und eine Lawine auslöste. Neben den Blumen, die ihm zu Füßen wuchsen, sank sie auf die Knie, umklammerte seine Beine und sprach zu ihm. Und während sie sprach, hob sie ihren langen Arm, streichelte ihm den Bart und berührte sein Gesicht.

»Vater Zeus«, so sagte sie, »ich, Thetis, Tochter der See, überbringe dem mächtigen Zeus, dem obersten aller Götter, dem Herrscher über Himmel, Luft und Gebirge, meine herzlichsten Grüße. Wenn ich meinen Namen nenne, o Himmlischer, dann nur, weil ich fürchte, du könntest mich vergessen haben. So viele lange schmerzerfüllte Stunden sind vergangen, seit wir uns das letzte Mal gesehen haben.«

»Ich habe dich nicht vergessen«, erwiderte Zeus in donnerndem Flüstern. Diese unselige Unfähigkeit, leise zu flüstern, hatte etliche seiner nächtlichen Abenteuer vereitelt, denn immer wieder war seine Stimme an Heras wachsame Ohren gedrungen – sogar wenn er seine Sitzung an einem geheimen Ort auf einem entlegenen Strandabschnitt oder auf der Felsplatte eines Riffes abhielt.

»Dafür sei bedankt«, entgegnete Thetis, »denn ich denke ständig an dich.«

»Ständig, meine Liebe? Aber man sagte mir, dass es viele Zerstreuungen gibt für dich.«

»O ja. Ich bin eine Göttin und Kummer steht mir nicht. Doch selbst bei den ausgelassensten meiner Zerstreuungen jagen meine Träume dein Bild hin und her – wie ein webendes Mädchen, das stets, ganz gleich welch grauer oder blauer Faden den Ausschnitt ihres Musters schmückt, ein kräftiges Scharlachrot einwirft, das zum beherrschenden Motiv ihres Wandteppichs wird. Und genau so, mein König, lässt die Erinnerung an dich ihren scharlachroten Faden webend durch meine Träume laufen.«

»Liebliche Worte, Thetis, die deine Stimme nur noch lieblicher macht. Welchen Gefallen erbittest du von mir?«

»O allwissender Zeus, du hast in meinem Herzen gelesen. Vergnügen und Sehnsucht allein würden mich schon zu dir führen, doch wie es sich so fügt, habe ich im Augenblick tatsächlich eine Bitte. Es geht nicht um mich, sondern um meinen Sohn Achilles, den Sohn des Peleus, meines sterblichen Gemahls, an den du dich zweifellos erinnerst. Und du wirst dich sicher auch daran erinnern, dass die Tage meines Sohnes gezählt sind. Die Schicksalsgöttinnen haben bestimmt, dass er zwischen glanzvollem Kampf und Tod vor Troja einerseits und einem langen, friedvollen Leben weit entfernt von Schlachtrufen und dem Geklirr von Speeren andererseits wählen sollte. Natürlich entschied er sich für Troja und den Tod. Da aber nun schon seine Tage gezählt sind, möchte ich nicht, dass sie von Leid überschattet werden. Und Agamemnon lässt ihn grausame Ungerechtigkeit erleiden.«

»Das verstehe ich nicht ganz«, erwiderte Zeus. »Weshalb tötet er Agamemnon denn nicht? Dein Sohn ist doch kein Mann, der sich so einfach beleidigen lässt.«

»Ja, ganz recht, sein Schwert war schon fast aus der Scheide gesprungen, als deine Tochter Athene einschritt und ihm befahl, seinen Zorn hinunterzuschlucken und Agamemnon zu gestatten, seinen abscheulichen Wunsch in die Tat umzusetzen. Er gehorchte ihr, weil sie deine Tochter ist und ihre Kraft, wie auch die aller anderen Götter, sich von der deinen ableitet. Und dennoch will er es Agamemnon heimzahlen.«

»Und was kann ich in dieser Situation tun?«, fragte Zeus.

»Veranlasse die Trojaner anzugreifen. Feure ihre Herzen an und gib ihren Armen Kraft, so dass sie mehr und mehr Siege davontragen und Agamemnon gezwungen ist, meinen Sohn um Verzeihung zu bitten, will er nicht der sicheren Niederlage entgegengehen. Wie du ja weißt, ist Achilles gleichsam das Schutzschild der griechischen Streitkräfte; ohne ihn müssen sie den Krieg verlieren.«

Das Stirnrunzeln auf dem Gesicht des Zeus verdüsterte sich. Die finsterste Nacht selbst schien aus seinem Haar und seinem Bart hervorzuströmen. Die Dunkelheit auf der Erde verdichtete sich. Die Menschen stöhnten in ihrem Schlaf und die Vögel hörten auf zu singen.

»Wenn ich dir deine Bitte erfülle, o Thetis, bedeutet das für mich endlos langen Ärger. Tag und Nacht wird Königin Hera zetern und schimpfen, mich bei meinen Vergnügungen heimsuchen und meine Ruhe stören. Denn sie unterstützt nach Kräften die Griechen. Und da sie weiß, dass ich in dieser Angelegenheit nicht so denke wie sie, hat sie mich dazu gebracht, wenigstens Neutralität zu geloben. Doch ständig beschuldigt sie mich, heimlich Partei für die Trojaner zu ergreifen, was auch stimmt, was ja auch tatsächlich stimmt … Wenn ich dir also diesen Gefallen erweise, sieht sie sich bestätigt und wird ihre ganze Begabung als Urmutter aller zänkischen Weiber unter Beweis stellen.«

»Bitte«, flehte Thetis.

»Ich kann dir nichts abschlagen«, sagte Zeus, »doch kehre nun schnell ins Meer zurück, bevor sie uns hier ins Gespräch vertieft entdeckt und ihr Argwohn verfrüht geweckt wird. Einen Kuss nur, mein salziges kleines Kätzchen, und dann fort mit dir.«

»Hier aus tiefstem Herzen ein Kuss. Habe ich dein Wort?«

»Ja, das hast du«, antwortete Zeus. »Und wenn die Griechen ihren Krieg verloren haben, sprechen wir uns vielleicht noch einmal wieder.«

»Herzlich gern. Lass mich nicht zu lange warten, liebster Zeus.«

Thetis verließ den Olymp und sank in die Tiefen des Meeres. Zeus begab sich in den Bankettsaal seines Bronzepalastes, wo die Götter versammelt waren, doch Hera war nicht gewillt, ihn seine Abendmahlzeit in Ruhe einnehmen zu lassen.

»König aller hinterhältigen Betrüger!«, schrie sie. »Du bist mit dieser Meerwasserkanaille Thetis zusammen gewesen. Und sie hat dich um einen Gefallen gebeten. Zweifellos wollte sie Hilfe für die Trojaner, weil ihr rauflustiger Rüpel von einem Sohn Groll gegen den großen Agamemnon hegt.«

»Ehrenwerte Schwester und Ehefrau«, sagte darauf Zeus. »Hera vom goldenen Thron, würdest du bitte dein zänkisches Mundwerk schließen und es geschlossen halten, sonst bekommst du meine Faust auf deinem Mund zu spüren.«

»Beschimpf mich! Schlag mich! Du hast die Macht dazu und du kannst es tun, doch deine Macht geht nicht so weit, dass du mir verbieten kannst, dir zu sagen, was du hören solltest. Ich weiß, dass die Meereshure dich umgarnt und dich dazu gebracht hat, ihr allerlei zu versprechen. Die ist wirklich zu allem fähig. Weißt du überhaupt, wie sie ihre Zeit verbringt? Sie versteckt sich hinter Riffen, um Schiffe zum Kentern zu bringen, so dass sie mit einem ganzen Arm voll Seeleuten davonschwimmen kann, die sie dann in einer tiefen Meereshöhle gefangen hält und bis zur Erschöpfung in ihren Diensten schuften lässt. Wenn sie dann alle am Ende ihrer Kräfte sind und schwach wie Greise, verfüttert sie die Männer an die Haie und macht sich aus ihren Fingerknochen Halsketten. Wahrscheinlich hat sie dir erzählt, dass sie ihre Zeit mit guten Taten verbringt und danach schmachtet, einen flüchtigen Blick deines erhabenen Gesichtes zu erhaschen. Und du mit deiner gewaltigen Weisheit und deiner ungeheuren Kenntnis der menschlichen Seele, du schluckst diese Schmeicheleien wie ein Schuljunge und versprichst ihr, meinen Griechen Unheil zuzufügen.«

Zeus sagte kein einziges Wort, runzelte aber so heftig die Stirn, dass der Steinfußboden zu krachen anfing. Seine Finger schlossen sich um sein Zepter und dieses Zepter war ein strahlender, blitzblauer Donnerkeil in Zickzackform. Denn er war auch bekannt als der Gott des Donners, als Herr der Blitze – und wenn er wütend war, schleuderte er jenen todbringenden Donnerkeil, so wie ein Krieger seine Lanze wirft.

Hephaistos, der Schmiedegott, lahmer Sohn des Zeus und der Hera, der in seiner vulkanischen Schmiede diese Donnerkeile erschaffen hatte und um ihre schreckliche Kraft wusste, lief voller Sorge zu seiner Mutter und flüsterte: »Mutter, Mutter, sag etwas Nettes. Lächle! Hör auf zu zanken! Du erreichst noch, dass wir alle umgebracht werden.«

»Niemals«, zischte Hera. »Soll er doch mit seinem Donnerkeil wild um sich schlagen; soll der Wüterich doch bekommen, was er sich wünscht. Ich höre nicht auf, zu zetern und zu heulen, bis er diese Hure und ihre Intrigen auf ihren Platz verweist.«

»Aber nein, Mutter, du hast wohl vergessen. Er hat allen Grund, der silberfüßigen Thetis gewogen zu sein, ganz gleich wie ihre Liebesgewohnheiten sein mögen. Als du dich mit Athene und Poseidon gegen ihn verschworen und versucht hast, ihn zu entthronen – als ihr einen Überraschungsangriff unternommen und ihn mit einhundert Knoten gefesselt habt –, hat da nicht Thetis den hundertarmigen Briareos, seinen Titanengärtner, gerufen, der in den Bronzepalast gelaufen kam und seinen Herrn rettete, indem jede seiner hundert Hände jeweils einen Knoten löste? Weißt du es nicht mehr? In jener schrecklichen Nacht war es auch, dass er eine Probe seines Zorns gab und uns alle bestrafte, und ganz besonders dich, indem er dich mit dem Kopf nach unten an das Himmelsgewölbe hängte, bis deine Schreie die kristallenen Kelche der Sterne zum Zerspringen brachten.«

»Ich weiß es noch«, murmelte Hera mit heiserer Stimme. »Ich weiß es noch.«

»Dann besänftige ihn, Mutter. Sag etwas Freundliches, schnell. Seine Wut braut sich zusammen. Ich sehe es ganz deutlich und die Folgen werden schrecklich sein.«

Da erhob sich Hera und sagte: »Mächtiger Zeus, Herrscher über uns alle, ich bitte dich um Verzeihung, dass ich dir Unbehagen bereitet habe. Nur meine Sorge um deinen Seelenfrieden veranlasst mich zuweilen zu übereilten Worten. Denn ich weiß, wie stark dein Ehrgefühl ist und wie sehr es dir zuwider wäre, irgendetwas zu tun, womit du das Neutralitätsversprechen brechen könntest, das du mir und Athene gegeben hast. Verzeih mir meinen ungebührlichen Eifer, als ich fürchtete, die Hurentricks der feuchten Thetis könnten dich von deinem Schwur abbringen. Vergib mir, geliebter Herr, ich will kein Wort mehr sagen, ganz gleich was deine Absichten in diesem Krieg dort unten auch sein mögen.«

»Setzt euch alle«, donnerte Zeus. »Trinkt euren Honigwein. In dieser Nacht wollen wir uns nicht mehr streiten, denn es ist die kürzeste Nacht des Jahres, und sie ist erfüllt von allen Wohlgerüchen der Erde.«

Der Kriegsrat

Zeus sandte dem Agamemnon einen irreführenden Traum. Im Traum erschien ihm Nestor, der bei Morgengrauen zum Zelt des Königs kam und sagte: »Wach auf! Wach auf! Jetzt ist nicht die Zeit zu schlafen. Hera hat Zeus überredet, den Fall Trojas zu gestatten. Du musst unverzüglich zum Angriff übergehen. Wach auf. Schüttele den Schlummer von dir ab und marschiere gegen Troja. Denn es erzürnt die Götter, wenn die Menschen ihre Gunstbezeigung verschwenden.«

Sofort stand Agamemnon auf und berief seinen Kriegsrat ein. Er erzählte seinen Traum. Errötend vor Stolz erhob sich Nestor, denn es gefiel ihm, dass er in einem Traum erschien, den Zeus geschickt hatte.

»Dieses Auspizium spricht wahr, o König, und man muss ihm Folge leisten. Du kennst mich gut genug und verstehst deshalb, dass ich mir niemals gestatten würde, in einem Traum zu erscheinen, der nicht von äußerster Aufrichtigkeit wäre.«

Darauf sagte Agamemnon: »Neun Jahre haben wir nun gekämpft. Wir haben Trojaner getötet, doch Troja steht immer noch. Wir haben Trojas Kolonien an uns gebracht und die Stadt ihrer Verbündeten beraubt, doch Troja selbst steht immer noch herrlich und uneinnehmbar wie die jungfräuliche Göttin Artemis, die in der Tat ja auch die Sache der Trojaner begünstigt.

Nach neun Jahren sind unsere Männer mutlos geworden. Viele unserer Prächtigsten sind gefallen im Kampf mit dem todbringenden Hektor und seinen Brüdern, viele andere fielen Apollons Pestpfeilen zum Opfer. Nun, so fürchte ich, stehen viele von denen, die uns noch geblieben sind, kurz vor der Meuterei oder der Desertion. Lange genug habe ich Männer in den Kampf geführt; ich kenne die Anzeichen.

Und genau in diesem Augenblick hält Zeus es für angebracht, mir Troja zu versprechen. Das bedeutet – und ich lege diese Dinge nicht wie ein Seher, sondern wie ein Soldat aus –, dass er mir die Stadt gibt, wenn ich sie einnehmen kann.«

»Genau«, erwiderte Odysseus. »Also lasst uns die Stadt einnehmen.«

»Gut, tapferer Odysseus. Doch bedenke dies: Sollten uns die Männer während eines Generalangriffs davonlaufen, wenn all unsere Reserven in einer übereilten Attacke gebunden sind, dann wird uns das tatsächlich ins Verderben stürzen.«

»Dann müssen wir eben dafür sorgen, dass sie nicht desertieren«, sagte Diomedes.

»Genau das meine ich auch«, entgegnete Agamemnon. »Ich habe vor, die Feiglinge und Verräter vorab auszumerzen. Ich werde die Männer zusammenrufen und mit entmutigenden Worten zu ihnen reden und nahe legen, dass ich bereit bin, dem Krieg den Rücken zu kehren und nach Griechenland zurückzusegeln.«

»Gefährlich, sehr gefährlich«, sagte Odysseus. »Sie werden deine Worte freudig begrüßen und in wilder Flucht zu den Booten stürmen.«

»Und genau so werden wir die Feiglinge und Verräter ausmerzen.«

»Möglicherweise merzt du aber so die ganze Armee aus, Anwesende natürlich ausgenommen. Die Probe, auf die du die Leute stellen willst, kommt zur unpassenden Zeit, Agamemnon. Die Männer sind des Kämpfens überdrüssig. Das hat die Pest bewiesen. Bei allem Gift von Apollons Pfeilen wäre ein Mann, der guten Mutes ist, gegen Krankheit gewappnet gewesen. Nur in einem kranken Körper wohnt ein kranker Geist. Sie sind kriegsmüde; sie sehnen sich nach der Heimat. Deine Rede wird sie dazu bringen, unverzüglich zu den Schiffen zu eilen.«

»Aber was soll ich denn deiner Meinung nach sonst tun?«, rief Agamemnon. »Wenn die Dinge so schlecht stehen, können wir genauso gut die Zelte abbauen, die Segel hissen und uns feige davonschleichen.«

»Nein«, antwortete Odysseus. »Wir dürfen den Verdruss der Männer gar nicht beachten, das ist das, worauf es ankommt. Zeige dich ihnen fröhlich und zuversichtlich. Halte der Truppe eine Ansprache. Sage nichts Entmutigendes, sondern erzähle ihnen deinen Traum und befiehl ihnen anzugreifen. Zwanzig Jahre Kriegserfahrung haben mich gelehrt, dass es für Furcht nur eine Heilung gibt, und das ist der Kampf.«

»Zu viele Worte«, knurrte der riesige Ajax. »Hören wir doch auf zu reden, fangen wir lieber an, ein paar Köpfe einzuschlagen. Wenn wir genügend Köpfe außerhalb der Stadt einschlagen, tun wir das vielleicht auch bald in der Stadt selbst.«

Doch Agamemnon wollte sich von seinem Plan nicht abbringen lassen. Wie alle Männer mit wenigen Ideen klammerte er sich verzweifelt an eine Idee, wenn sie denn auftauchte. Und inzwischen war er überzeugt davon, dass sein Einfall genial war.

»Ich halte die Rede, so wie ich das geplant habe«, sagte er, »und verlasse mich darauf, dass ihr Könige und Heerführer meines großen Kriegsrates die Männer davon abhaltet, sich davonzustehlen.«

Agamemnon gab Befehle aus. Neun Boten zogen durch das Lager, stießen in ihre silbernen Trompeten und riefen die Männer zusammen. In großen Schwärmen kamen sie herbei. Selbst nach all den Verlusten war diese Armee immer noch die größte Streitmacht, die jemals in der Antike zusammengestellt worden war.

Agamemnon stand auf einem Felsen und hob sein goldenes Zepter. Stundenlang hatte er an seiner Rede gearbeitet, kam jedoch nicht weiter als nur bis zum allerersten Satz.

»Freunde, mein Herz ist schwer von all den erlittenen Verlusten, und ich habe beschlossen, dass es Zeit ist, diesem Krieg den Rücken zu kehren und nach Griechenland zurückzusegeln.«

Kaum hatte er diese Worte gesprochen, da begann die Menge auch schon, wie Odysseus es vorausgesagt hatte, mit ihrer wilden Flucht. Mit grimmigem, ächzendem Geschrei sprangen die Männer auf und stürmten dem Strand entgegen. Wären die rastlosen Götter nicht achtsam gewesen, hätte die griechische Sache ein Ende gefunden.

Doch Hera und Athene schauten vom Olymp aus zu. »Was ist denn nur mit Agamemnon los?«, rief Hera. »Ist er denn ganz und gar verrückt geworden? Oh, das muss irgendeine Niedertracht von Zeus sein, da bin ich mir ganz sicher.«

»Nein, das ist Agamemnons eigene Dummheit«, erwiderte Athene. »Dieser merkwürdige Einfall, die Männer vor der Schlacht auf die Probe zu stellen. Er sollte keine Einfälle haben; dafür ist er nicht ausgerüstet.«

»Sie stürmen in Panik davon wie eine Herde Büffel«, sagte Hera. »Sieh dir nur diese erbärmlichen Feiglinge an. Und was haben wir uns mit ihnen für Mühe gegeben. Geh, liebe Stieftochter. Steige nach Troja hinab und halte sie auf.«

»Ich bin schon auf dem Weg, göttliche Stiefmutter«, antwortete Athene und flog hinunter nach Troja.

Der Menge gab sie sich nicht zu erkennen, nur ihrem Günstling Odysseus, und zu ihm sagte sie: »Herrje, steh doch nicht einfach nur so da. Halte sie auf.«

Sie schnippte mit den Fingern. Agamemnons schweres Zepter flog ihm aus der Hand und segelte über die Köpfe der Menschenmenge hinweg. Mitten im Flug fing sie es auf und gab es an Odysseus weiter.

»Hier ist der Stab der Macht, das wahre Insignium und Zepter königlicher Autorität, das nur die Götter nach Belieben verleihen und auch wieder zurückfordern. Pack das Zepter, Odysseus. Benutze es. Gebiete der Flucht dieses Pöbels Einhalt.«

Mit weit ausholenden Schritten sprang Odysseus an den Strand hinunter und hielt dabei das Zepter in der Hand. Von göttlichem Atem angefeuert, grollte sein Empörungsschrei wie Donner über die Ebene.

»Haltet ein!«, brüllte er. »Haltet ein! Ich befehle es! Ich verkünde den Willen der Götter.«

Er lief den Strand auf und ab und bewachte die an Land gezogenen Schiffe, so dass niemand an Bord gehen konnte. Sein wild durch die Luft dreschendes Zepter erhob sich vor den erstaunten Augen der Männer wie eine goldene Schranke. Tatsächlich wirkte er selber mit seinem roten, flammenden Haar und seinen blitzenden Augen und dem goldenen, durch die Luft wirbelnden Amtsstab wie ein zur Erde herabgestiegener Gott.

»Haltet ein!«, schrie er. »Zurück zum Versammlungsplatz. Agamemnon hat von Schlacht geredet, nicht von Rückzug. Ihr habt ihn missverstanden; seine Worte waren lediglich ein rhetorischer Kunstgriff. Ihr Narren, ihr törichten Dummköpfe! Zeus selbst ist dem König im Schlaf erschienen und hat den Angriff auf Troja befohlen. Glaubt ihr wirklich, dass dies der Moment ist, uns zu befehlen, nach Hause zu segeln? Ihr habt das missverstanden. Ihr habt mit eurer Angst zugehört und nicht mit eurem Verstand. Kein Wunder, dass ihr falsch gehört habt. Zurück! Zurück! Zurück zum Kampfplatz. Der König soll euch die Schlachtordnung erklären.«

Als die Männer Odysseus zuhörten, als sie in ihm jene eigentümliche schöpferische Wut aufflammen sahen, die nur selten im Leben über die Menschen kommt und dann auch nur über die ganz außergewöhnlichen, weil diese besondere Wut ein winziges Teilchen vom Glanz der Götter selbst ist, als sie die schmetternde Stimme des Odysseus vernahmen und sahen, wie er die Schiffe bewachte, da fühlten sie den Mut in ihre Herzen zurückkehren und begannen, sich vom Strand zurückzuziehen.

Doch da erhob sich ein geborener Unruhestifter. Thersites war sein Name, ein kleiner buckliger Mann mit schlurfendem Gang und kahlem Schädel, sehr klug war er, und er hatte eine Stimme, die wie Eselsgeschrei klang, so dass kein anderer zu hören war, wenn er jemanden übertönen wollte.

Jetzt sagte er: »Ihr dummen Hammel, lasst ihr euch denn wirklich von einem Mann mit einem Amtsstab zusammentreiben wie Vieh? Zum ersten Mal in seinem Leben hat dieser Tölpel Agamemnon die Wahrheit gesagt. Das war purer Zufall, ich weiß es sehr wohl, und doch war es die Wahrheit. Dieser Krieg ist ein großes Unglück, und je eher wir nach Hause kommen, desto besser. Es ist ein verdammtes Wunder, dass von uns nach neun Jahren so genannter Führerschaft durch gierige, unfähige, feige und lüsterne Nachahmungen von Königen überhaupt noch genügend übrig geblieben sind, um nach Hause zu fahren. Beachtet also diesen rothaarigen Wahnsinnigen gar nicht weiter, meine Gefährten im Kampf, meine Gefährten im Leid. Geht stattdessen an Bord. Und wenn euch einer dieser tapferen Heerführer hinterherläuft und versucht, euch zurückzuhalten, dann schneidet ihm doch einfach die Kehle durch und werft ihn über Bord als Opfer für Poseidon, der uns dafür wolkenlosen Himmel und Rückenwind bescheren wird.«

Es gehörte zur Weisheit des Odysseus, dass er sich Kritik stets anhörte, weil er hoffte, daraus etwas lernen zu können. Er hielt sich im Zaum, bis Thersites mit seiner Rede zu Ende war. Statt einer Erwiderung schwang er dann sein Zepter. Dessen Ende traf Thersites mit dem Knauf im Gesicht und zerschmetterte ihm den Kiefer. Der Mann versuchte weiterzureden, doch das einzige Geräusch, das aus seinem Mund kam, war das Krachen gebrochener Knochen. Immer wieder versuchte er zu sprechen, erstickte fast an seinem eigenen Blut und fiel schließlich ohnmächtig zu Boden.

In der Zwischenzeit hatten sich die anderen Mitglieder des Kriegsrates – Ajax der Große, Ajax der Kleine, Idomeneus, Nestor, Diomedes – zu Odysseus gesellt und standen zwischen den Männern und den Schiffen, trieben sie zurück und redeten ihnen gut zu. Die Meuterei fiel auseinander. Die Männer drehten sich um und gingen langsam und mürrisch zum Schlachtfeld zurück. Odysseus und die anderen Heerführer folgten und trieben sie vor sich her. Als sie sich wieder versammelt hatten, stieg er auf Agamemnons Felsen, immer noch das goldene Zepter in der Hand. Agamemnon selbst war bestürzt und wütend in seinem Zelt verschwunden.

Odysseus sagte: »Unser großer König und oberster Kriegsherr Agamemnon war derart angewidert von der Zurschaustellung eurer Feigheit, dass er sich für den Rest des Tages nicht mehr mit einer Rede an euch wenden will, und so hat er mich gebeten, einige Worte an euch zu richten. Lasst mich euch sagen, Männer, dass ich entgegen allem Anschein den eben stattgefundenen jähen Rückzug zum Strand nicht als Feigheit eurerseits interpretiere. Ich lege ihn als eine überdimensionale Verhaltensweise eines kämpfenden Mannes aus, der seinen Arm, bevor er den Schlag ausführen kann, erst zurückziehen muss. Ihr seid nicht fortgelaufen; ihr habt euch zum Sprung gesammelt, zu einem Sprung, der euch in einem Tigersatz über die Stadtmauern und nach Troja hineintragen wird. Eines kann ich euch versprechen, Männer, und ich rede nicht einfach nur so daher: Der Sieg wird unser sein. Denn ihr müsst wissen, dass in der vergangenen Nacht Vater Zeus höchstpersönlich herabgestiegen ist, um Agamemnon in einem Traum zu besuchen, und er versprach uns den Sieg, wenn wir jetzt zuschlagen, zuschlagen, zuschlagen.«

Beim dritten Aussprechen des Wortes »zuschlagen« ließ er seinen Arm hochschnellen, das Zepter blitzte auf und die Männer brachen in gewaltiges, wildes Freudengeschrei aus. Zwei braune Aasgeier, die die Lüfte über dem Berg Ida durchkreuzten, hörten dieses Gebrüll und flogen ein Stück weit nach unten. Dieses Geräusch hörten sie nicht zum ersten Mal, und sie wussten, dass es eine Schlacht verhieß, und eine Schlacht verhieß ein herrliches Festmahl danach.

Die Schlacht beginnt

Die griechischen Streitkräfte rückten gegen Troja vor und wirbelten dabei eine riesige Staubwolke auf. Und der Staub hatte die Farbe von Gold, vermischt mit der Farbe von Blut, denn auf einen Vorschlag des Odysseus hin rückten sie an jenem Morgen gegen die östliche Stadtmauer Trojas vor, so dass die Trojaner gegen die aufgehende Sonne kämpfen mussten. Das war einer der ältesten Tricks in der Kunst der Kriegsführung, doch immer noch wirksam, und nie übersah Odysseus auch nur den geringsten Vorteil.

Die großen Bronzetore der östlichen Stadtmauer flogen auf und die Männer Trojas gingen den Angreifern entgegen. Die edlen Götter setzten sich bequem auf den Gipfeln des Olymp zurecht, um das belustigende Schauspiel von oben zu betrachten.

Durch die Staubwolke hindurch entdeckte Teuker, der von den Griechen die schärfsten Augen hatte, etwas Seltsames. Er erstattete Agamemnon Bericht, der die Hand hochhielt und das Zeichen zum Anhalten gab. Der Staub sank nieder, und die Angreifer sahen verblüfft, dass sich die Kampflinie der Trojaner nicht mehr bewegte, sondern ganz still stand. Die Waffen glitzerten in den schräg stehenden Sonnenstrahlen. Schließlich trat ein einzelner Mann vor, eine hoch gewachsene, geschmeidige Gestalt mit zwei Speeren in der Hand und in ein Pantherfell gekleidet.

Es war Paris, der herausfordernd seine Stimme hob: »Hört mich an, ihr Griechen. Ich schlage einen Zweikampf vor, der zwischen den Frontlinien stattfinden soll, und fordere denjenigen von euch heraus, der kühn genug ist, vorzutreten und es mit mir aufzunehmen.«

»Gerüchte verbreiten sich offensichtlich schnell«, brummelte Odysseus in sich hinein. »Sie haben wohl schon davon gehört, dass Achilles abtrünnig geworden ist. Sonst hätte dieser junge Stutzer doch nie im Leben einen Zweikampf vorgeschlagen.«

Da zerriss Menelaos die Luft mit seinem Kriegsschrei und bahnte sich schwerfällig seinen Weg nach vorn. Sein Ruf wurde von allen Griechen als Echo zurückgegeben, denn es war nur angemessen, dass er, der beleidigte Ehemann, auf die Herausforderung des Entführers reagierte.

»Ich kämpfe mit dir!«, rief er. »Und der Kampf wird schnell vorüber sein. Mit bloßen Händen werde ich dir das Gedärm herausreißen.«

Nun war aber Menelaos für einen Gegner kein sehr beruhigender Anblick. Wenn sein Bruder Agamemnon ein Stier war, dann war er ein Bär. Nicht besonders groß, doch sehr breit und muskelbepackt, vom Nacken bis zu den Knöcheln mit einem Pelz schwarzer Haare bedeckt. Er hatte einen schwarzen Bart und trug eine schwarze Rüstung; Helm, Brustharnisch und Beinschienen waren nicht aus Bronze wie bei fast allen anderen, sondern aus Eisen – zu schwer für die meisten Männer –, rauchgraue und schwarze Eisenstücke, die aussahen, als kämen sie geradewegs aus der Schmiede des Hephaistos. In der einen Hand trug er eine Streitaxt und in der anderen ein riesiges Schild aus mit Eisen beschlagener Stierhaut. Er war wahrlich ein Furcht erregender Anblick, als er so lässig aus den griechischen Reihen wie ein eiserner Bär hervortrat.

Paris warf nur einen Blick auf ihn und schoss pfeilschnell zurück hinter die trojanischen Linien, wobei er rief: »Das ist ungerecht! Er steckt in vollständiger Rüstung. Ich trage nur ein Pantherfell. Ich bin bereit, gegen jeden lebendigen Menschen zu kämpfen, aber ein Metallungeheuer ist etwas ganz anderes!«

Sein Bruder Hektor, Oberbefehlshaber der trojanischen

Streitkräfte, wandte sich zu ihm um: »Du erbärmlicher, kriechender Feigling, du gelbbäuchiger Hund. Das Orakel hatte Recht. Du wirst Schande und Verderben über uns alle bringen. Wir führen hier einen Krieg, den du mit deiner eigenen Wollust angezettelt hast, und wenn sich dir einmal eine Gelegenheit bietet, selbst zu kämpfen – etwas, um das du die Götter hättest anflehen müssen –, dann schleichst du dich davon. Mein Vater hatte ganz Recht, als er seinem ursprünglichen Impuls nachgeben wollte. Er hätte dich mit deiner eigenen Nabelschnur erdrosseln sollen. Fürchterlich war die Torheit meiner Mutter, als sie dich rettete. Nun, es steht dir nicht frei, dich unehrenhaft zu verhalten. Du bist ein Sohn des Priamos, und wenn du Schande über dich bringst, dann bringst du Schande über uns alle. Und das werde ich nicht gestatten. Lieber will ich dir an Ort und Stelle deinen hübschen Schädel einschlagen und erklären, dass dir ein bedauerlicher Unfall zugestoßen sei, und dann selbst für deine Herausforderung einstehen und gegen Menelaos kämpfen.«

Paris überlegte schnell und sagte: »Sei friedlich, Bruder. Schließlich war ich es ja, der die Herausforderung überbrachte, ohne dass du mir hast nachhelfen müssen, und folglich werde ich auch kämpfen. Bitte strafe mich nicht mit diesen harschen Worten. Du bist mein älterer Bruder, mein Befehlshaber, aber du hast nicht das Recht, derartige Dinge zu mir zu sagen, nur weil ich es vorzog, uns diesen kritischen Moment mit ein oder zwei Scherzen zu erleichtern. Wahrlich, was ich an diesem Krieg, den ich angezettelt habe, am meisten bedaure, ist die Tatsache, dass er die Trojaner mit jedem Tag den Griechen ähnlicher macht. Wir vergessen, wie es ist zu lachen, und das ist ein schrecklicher Verlust.«

»Ich kann dir nicht ganz folgen«, erwiderte Hektor. »Drück dich deutlich aus. Wirst du nun kämpfen oder nicht?«

»Natürlich werde ich kämpfen. Ich bin nicht aufs Schlachtfeld mitgezogen, um mich mit dir in Gemeinplätzen zu ergehen. Aber dieser Mann ist vom wolligen Schädel bis zum buschigen Zeh in eine hässliche Rüstung gehüllt, und so muss auch ich eine Rüstung anlegen.«

»Brüder, leiht ihm einige Rüstungsteile«, sagte Hektor. »Ich werde den Anfang machen. Nimm meinen Schild.«

»Nein, Bruder«, entgegnete Paris. »Dein Schild ist zu schwer für mich. Troilus hier wird mir geben, was ich brauche. Wir haben dieselbe Größe.«

Von Troilus, dem Bruder, dem er altersmäßig am nächsten war, auch er ein wunderschöner Bursche, lieh er sich Helm, Brustharnisch und Beinschienen. Von einem älteren Bruder, Lynkeus, nahm er einen bronzebeschlagenen Schild aus Ochsenhaut.

Während Paris die Rüstung anlegte, trat Hektor hinaus zwischen die beiden Armeen und hielt Stillschweigen gebietend die Arme in die Höhe.

»Wackere Feinde«, sagte er, »ihr kennt mich jetzt seit neun langen Jahren und wisst, dass ich nicht vor einem Kampf zurückschrecke. Also werdet ihr meinen Vorschlag nicht falsch auffassen. Aber ich glaube, es liegt eine Art höherer Gerechtigkeit in der Idee, dass Paris und Menelaos sich im Zweikampf messen. Ich schlage Folgendes vor: Wenn Paris gewinnt, behalten wir Helena, und ihr reist ab und nehmt nur den Gegenwert von Helenas Mitgift mit euch. Wenn dagegen Menelaos Paris niederkämpft, dann wird er seine Frau mit zurücknehmen und darüber hinaus eine Entschädigung, die nach gemeinsamer Beratschlagung von beiden Parteien festgelegt werden soll. Und da dann die Sache für euch siegreich ausgegangen ist, werdet ihr ehrenvoll und in Frieden auf euren schwarzen Schiffen heimreisen.«

Auf beiden Seiten erhob sich ein lautes Freudengeschrei. Es war offensichtlich, dass Hektors Vorschlag sowohl bei den Trojanern als auch bei den Griechen Anklang fand. Odysseus sah, wie Agamemnon die Stirn runzelte, und wusste, dass der ungestüme General kurz davor stand, Hektors Angebot zurückzuweisen und einen Angriff zu befehlen.

Schnell ging er zu Agamemnon und flüsterte: »Willige ein, willige ein. Wenn du dich weigerst, gibt es eine allgemeine Meuterei. Und das Ergebnis wird doch dasselbe sein. Das Orakel hat bestimmt, dass Troja fallen muss, und fallen muss Troja, denn die Stimme des Orakels ist das Versprechen der Götter. Aber jetzt solltest du in die Waffenruhe einwilligen. Etwas anderes können wir nicht tun.«

Und so antwortete Agamemnon und sagte: »Gut gesprochen, Hektor. Lass unsere Brüder kämpfen und gib meiner Schwägerin die Möglichkeit, heute Nacht wieder in ein anderes Bett zu wechseln.«

Hektor trat zwischen die beiden Armeen, seinen Helm hielt er in der Hand. Im Helm befanden sich zwei Kieselsteine, ein rauer für Menelaos und ein glatter für Paris. Er schüttelte den Helm; ein Kiesel sprang heraus, es war der glatte. Ein Stöhnen ging durch die Reihen der Griechen, denn das bedeutete, dass Paris den ersten Speer werfen würde. Die Trojaner jubelten stürmisch.

Paris tänzelte hinaus auf den Platz zwischen den Armeen. Menelaos trat schwerfällig vor und kam auf ihn zu, den Stierhautschild hielt er schützend vor sich. Ganz glitzernde Bronze, trat auch Paris vor und wog zwei Speere mit Bronzespitzen ab. Etwa zwanzig Schritte von seinem Gegner entfernt blieb er stehen und schleuderte seinen Speer. Dessen Spitze traf die Eisenbeschlagung des Schwertes von Menelaos, dann fiel der Speer zu Boden. Jetzt ging ein Stöhnen durch die Reihen der Trojaner und die Griechen jubelten. Mit riesiger Kraft schleuderte Menelaos seinen Speer, ohne abzuwarten. Bösartig summend flog er durch die Luft und stieß durch den Schild des Trojaners. Paris duckte sich und die Speerspitze streifte gerade nur seine Schulter. Bevor er sich wieder aufrichten konnte, war Menelaos schon bei ihm und hieb mit seiner Axt auf ihn ein. Paris versuchte auszuweichen, doch Menelaos ließ ihm keine Zeit, sich zu sammeln. Er holte weit aus mit der Axt und trieb sie dem Trojaner in den Helmbusch. Paris schwankte, doch die Axtspitze zerbarst in drei Teile.

»Grausamer Zeus!«, schrie Menelaos. »Erst weckst du Hoffnungen in mir, indem du mich in einen Zweikampf mit dem verräterischen Zerstörer meines Heims gehen lässt; doch dann, wenn ich ihn in Reichweite habe, rettest du ihn vor meinem Speer; du zerbrichst meine Axt; du lässt mich ohne Waffen zurück. Doch ich habe noch andere Waffen, diese beiden tüchtigen Hände, die du mir gegeben hast, noch bevor du mir Schwert und Speer gabst – sie reichen aus, den Mord zu begehen, von dem ich neun Jahre lang geträumt habe.«

Er packte Paris bei seinem Helmschmuck, riss ihn hoch auf die Beine und fing an, ihn zu den griechischen Linien hinüberzuziehen. Hilflos und verzweifelt setzte Paris sich zur Wehr; mit den Beinen schleifte er über den Boden, der Kinnriemen seines Helms grub sich ihm in die Kehle und strangulierte ihn beinahe.

Aphrodite konnte es nicht ertragen zu sehen, wie grob man mit ihrem Günstling umging. Sie machte sich unsichtbar und flog vom Olymp hinab, brach den Kinnriemen seines Helms durch und riss ihn weg; der wütende Menelaos blieb mit einem leeren Helm in den Händen zurück.

Paris fühlte sich ins Paradies versetzt. Statt unter den Händen seines Feindes gewürgt zu werden, lag er geborgen wie ein Säugling in Aphrodites Armen, geschmiegt an die duftenden Hügel ihrer Brüste. Die Göttin blieb unsichtbar wie der Wind, doch er erkannte sie an ihrem berauschenden Wohlgeruch, der an frisch gebackenes Brot und Honig erinnerte. Aphrodite flog über die Stadtmauern nach Troja hinein, vorbei an den bunt bemalten Holzhäusern und dem Marmortempel, zum Palast des Priamos. Durch ein Flügelfenster gelangte sie hinein und legte Paris in seinem eigenen Bett ab. Dann ließ sie ihn, immer noch unsichtbar, in einen heilsamen Schlummer fallen.

Unten auf dem Schlachtfeld hatte das Verschwinden des Paris ärgerliche Verwirrung ausgelöst. Trojaner und Griechen traten unruhig von einem Bein aufs andere, niemand wusste mit Gewissheit, was wirklich geschehen war.

Da trat Agamemnon zwischen die feindlichen Linien und hob Stillschweigen gebietend die Arme in die Höhe. »Ehrenwerter Hektor und all ihr anderen Trojaner, ich erkläre meinen Bruder Menelaos, König von Sparta, zum Sieger in dem Zweikampf, der unserer Abmachung gemäß über den Ausgang des Krieges entscheiden sollte. Dem müsst ihr euch unterwerfen, da Paris, der für euch gefochten hat, verschwunden ist und Menelaos sich im Feld behauptet hat. Helena muss also an uns zurückgegeben werden, ihr werdet für die gesamten Kosten unseres Feldzuges aufkommen und uns darüber hinaus eine beträchtliche und angemessene Entschädigung zahlen.«

Die Griechen brachen in Freudengeschrei aus; die trojanischen Linien waren in bitteres Schweigen gehüllt. Helena hatte von der Stadtmauer aus mit Priamos und den anderen Ältesten von Troja zugesehen, so wie es der Hof üblicherweise während einer Schlacht tat. Als sie Agamemnons Erklärung gehört hatte, eilte sie zurück in den Palast, um sich umzukleiden, sich zu parfümieren und sich auf die Rückkehr vorzubereiten. Verblüfft stellte sie fest, dass Paris im Bett lag.

»Was tust du denn hier?«

»Ich schlafe und ich warte.«

»Worauf denn?«

»Auf dich, mein Liebes. Worauf denn sonst?«

»Ich habe von der Stadtmauer aus zugesehen. Das Letzte, was ich von dir sah, war, dass du mehr oder weniger gegen Menelaos kämpftest. Bist du davongelaufen, Liebster?«

»Mehr oder weniger. Nicht unbedingt.«

»Du bist auch nicht unbedingt geblieben.«

»Rüder Bursche, dieser Ex-Ehemann von dir. In seiner Nähe bleibt niemand lang.«

»Und was jetzt, mein geliebter Feigling?«

»Komm her.«

»Aber sie sind dabei, mich zurückzufordern. Agamemnon hat die Griechen zu Siegern erklärt.«

»Agamemnon ist etwas voreilig, mein Liebes. Die Götter haben gerade eben erst Spaß an diesem Krieg bekommen; so schnell werden sie ihn nicht zu Ende gehen lassen.«

»Bist du sicher?«

»Glaub mir, der eigentliche Krieg fängt gerade erst an. Also komm zu Bett. Wir kriegsmüden Soldaten brauchen häufige Ruhephasen mit zärtlichen Zwischenspielen; dann kehren wir erfrischt zurück und feiern Triumphe. Also komm …«

»Ja, Liebster.«

Hera und Athene saßen jetzt auf demselben Gipfel und redeten flüsternd miteinander. Es gefiel ihnen nicht, wie sich die Dinge unten auf der Erde entwickelten.

Hänselnd rief Zeus: »Nun, meine Lieben, für eure sanften Gemüter dürfte dies eine Genugtuung sein – es sieht ja sehr danach aus, als ob zwischen Griechenland und Troja bald Frieden herrschen könnte und als ob viele tapfere Männer verschont würden, die andernfalls den Tod gefunden hätten.«

»Du bist etwas voreilig, Herr«, sagte Hera mit lieblicher Stimme. »Bis jetzt ist kein Friedensvertrag unterzeichnet worden, sie haben sich lediglich auf einen Waffenstillstand geeinigt. Und bei zwei Armeen mit lauter mutigen Kriegern kann noch allerlei geschehen, was zu einem Bruch der Waffenruhe führt. Natürlich hoffen wir, dass nichts dergleichen passiert, aber schließlich hat es eine Prophezeiung gegeben, die besagt, dass Troja fallen wird.«

Zeus runzelte die Stirn und antwortete nicht. So dumm war er nicht, als dass er versucht hätte, sich mit Hera anzulegen.

Inzwischen flüsterte die ochsenäugige Herrin der Götter zu Athene: »Wir müssen sofort etwas unternehmen, sonst bricht noch der Friede aus. Geh hinunter und sieh zu, was du tun kannst, um diese dämliche Waffenruhe zu beenden.«

Athene flog hinunter und begab sich zu einem trojanischen Heerführer namens Pandaros, einem höchst eitlen und ehrgeizigen Mann. Sie blieb unsichtbar und flüsterte ihm zu: »Dies ist deine Gelegenheit, dir unsterblichen Ruhm zu erwerben. Der Mann, der einen Pfeil durch einen dieser berühmten griechischen Krieger jagt, wird die nächsten dreitausend Jahre, vielleicht auch länger, in den Annalen der Kriegskunst fortleben. Stell dir nur einmal vor, du treibst einen Pfeilschaft durch Odysseus oder Agamemnon oder Achilles. Nein, nicht Achilles, er kämpft ja heute nicht, oder? Doch schau! Da steht Menelaos, der immer noch nach Paris sucht. Er befindet sich in Bogenschussweite. Worauf wartest du? Wäre ich ein Bogenschütze mit deinen Fähigkeiten, ich würde keine Sekunde verlieren.«

Pandaros schluckte diese Schmeichelei auf einen Zug hinunter, was Athene genau gewusst hatte. Nun war Pandaros ein ausgezeichneter Bogenschütze, wenn auch nicht so gut, wie er von sich dachte, und er besaß einen wunderbaren Bogen aus zwei polierten Antilopenhörnern, die von Kupferringen zusammengehalten wurden und mit Ochsendarm bespannt waren. Von Athenes Worten beflügelt, riss er einen Pfeil aus seinem Köcher, führte ihn an die Bogensehne, bog seinen Bogen aus Horn und ließ den Pfeil sausen. Er flog summend durch die Luft und hätte Menelaos gleich an Ort und Stelle den Garaus gemacht, wenn nicht die immer noch unsichtbare Athene pfeilschnell über den Platz geschossen wäre und ihn so abgelenkt hätte, dass er sich durch den Schild des Königs von Sparta bohrte, weiter abgelenkt wurde und durch das untere Ende seines Brustharnisches drang, ihn an der Seite jedoch gerade nur kratzte. Die Wunde sah gefährlicher aus, als sie es war, weil der Pfeil auf der anderen Seite des Harnisches herausragte, so als habe er seinen Körper durchbohrt. Er schwankte und fiel auf die Knie; Blut strömte ihm die Schenkel herab. Die Griechen keuchten vor Entsetzen, und auch die Trojaner stöhnten, denn sie wussten, dass dies die Waffenruhe brechen würde.

Agamemnon entfuhr es in einem gewaltigen, kummervollen Schrei: »Verräter! Ihr habt meinen Bruder getötet! Ihr habt die Waffenruhe gebrochen! Zu den Waffen, ihr Griechen! Tötet die Verräter! Greift an!«

Und wieder wurde Staub aufgewirbelt, als die gesamte griechische Armee, die wie ein Mann marschierte, zu den Waffen griff und auf die trojanischen Linien zulief.

Diomedes

Athene konnte sich nicht damit zufrieden geben, für den Beginn der Schlacht verantwortlich zu sein; sie wollte, dass die Griechen die Schlacht gewannen. Und das war nicht so ganz einfach, denn sie kämpften ohne Achilles. Nun braucht aber jede Schlacht einen Helden, das Urbild eines glanzvollen Heros, jemanden, der von einem solch triumphalen Zorn erfüllt ist, dass er wie in einen Gott verwandelt wirkt. Seine stürmische Attacke tadelt und inspiriert die Zauderer und jedes Zustoßen bestraft den Feind.

In jenen Tagen gab es nur zwei Arten von Helden – die Gottgeborenen und Gottgemachten einerseits, wie etwa Herkules, Achilles, Theseus und Jason, oder Männer von Sterblichen geboren andererseits, die das erbarmungslose und grausame Zeremoniell der Heldenerschaffung durchliefen. Doch die Heldenerschaffung kam nur äußerst selten zur Anwendung, seit Anbeginn der Welt war sie erst dreimal durchgeführt worden. Und nun tat Athene es zum vierten Mal und sie wählte Diomedes.

Sie riss Diomedes aus seinem Streitwagen und flog mit ihm zu einer geheimen Höhle. Sie hielt ihn in einer Hand und zog ihm seine Rüstung aus, als knacke sie eine Nuss, und dann aß sie ihn roh. Dann hockte sich die jungfräuliche Göttin hin und gebar ihn neu. Sie gebar Diomedes, der nackt wie ein Säugling war, doch voll ausgewachsen, mit einer perlmuttschimmernden feuchten Haut und nassem Haar. Sie führte ihn an ihre Brust und säugte ihn. Er hielt die große Brustwarze und sog dick gewordene Milch und Honig auf, eine Masse, die Heldenbrei genannt wurde und für Göttersäuglinge bestimmt war, die jedoch, wenn ein Sterblicher sie trank, diesen entweder mit Poesie oder mit Zorn erfüllte.

Diomedes war Krieger und so wurde er erfüllt von göttlichem Zorn.

Athene küsste ihn auf den Mund, küsste ihn auf beide Augen und küsste ihn auf die Stirn. Dann zog sie ihm seine Rüstung wieder an, flog zurück zum Schlachtfeld und setzte ihn in seinen Streitwagen. Diomedes, der während der gesamten Dauer seiner Wiedergeburt ohnmächtig gewesen war, wusste nicht, dass er den hohen Sitz seines Wagens überhaupt verlassen hatte, fühlte sich aber plötzlich erfüllt von der Kraft eines Riesen. Von freudigem Zorn getrieben, peitschte er brüllend auf seine Pferde ein und raste auf die trojanischen Linien zu wie eine Sternschnuppe. Seine ehemals braunen Augen waren jetzt so grau wie die Athenes, verschleiert von einem milchigen Licht wie Mondsteine, und seine Haut war feucht und perlmuttschimmernd. Sein Zorn war sternengleich, wunderschön. Mit jedem Schleudern seines Speeres tötete er einen Trojaner.

Der Bogenschütze Pandaros, der die Waffenruhe brach, als er Menelaos verwundet hatte, legte einen weiteren Pfeil in seinen Antilopenhornbogen ein und schoss Diomedes durch die Schulter. Ohne die Pferde zu zügeln, versorgte Diomedes seine Wunde. Er nahm die Zugriemen in die linke Hand und brach mit der rechten die Pfeilspitze ab, dann zog er den Pfeilschaft aus seiner Schulter. Blut spritzte hervor, doch in seinem sternengleichen Zorn kam ihm das Blut wie Wein vor. Er drehte den Kopf, leckte sich die Schulter wie ein verwundeter Löwe und wurde sogar noch stärker.

Mit einem einzigen Speerwurf tötete er einen trojanischen Krieger mit Namen Astynios. Doch die Lanzenspitze blieb in einem Knochen stecken und er konnte sie nicht wieder herausziehen. Da zückte er sein Schwert und lenkte seinen Streitwagen in ein Knäuel Trojaner. Er schwang das Schwert wie eine Sichel und vollführte drei Streiche, die den Namen Diomedes auf ewig in die Annalen der Kriegskunst eingehen ließen. Es war damals Brauch, dass Brüder Seite an Seite in einer Kampfeinheit fochten. Und mit diesen drei Schwertstreichen tötete Diomedes sechs Männer, drei Brüderpaare, wobei jeder Streich jeweils durch zwei Hälse ging und zwei Köpfe abtrennte – so war Diomedes wie ein kleiner Junge, der über ein Feld stapfte und mit einem Stock den Pusteblumen die Köpfe abhieb. Mit dem ersten Streich tötete er Abas und Polydos, Söhne eines Sehers, der nach jenem Tag nie wieder einen prophetischen Traum hatte. Mit seinem zweiten Streich köpfte er die Zwillingssöhne eines reichen Trojaners, der keine anderen Erben hatte. Dann sprang Diomedes von seinem Streitwagen in den Wagen zweier trojanischer Prinzen und mähte ihnen mit einem einzigen Streich die Köpfe vom Körper.

Äneas, der Sohn des Anchises, sah dieses Gemetzel und es erfüllte ihn mit Scham und Wut, und er beschloss, Diomedes zu töten. Die Mutter des Äneas war Aphrodite, die den Anchises verführt hatte, als er kaum alt genug war, ihr von Nutzen zu sein. Sie geriet an ihn auf einer Wiese, wo er Kühe hütete, und streckte den schönen Jüngling im Gras aus und brachte ihm bei, was er zu tun hatte. Aus dieser Begegnung entstammte Äneas, den Aphrodite an seinen Vater zurückgab; sie hieß ihn, den Knaben als sterblichen Prinzen großzuziehen. Er wuchs heran und wurde gleich nach Hektor der stärkste Krieger in dem ganzen trojanischen Bündnis.

Doch Äneas war sowohl Weisheit als auch Kraft gegeben, und er wusste, dass Diomedes nun mit weit mehr als nur dem Mut von Sterblichen erfüllt war und dass er im Zweikampf nicht zu besiegen sein würde.

Er machte sich auf die Suche nach Pandaros und sagte:

»O starker Bogenschütze, heute hast du mit deinen Pfeilen zwei Könige getroffen, und es ist nicht deine Schuld, dass sie noch am Leben sind. Ich fordere dich dringend auf, deine unvollendete Aufgabe zum Abschluss zu bringen und Diomedes mit einem weiteren Pfeil zu durchbohren. Ich werde mit meinem Speer dir zur Seite sein. Gemeinsam bringen wir ihn vielleicht zur Strecke. Das können wir nur vereint schaffen, denn ich bin davon überzeugt, dass er in dieser Schlacht den Beistand eines Gottes hat.«

»In seinem Streitwagen eilt er blitzschnell mal hierhin und mal dorthin«, erwiderte Pandaros. »Zu Fuß stellen wir ihn nie. Ich habe keinen eigenen Streitwagen; wir müssen den deinen nehmen.«

»Natürlich, gern«, antwortete Äneas. »Wir nehmen meinen. So haben wir vielleicht teil an einem kleinen Stück jener göttlichen Kraft, die den Griechen zu Hilfe kommt, denn meine Pferde stammen von dem olympischen Zuchthengst ab.«

Und damit meinte Äneas Folgendes: Zwei Generationen zuvor hatte Zeus einen wunderschönen Knaben namens Ganymedes entführt, den Sohn von König Tros, dem ersten König Trojas, nach dem die Stadt auch benannt ist. Zeus machte Ganymedes zu seinem Mundschenk und als Gegenleistung gab er König Tros zwei Hengste. Sie stammten von der Koppel, von der auch Apollon die Pferde holte, die seinen Sonnenwagen von seinem östlichen Palast zum westlichen Rand des Himmels ziehen, auf jener Fahrt, die den Tag von der Nacht trennt. Danach lieh sich Anchises, der Vater des Äneas, diese Hengste für einige Stunden aus – stahl sie geradewegs eines Nachts aus den königlichen Stallungen, führte sie auf seine eigene Wiese und ließ sie eine ganze Herde seiner eigenen Stuten decken. Die beglückten Stuten brachten sechs feurige Fohlen zur Welt, von denen Anchises vier behielt und die beiden anderen an seinen Sohn, den Krieger, weitergab, damit der sie als Streitwagenpferde trainierte.

Äneas erzählte von seinen wundersamen Streitrössern, weil er sah, dass Pandaros Angst hatte, und diese Befürchtungen wollte er beschwichtigen. Er nahm Pandaros beim Arm und führte ihn zu seinem Streitwagen, der von einem Gespann mächtiger weißer Hengste gezogen wurde – sie hatten eine flammende Mähne, glühende schwarze Augen und korallrote Nüstern, sie waren genauso prächtig anzusehen wie ihre Vorfahren, die Sonnenhengste, die Apollons goldenen Wagen über die blaue Himmelswiese ziehen. Sie bestiegen den Streitwagen und schossen blitzschnell über das blutige Schlachtfeld, auf der Suche nach Diomedes.

In der Hitze seiner Kampfeswut sah der griechische Krieger das herrliche Gespann herannahen und für einen Augenblick drang seine Liebe zu Pferden durch den Blutrausch. Er beschloss, er müsse diese Pferde für sich haben, und wenn er dafür jeden einzelnen Trojaner auf dem Schlachtfeld töten müsse. Es war seine ruhmreiche Stunde, eine Stunde, wie sie nur einmal im Leben kommt, und in einer solchen Stunde tötet ein Mann seine Feinde und nimmt sich alles Schöne, was ihm in den Weg kommt. Er wusste nicht, dass ihn auf den Stadtmauern von Troja gerade in diesem Augenblick etwas noch viel Schöneres beobachtete. Cressida. Nachdem sie vor kurzem erst aus Agamemnons Zelt zurückgekehrt war und sich heimlich immer noch voller Sehnsucht an die Art der Griechen erinnerte, schaute sie nun auf der Stadtmauer gemeinsam mit Helena und Priamos und den Ältesten und den Frauen vom Hof zu, wie sich die Schlacht unter ihnen entfaltete. Sie konnte die Augen kaum von Diomedes lassen. Sie kannte ihn als Agamemnons Gefährten und als häufigen Besucher des obersten Heerführers, doch nun schien er in seinem sternengleichen Zorn ein ganz anderer zu sein, ein neugeborener Mann. Und während sie ihm beim Töten zusah, war ihr, als würden ihre Knochen schmelzen.

Äneas ließ seine Pferde auf ihn zugaloppieren, bis er etwa zwanzig Schritte von ihm entfernt war. Dann vollführte er ein Glanzstück erlesener Reitkunst, indem er seine Tiere unvermittelt zügelte, die Hengste auf die Hinterbeine hochzwang und sie an Ort und Stelle herumwirbelte, so dass sein Streitwagen breitseitig zu stehen kam und Pandaros direkt und ungehindert auf Diomedes zielen konnte. Der Pfeil blieb in dem Brustharnisch des Diomedes stecken, doch er hatte sich gerade gedreht, als der Pfeil ihn traf, so dass der abprallte. Der Grieche zog den Arm zurück und warf seinen Speer. Der sauste durch die Luft und traf Pandaros mitten ins Gesicht. Die Speerspitze drang unterhalb seiner Nase ein, zerschmetterte das Gebiss, schnitt ihm die Zunge ab und trat an der anderen Seite seines Kiefers wieder aus. Er fiel vom Streitwagen und spie Blut.

Mit Speer und Schild in der Hand sprang Äneas vom Wagen und stellte sich über den Leichnam des Pandaros, um Diomedes daran zu hindern, dessen Rüstung an sich zu nehmen. Auch Diomedes sprang von seinem Wagen, doch sein Schwert zückte er nicht. Er hob einen riesigen Felsbrocken hoch, hielt ihn über dem Kopf wie die Titanen bei dem Krieg, den sie vor Urzeiten gegen die Götter geführt hatten, und schleuderte ihn auf Äneas. Der Felsbrocken traf ihn in der unteren Körperhälfte, zerschmetterte ihm den Hüftknochen und warf ihn zu Boden. Jetzt zückte Diomedes sein Schwert und ging auf Äneas zu, um ihm den Kopf abzuhacken.

Aphrodite, die von hoch oben dem Kampf zugesehen hatte, sah ihren Sohn fallen, und zum zweiten Mal an jenem Tag begab sie sich eilends zur Erde. Sie packte Äneas,

bettete ihn in ihre weißen Arme und machte Anstalten davonzufliegen. Diomedes, der immer noch raste vor blinder Wut, sah sich des Körpers seines Feindes beraubt, der sich, so kam es ihm vor, auf einer Fontäne weißen Nebels zu erheben schien. Wagemutig sprang er in diesen Nebel hinein, hieb mit seinem Dolch um sich und verletzte Aphrodite an der Hand. Die Göttin schrie auf vor Schmerz; sie selbst hatte zahllose andere mit ihren Gunstbezeigungen verwundet, doch noch niemals zuvor war sie ihrerseits verwundet worden, und so wusste sie nicht, wie sie mit Schmerzen umzugehen hatte.

Der Körper des Äneas entglitt ihren Händen und wurde von Apollon aufgefangen, der auf Seiten der Trojaner stand. Der Gott Apollon breitete seinen Mantel über Äneas, um ihn vor Schwertstreichen und Speerhieben zu schützen. Diomedes hackte weiter auf den Körper seines Feindes ein, doch jedes Mal musste er spüren, wie sein Schwert weggedreht wurde. Als er schließlich begriff, dass er gegen irgendeine Geistermacht kämpfte, packte er Äneas an Arm und Bein und versuchte, ihn zur Frontlinie der Griechen zu tragen. Doch er konnte den Körper nicht vom Platz bewegen; es schien, als seien ihm Wurzeln gewachsen. Da erschien vor ihm die hoch gewachsene, strahlende Gestalt des Apollon, mit Haar und Bart aus flammendem Gold und gewitterblauen Augen. Apollon sprach; seine Stimme war erfüllt von wütender Musik.

»O Sohn des Tydeus, du hast dich heute eines Vergehens schuldig gemacht, als du einen Gott verwundet hast; sei achtsam, auf dass du nicht einen weiteren Gott verletzt. Sieh mich an, Sterblicher. Schau auf mich und bete. Und dann verlasse dieses Schlachtfeld. Äneas lebt und wird am Leben bleiben, um weiterzukämpfen, denn wir bedecken ihn mit dem Mantel unserer Macht.«

Diesen Worten gelang es schließlich, den Furor des Diomedes zu durchdringen, ohne ihn jedoch zu zerstreuen. Er zog sich zurück, allerdings nicht weit, und schaute sich um nach einem anderen Feind, den er angreifen konnte. Dann brach er in glucksendes Gelächter aus. Sein Blick war auf den Streitwagen des Äneas gefallen, der von diesen herrlichen weißgoldenen Streitrössern gezogen wurde, welche von den Sonnenhengsten abstammten. Der Wagen war führerlos, doch die gut dressierten Pferde blieben an Ort und Stelle und kauten in aller Ruhe Gras. Er sprang in den Wagen, stieß einen gewaltigen Schlachtruf aus und flog auf die trojanischen Linien zu.

Während all dies geschah, begab sich Aphrodite zu ihrem Bruder Ares, dem Kriegsgott, und rief: »Sieh nur, Bruder. Ein Sterblicher hat mich verwundet. Aus meinem Arm rinnt Götterblut, denn er hat mich mit seinem Schwert verletzt. Ihn erfüllt mehr als nur die Kraft eines Sterblichen, mehr als nur der Mut eines Sterblichen. Er ist im Begriff, den Olymp selbst zu stürmen, doch davor beabsichtigt er, Troja im Alleingang zu zerstören. Steh ihnen bei, Bruder, steh den Trojanern bei, die sich mit ihren flehenden Bitten an uns wenden. Befreie die Erde von diesem Raufbold Diomedes. Erwirb dir meine Dankbarkeit. Schließlich weißt du ja, dass ich mich darauf verstehe, mich dankbar zu erweisen.«

Ares lachte sein heiseres Lachen, das sich anhörte, als schramme Fels gegen Fels.

»Halte dich von den Schlachten fern, Schwester«, sagte er. »Du bist für weit zärtlichere Gefechte gemacht. Überlass das Kämpfen ruhig mir. Bis heute Abend.«

Ares sprang in seinen Streitwagen und galoppierte zur Erde. Aphrodite begab sich weiter Richtung Olymp, umfasste dabei schützend ihren verwundeten Arm und schluchzte wie eine Taube, doch noch während sie sich über ihr Unglück grämte, schmiedete sie bereits Rachepläne.

»Mich verwunden, hat man so etwas schon gehört! Auf

der makellosen Haut Aphrodites Zeichen hinterlassen – wie kann er es nur wagen? Für diese Wunde wird er leiden. Meine Schmerzen sind nichts im Vergleich zu den Schmerzen, die ich ihm zufügen werde; Schmerzen mit Verwirrung gemischt. Qualen in Rätsel gehüllt. Und jetzt weiß ich auch, wer Mittel zum Zweck sein wird – dieses kleine Luder Cressida. Ich habe gesehen, wie sie ihn von der Stadtmauer aus beobachtet hat. Nun, diese Glut werde ich anfachen. Und diesen Banditen werde ich mit Träumen und heimlichen Einflüsterungen und zufälligen Begegnungen bearbeiten. Ja, ich werde diese beiden so sehr verwirren, dass sie sich davon nicht mehr erholen, und diesen seeräuberischen Griechen werde ich eine Lektion erteilen, die sie nicht vergessen werden.«

Ares nahm die Gestalt eines Thrakerfürsten namens Akamas an, der ein sehr schneller Läufer und tüchtiger Krieger war, einer der nützlichsten Verbündeten Trojas.

So verkleidet schalt er die Söhne des Priamos aus und rief: »Wenn Prinzen zu Feiglingen werden, was kann man dann von den einfachen Soldaten erwarten? Kein Wunder, dass die Griechen uns an die Stadttore von Troja zurückdrängen wie gemeinen Pöbel. Seht, da liegt zu Tode verwundet der tapfere Äneas, und keiner von uns ist Manns genug, etwas zu seiner Rettung zu unternehmen.«

Ein anderer Verbündeter empfand große Scham bei diesen Worten. Es war Sarpedon, Fürst von Lykien, der sich selbst als Sohn des Zeus bezeichnete und der auf Hektor immer schon neidisch gewesen war. Jetzt wandte er sich an Hektor.

»O Sohn des Priamos, die Geschichte der heutigen Ereignisse wird aufgeschrieben mit den Buchstaben der Schande und alle Welt wird sie lesen können. Deine Trojaner verkriechen sich wie erbärmliche Köter und überlassen das Kämpfen deinen Verbündeten. Für mich steht in Troja nichts auf dem Spiel. Meine Burg befindet sich am Flusse Xanthus. Sicher und geborgen ist dort meine Frau gebettet. Sie wird von den Griechen nicht vergewaltigt werden. Und meinem kleinen Sohn werden die Eindringlinge auch nicht den Schädel zertrümmern. Und genauso wenig wird man meine Schatzkammer plündern. Doch du, dem dies alles und noch mehr zustoßen wird, du stehst da und schaust zu, während die Griechen ungehindert vorrücken. Geh deinen Verbündeten mit gutem Beispiel voran, Trojaner! Tust du das nicht, wirst du feststellen müssen, dass wir dich im Stich lassen und nach Hause auf unsere Inseln segeln.«

Sarpedons Worte fraßen sich so tief in Hektor hinein wie die Giftzähne einer Schlange. Kampfeslust jagte wild durch seine Adern. Zwei Speere schwingend schoss er die Linien der Trojaner auf und ab und feuerte sie an mit seinem Furcht erregenden Kriegsgeheul. Sie mussten nicht angefeuert werden. Sie hatten gehört, was Ares und Sarpedon gesagt hatten, und warfen die stumpfsinnige Furcht von sich ab, die sie gelähmt hatte, seit Diomedes seine göttlich inspirierte Attacke begonnen hatte. Und sie fassten frischen Mut beim Anblick von Äneas, der unter Apollons Mantel hervor mit geheiltem Hüftknochen und stärker denn je wieder aufstand. Denn Apollon ist der Gott der Heilkunst und er hatte seine Hände auf Äneas gelegt und ihn geheilt.

Äneas war erfüllt von schrecklicher Wut, als er sah, dass man ihm seinen Streitwagen und das herrliche Pferdegespann gestohlen hatte. Er gesellte sich zu Hektor, und gemeinsam führten sie die Trojaner in eine Attacke, die keine Gegenwehr zuließ, und zerstreuten die Griechen wie Staub in alle Himmelsrichtungen.

Während dieser ganzen Zeit, als die Schlacht tobte und mal die einen, mal die anderen die Oberhand hatten, blieb Achilles in seinem Zelt, ohne auch nur einmal herauszukommen. Er lag auf seiner Decke und versuchte, die

Ohren vor den Kampfgeräuschen zu verschließen, doch es wollte ihm nicht gelingen. Er hörte alles – Kriegsgeheul und Antwort darauf, Herausforderung und Erwiderung, das Aufeinanderprallen von Speeren und das Zusammenkrachen von Schilden, das Rasseln von Schwert gegen Helm und das Schwirren von Pfeil gegen Brustharnisch. Pfeile sausten durch die Luft. Männer kreischten und stöhnten; Pferde wieherten und schnaubten. Immer schon waren diese Geräusche Musik für ihn gewesen – die herrlichsten Geräusche der Welt –, doch jetzt war es Qual für ihn. Denn dass eine Schlacht im Gange war und Achilles nicht daran teilnahm, war ganz und gar wider die Natur. Schwere Schluchzer entrangen sich dem Achilles, doch Patroklos war in dem Zelt bei ihm, und er wollte nicht, dass sein Freund hörte, wie er litt. Achilles biss sich ins Handgelenk, bis es blutete, und erstickte so seine Schluchzer.

Schließlich konnte er es nicht länger ertragen. Er stand von seinem Lager auf und wusch sich das Gesicht mit kaltem Wasser aus einem goldenen Krug, den er bei einem schon fast vergessenen Überfall mitgenommen hatte. Ach, wie unbeschwert erschienen ihm jetzt diese Tage vor seinem Streit mit Agamemnon, als er es sich noch erlauben konnte, die Meere zu durchkreuzen und die Heimatinseln der Verbündeten Trojas zu überfallen, in ihren gut geschützten Festungen zu wüten, Männer wie Fische aufzuspießen und die stolzen Trutzburgen ihrer Schätze zu berauben – Frauen zu entführen und Sklaven fortzuschleppen.

Er stand vor seinem Zelt und beobachtete die Schlacht. Er sah Diomedes von einem Ende zum anderen jagen, und es kam ihm so vor, als sehe er sich selbst, wie er vor gar nicht allzu langer Zeit gewesen war. Laut stöhnte er auf. Patroklos trat zu ihm und legte ihm den Arm um die Schultern.

»Alter Freund«, sagte Patroklos, »lieber Gefährte, ich

kann es nicht mit ansehen, wie du dich vor Kummer grämst. Geh hinaus in die Schlacht, sonst wird dir noch der Schmerz die Brust aufreißen, so wie ein Feindesspeer es nicht besser könnte.«

»Ich kann meine Fehde mit Agamemnon nicht begraben«, rief Achilles. »Trügerischer Freund! Wie kannst du mir nur einen solchen Ratschlag geben? Er hat mich beleidigt, hat mir die Frau weggenommen. Glaubst du denn, ich gestatte es einem Mann, und möge er auch ein Dutzend Mal König sein, mir so etwas anzutun? Nie und nimmer! Lieber kämpfe ich auf Seiten der Trojaner gegen die Griechen.«

»Zum Verräter an deinen eigenen Leuten willst du werden? So etwas brächtest du doch nie fertig«, erwiderte Patroklos.

»Wenn ich nicht kämpfe, werde ich zum Verräter an meiner eigenen Natur. Und das ist weit schlimmer.«

»Nie im Leben würdest du es fertig bringen, gegen deine alten Gefährten zu kämpfen. Wie könntest du je den Speer erheben gegen einen der beiden Ajaxe, gegen Odysseus, gegen Idomeneus? Von mir will ich gar nicht reden.«

Achilles nahm den Kopf des Freundes in die Hände und schaute ihm tief in die Augen.

»Ach, Patroklos«, sagte er. »Du wärst überrascht, würde ich dir die Namen all jener nennen, gegen die ich kämpfen könnte, wenn der Schlachteifer in mir brennt. Ajax, Diomedes, Odysseus, Idomeneus, ich mag sie alle recht gern, sogar den rauen Bären Menelaos. Ich habe Abenteuer mit ihnen erlebt, bin mit ihnen auf Raubzüge gegangen und habe mit ihnen gegen die Trojaner gekämpft. Ich würde es womöglich bedauern, sie töten zu müssen, aber in der Hitze der Schlacht würde ich es sehr wohl fertig bringen. Nur du, mein Freund, hast einen wahrhaft sicheren Platz in meiner Wertschätzung. Dir werde ich niemals etwas antun. Dich würde ich jederzeit rächen, sollte ein anderer dir etwas zuleide tun. Ich fühle mich hin- und hergerissen. Ich fühle ein Feuer brennen in meinem Kopf, das mir mein ganzes Denken versengt. Ich fühle einen Schmerz in meinen Eingeweiden wüten, der schlimmer ist als all die Waffen, die sich je in meine Rüstung gebohrt haben. Was mit mir in den Tagen, die noch vor uns liegen, geschehen wird, weiß ich nicht, doch lass mich dir dies geloben. Du bist mein Freund, mein wahrer Freund, mein sanfter Vetter und der Gefährte meiner Kindertage. Also höre, was ich dir sage: Ich werde dir niemals etwas zuleide tun, und sollte ein anderer dir etwas antun, so werde ich dich bitter rächen.«

Er schob Patroklos beiseite. »Geh jetzt. Ich weiß, du willst nicht, dass ich in diesem Augenblick allein bleibe, aber ich bitte dich, geh. Ich will nicht, dass du siehst, wie ich leide.«

»Gut, ich werde gehen«, antwortete Patroklos. »Doch auch ich werde mich nicht in die Schlacht begeben, bis du es mir gestattest.«

Er verließ den Freund, aber weit ging er nicht fort. Er ging um das Zelt herum, dort blieb er dann stehen und betrachtete Achilles. Sein Herz war ganz und gar erfüllt von Liebe zu dem starken Jüngling und er war ihm genauso treu ergeben wie ein Hund.

Von ihrem Gipfel auf dem Olymp schauten Hera und Athene stirnrunzelnd zu, wie die Trojaner die Griechen zurückschlugen.

»Was bekümmert dich, Stieftochter?«, fragte Hera. »Du scheinst den Kontakt zu verlieren. Die Stärke, die du Diomedes gabst, scheint verebbt zu sein und mit ihr auch die Flut des Kriegsglückes der Griechen. Sieh sie dir an; sie laufen davon wie die Karnickel.«

»Das kommt daher, dass meine Brüder ihr Versprechen,

neutral zu bleiben, nicht gehalten haben«, gab Athene wütend zurück. »Apollon hat den Äneas vollkommen wiederhergestellt, der in ruhmreicher Tat von Diomedes niedergestreckt worden war, und nun schwingt der Sohn des Anchises seine Waffe kraftvoller als je zuvor. Und Hektor ist auf einmal ganz beflügelt und wütet auf dem Schlachtfeld wie ein Wolf. Doch das ist alles andere als ein Zufall. Hinter ihm sehe ich die Gestalt des Ares, der die Trojaner zu übermenschlichen Anstrengungen treibt.«

»Ja, Ares trägt hauptsächlich die Schuld«, erwiderte Hera. »Wenn ich auch seine Mutter bin, muss ich doch zugeben, dass er ein unverbesserlicher Unruhestifter ist. Apollon mag Wunden heilen und Befehle ausgeben, doch um mit den Sterblichen zu kämpfen, ist er zu stolz. Ares dagegen frohlockt in der Schlacht, ganz gleich gegen wen er kämpft. Er ist es, der die Trojaner vorwärts drängt. Ares ist es, der vom Schlachtfeld vertrieben werden muss. Und du, Stieftochter, bist diejenige, die das erledigen muss. Denn mir würde Zeus niemals verzeihen, wenn ich gegen meinen eigenen Sohn zu den Waffen griffe. In manchen Dingen kann er furchtbar engstirnig sein.«

»Nun gut«, entgegnete Athene. »Dann will also ich es tun. Schon manch ein Jahrhundert habe ich auf die Gelegenheit gewartet, es diesem Flegel einmal heimzuzahlen.«

Kaum hatte sie das gesagt, eilte sie auch schon zur Erde, und während sie unsichtbar blieb, gesellte sie sich zu den Griechen, und zwar dorthin, wo diese nahe bei ihren Schiffen eine Verteidigungslinie errichtet hatten. Erbarmungslos rückten die Trojaner vor, doch die stärksten Krieger der Griechen – Ajax der Große, Ajax der Kleine, Teuker, Odysseus, Idomeneus, Agamemnon und Menelaos –, diese ganzen grimmigen Streiter bildeten einzelne Knäuel erbitterten Widerstandes gegen die Trojaner, die an etlichen Stellen die griechischen Linien durchbrochen hatten und auf die am Strand liegenden Schiffe vorrückten.

Athene sprach zu Diomedes und erschien ihm in ihrer eigenen Gestalt, während sie für die anderen unsichtbar blieb. »O Sohn des Tydeus«, sagte sie, »du bereitest mir großen Kummer und bist eine große Enttäuschung für mich. Heute habe ich dich auf eine Weise geehrt, die von Anbeginn der Zeit an nur drei anderen Sterblichen zuteil wurde: Ich führte dich durch das Zeremoniell der Wiedergeburt. Ich bin deine Göttinnen-Mutter geworden und habe dich mit gottgleicher Kraft ausgestattet. Und was muss ich jetzt sehen? Nach nur wenigen Stunden des Kampfes wirst du müde. Deine Kräfte schwinden. Du überlässt Hektor und Äneas das Schlachtfeld. Das ist unerhört. Ich stand auf dem Olymp und mochte kaum glauben, was ich zu sehen bekam. Ich wusste nicht, was ich Mutter Hera antworten sollte, die mich zu Recht dafür schalt, dass ich solch einen Schwächling als Gefäß für die herrliche Raserei der Götter ausgewählt hatte. Ich bin betrübt, Diomedes. Ich bin entsetzt und überrascht.«

Inzwischen war das Gesicht des Diomedes von Tränen ganz nass. In dicken Büscheln riss er sich den Bart aus.

»Noch ein Wort des Tadels, o Athene«, rief er, »und ich ramme mir diese Klinge in die Brust. Und du musst einen anderen finden, den du mit deiner Verachtung zerschmettern kannst. Weshalb gibst du mir die Schuld für etwas, für das ich nicht verantwortlich bin? Du hast gesehen, dass ich jeden Trojaner bezwungen habe, der mir in den Weg gekommen ist, sogar den gewitzten Bogenschützen Pandaros, sogar den mächtigen Äneas. Ja, ich habe sogar seine Mutter Aphrodite verwundet – und wie viele Männer können sich schon rühmen, die glänzende Haut der Liebesgöttin mit Götterblut benetzt zu haben? Doch inmitten dieser Taten wurde mir Einhalt geboten von deinem Bruder Apollon, dem Sonnengott persönlich, der mich ermahnte, dass ich nie wieder die Hand gegen einen Olympier erheben dürfe, und mir mit ewigen Qualen drohte, falls ich nicht gehorche. Was also soll ich tun? Dein Bruder Ares ist es, der hinter den trojanischen Linien das Kommando führt und Äneas und Hektor mit Kampfeswut erfüllt und sie unbesiegbar macht. Sofern ich meinen Speer nicht gegen Ares erhebe und ihn vom Schlachtfeld jage, wird er mir nie gestatten, mich mit Hektor und Äneas im Kampf zu messen.«

»Was du sagst, ist wahr«, erwiderte Athene, »doch *mich* kann Apollon nicht daran hindern, gegen Ares zu kämpfen. Ich habe die Erlaubnis von Mutter Hera. Was Zeus betrifft, nun, er verabscheut seinen rauflustigen Sohn. Viele Male, vor Äonen von Jahren schon, fühlte er sich dazu gedrängt, Ares höchstpersönlich zu bestrafen. Und wenn auch Vater Zeus eher den Trojanern gewogen ist, wird er mich, wie ich weiß, nicht allzu sehr schelten, wenn ich Ares bestrafe. Also lass uns gehen. Du wirst den Speer gegen ihn erheben, doch ich werde dich als dein Wagenlenker begleiten und deinen Speer lenken. Außerdem werde ich dein Schild sein, wenn der Kriegsgott mit seiner riesigen Lanze auf deinen Brustharnisch zielt. Komm, tapferer Diomedes, wir wollen die Trojaner lehren, dass die Griechen selbst dann die Oberhand gewinnen, wenn der große Achilles es verschmäht, sich auf das Schlachtfeld zu begeben. Ja, ich will dein Wagenlenker sein und dieses prachtvolle Gespann lenken, das du dem Äneas fortgenommen hast, und du kannst all deine Zeit darauf verwenden zu kämpfen.«

Athene sprang in den Wagen und nahm die Zügel zur Hand. Diomedes stellte sich neben sie, senkte den Speer und gab einen lauten Kriegsschrei von sich. Athene fuhr direkt auf Ares zu, der gebeugt über etlichen aufeinander gehäuften toten Griechen stand und sie ihrer Rüstungen beraubte. Er wollte die Waffenkleider von zwanzig hoch gewachsenen Männern auf den Olymp mitnehmen und sie Hephaistos geben, der das Metall schmelzen und daraus einen Brustharnisch und ein Paar Beinschienen schmieden sollte, die groß genug für Ares waren. Doch als er den Streitwagen näher kommen sah, leuchtete in seinen düsteren Augenhöhlen eine neue Gier auf; diese Pferde wollte er für sich. Außerdem wollte er unbedingt eine Rechnung mit Diomedes begleichen, der an jenem Tag so heftig gegen die Trojaner gewütet hatte. Er nahm seinen zwanzig Fuß langen Speer zur Hand, dessen Griff aus einer ganzen Esche bestand, und eilte auf den Streitwagen zu. Es war eine Attacke, mit der man ein Stadttor hätte einschlagen können, doch Athene streckte ihre gepanzerte Hand aus und lenkte den Speer ab, so dass er, ohne Schaden anzurichten, an Diomedes vorbeizischte und Ares mühelos in Schwertkampfreichweite brachte. Der schnelle Gegenangriff des Diomedes riss Ares beinahe die Eingeweide heraus. Mit einem Entsetzensschrei fiel er zu Boden und hielt sich den Magen, um die Eingeweide an Ort und Stelle zu halten. Wäre er ein Sterblicher gewesen, hätte die Wunde tödlich gewirkt. Wie die Dinge lagen, musste er das Schlachtfeld verlassen und auf den Olymp zurückkehren. Zuerst begab er sich zu Hephaistos, damit der ihm die mächtigen Eingeweide wieder an den Platz rückte und die Wunde mit Stierhautsehnen vernähte.

Dann stürmte Ares in den Thronsaal des Zeus und schrie: »Gerechtigkeit! Gerechtigkeit! Deine Harpyie von einer Tochter, diese Eulenhexe, lenkt unsichtbar den Streitwagen des Diomedes, schützt ihn vor allen Verletzungen und stärkt seine Hand, auf dass er tötet, tötet, tötet.«

»Nun sieh einmal einer an«, erwiderte Zeus. »Ich wusste ja gar nicht, dass das Töten für dich eine derart verabscheuenswerte Angelegenheit ist. Diese Skrupel scheinen sich über Nacht entwickelt zu haben.«

»Aber du verstehst nicht, o Zeus. Er greift ja nicht nur Sterbliche an. Vorhin hat er Aphrodite verwundet. Gerade eben hat er dank eines Zufallsstreiches mich mit Blut befleckt. Mich! Deinen Sohn! Den Kriegsgott!«

»Weshalb beklagst du dich überhaupt?«, rief Zeus. »Athene hätte nicht direkt in die Schlacht eingreifen sollen, das ist wahr, denn ich habe es verboten, doch schließlich hast du auf Seiten der Trojaner dasselbe getan. Ich habe dich gesehen. Du hattest dich als Akamas verkleidet und hast mit deinen eigenen Waffen Griechen getötet und sie ihrer Rüstungen beraubt. Du trägst genauso viel Schuld, und wenn ich einen bestrafe, muss ich beide bestrafen. Im Übrigen finde ich, ein Kriegsgott sollte sich schämen, seine Niederlage durch die Hand seiner Schwester auch noch öffentlich bekannt zu geben.«

»Schwester? Das ist keine Schwester«, brummelte Ares, als er den Thronsaal verließ. »Das ist eine Harpyie geradewegs aus der Hölle.«

Nichtsdestotrotz schickte Zeus Ares den Apollon hinterher, um sicherzustellen, dass dessen Wunde ordentlich versorgt wurde. Dann sandte er die leichtfüßige Iris, um Athene vom Schlachtfeld abzuberufen, und gab nochmals einen Erlass heraus, in dem er jegliches direktes Eingreifen welcher Gottheit auch immer ganz gleich auf welcher Seite strikt verbot.

Hektor

Die Schlacht hatte bei Morgengrauen begonnen, und inzwischen hatte die Mittagshitze eingesetzt. Wie ein Bronzehelm hing die Sonne am Himmel; gelblicher Staub schwebte glühend heiß wie Feilspäne aus Metall in der Luft. Die erschöpften Männer keuchten wie Vieh, das man nicht getränkt hatte. Wo ihnen die Sonne auf die Rüstung brannte, spürten sie, wie ihnen die Haut versengt wurde. Viele hatten ihre Rüstung abgeworfen und kämpften nackt. Speerschaft und Lanzengriff und Schwertheft waren so schlüpfrig vor lauter Schweiß, dass sie den Männern aus den Händen glitten. Ohne dass die entsprechenden Befehle gegeben wurden, legte sich das Schlachtgetümmel, und die Armeen zogen sich ein wenig voneinander zurück, um die spätnachmittägliche Kühle abzuwarten.

Während dieser Ruhepause kehrte Hektor nach Troja zurück. Zwei Aufträge wollte er ausführen: erstens, seinen Bruder Paris dem Schlafgemach entreißen und ihn aufs Schlachtfeld bringen; zweitens, seine Frau Andromache aufsuchen.

Andromache war nicht im Haus. Die Diener erzählten ihm, sie warte auf der Skäischen Stadtmauer. Dort traf er sie dann an. Sie umarmten sich.

Andromache sagte: »Ich bitte dich, Hektor, postiere einige deiner besten Krieger hier bei dieser Stadtmauer. Sie ist die größte Schwachstelle. Siehst du, wie niedrig sie dort ist und wie bröcklig? Wenn die Feinde eine Bresche schlagen, dann wird es hier sein. Verstärke die Bewachung.«

Hektor lächelte. »Du solltest General sein und nicht ich.

Du hast vollkommen Recht. Ich werde diese Stellungen unverzüglich verstärken lassen.«

»Du bist so erhitzt und müde«, sagte sie. »Musst du denn sofort wieder aufs Schlachtfeld zurück? Kannst du nicht eine Weile bei mir bleiben? Bleib nur einen Augenblick und lass es mich dir etwas behaglich machen.«

»Nein, ich muss gleich wieder zurück, so gern ich auch bei dir bleiben und einige kühle und wohltuende Stunden in deiner unvergleichlichen Gesellschaft verbringen möchte. Ich bin der oberste Befehlshaber und ich muss meine Männer führen.«

»Du siehst so ernst, so bedrückt aus ...«

»Ich hatte eine Vision von Trojas Untergang. Inmitten all der Bilder des Gemetzels und Verderbens sah ich weiter nichts als nur diese eine Szene: Du bist, zu einem Zeitpunkt in der Zukunft, von irgendeinem Eroberer im Kettenhemd ins ferne Griechenland fortgeschleppt worden. Dort in Argos oder Attika oder Sparta sehe ich dich in trister Kleidung an einem Webstuhl spinnen und Wasser aus einem Brunnen heraufziehen, und das unter den Augen deiner Herrin, die dir nicht wohl gesinnt sein wird, denn du bist zu schön, schöner als sie, wer immer sie auch sein mag. Und ihr Mann, dein Herr, wird seine Nächte lieber mit dir als mit ihr verbringen. Ich sehe dich als Dienerin, als Sklavin; fortgeführt in die Sklaverei, das ist es, was Niederlage bedeutet. Und dich dort so zu sehen, erfüllt mich mit solch kummervollem Zorn, dass ich die Kraft eines Riesen in mir spüre, dass ich spüre, dass ich mich ganz allein mit meinem Leib zwischen die Trojaner und all die griechischen Horden stellen könnte, selbst wenn meine Gefährten niedergemetzelt werden, und dass ich töten und immerzu töten würde, bis kein einziger Grieche mehr übrig ist. Und so trägt diese Vision ihren eigenen Widerspruch in sich – was hältst du davon?«

»Was ich davon halte? Nun, dass du äußerst tapfer und

äußerst ehrenvoll bist. Und dass ich gesegnet bin mit einem solchen Ehemann, denn du bist, davon bin ich überzeugt, der größte Mann, der je Waffen trug, und das edelste Herz, das je eines anderen Kummer auf sich nahm. Und wenn du auf Achilles oder Ajax triffst, werden die Götter deiner Sache gewogen sein, denn du bist der lebende Beweis dafür, dass ihre Schöpfung sich selbst übertrifft.«

»Hab Dank für diese Worte«, erwiderte Hektor. »Es sind die süßesten Worte, die ich je in meinem Leben gehört habe. Und es stimmt, ob ich Achilles nun bezwinge oder nicht, ich muss ihn zum Zweikampf fordern. Diese offenen Feldschlachten dezimieren unsere Streitkräfte allzu sehr und wir haben nicht so viele Männer zu entbehren wie der Feind. Ja, ich werde gegen den starken Achilles kämpfen, und wenn ich dann kämpfe, wird mir die Erinnerung an deine liebevollen Worte wie die Musik des Siegers in den Ohren klingen.«

Er nahm seinen kleinen Sohn auf, der in den Armen einer Kinderfrau ruhte, streckte ihn in die Höhe, als wollte er ihn bis zum Himmel heben, und sagte: »Großer Zeus, der du unser aller Vater bist, höre das Gebet eines weit unbedeutenderen Vaters. Ich bin Krieger; manche nennen mich Held. Wie du sehr wohl weißt, ist mit einem solchen Zustand ein gewisses Maß an Selbstachtung verbunden. Statt dass ich dir einen Stier opfere, lass mich dir meine Selbstachtung als Opfer darbringen, die, so versichere ich dir, so mächtig und so heißblütig und so ungestüm ist wie nur je ein Stier. Lass mich dich um Folgendes bitten: Wenn mein Sohn erwachsen ist und seine Schlachten kämpft, wie es alle Männer tun müssen, und dann aus dem Krieg zurückkehrt, mögen die Menschen nur dies von ihm sagen: ›Er ist ein besserer Mann, als es sein Vater war.‹«

Den Säugling erschreckte der wippende Helmbusch

und er fing an zu weinen. Hektor lächelte und küsste das Kind und legte es seiner Mutter in die Arme. Dann küsste er seine Frau und sagte: »Jetzt muss ich gehen, geliebte Frau. Ich muss diesen faulen Paris aus dem Bett jagen und versuchen, ihn dazu zu bewegen, ein wenig mitzukämpfen in diesem Krieg, den er angezettelt hat. Leb wohl.«

Es dauerte eine Weile, bis er sich seinen Weg durch die große Menschenmenge auf den Straßen gebahnt hatte, um zu dem Haus zu gelangen, in dem Paris wohnte. Es schien, als sei ganz Troja auf den Beinen. Da er der ganz besondere Held der Leute war, drängten sie sich um ihn, riefen ihm Fragen zu, versuchten, ihn zu berühren. Er bewahrte sich ein Lächeln auf den Lippen, kämpfte sich jedoch seinen Weg stetig durch die Menge. Doch seine Dienerin, die auf der Stadtmauer gewesen war, die Kinderfrau seines kleinen Sohnes, war von seinen Worten so gerührt gewesen, dass sie davongeeilt war, um jedem, dem sie begegnete, zu erzählen, was ihr Herr gesagt hatte. Als Hektor dann endlich beim Haus des Paris eintraf, hallte ganz Troja wider von seiner Rede an Andromache, und keine Frau, die sie gehört hatte, konnte umhin, in Tränen auszubrechen und den eigenen Ehemann mit kritisch prüfendem Blick zu betrachten.

Er fand Paris bei Helena, als er gerade seine Rüstung polierte.

»Sie ist sauber genug, Bruder, allzu sauber. Ich sähe sie lieber ein wenig blutbefleckt.«

»Aha, der alte Vorwurf«, brummelte Paris.

»Ja, der alte Vorwurf. Du kämpfst nicht genug für deine Sache, Paris. Du gibst den Truppen ein schlechtes Beispiel und schürst Groll unter deinen Brüdern. Inzwischen erzählt man sich, du seist ein Feigling. Auch ich habe dich im Eifer meines Verdrusses so genannt, und doch weiß ich, dass du kein Feigling bist. Um feige zu sein, bist du zu stolz. Verantwortungslos, das bist du. Du scheust die Disziplin der Kriegsführung, den Zwang, die eiserne Notwendigkeit. Du bist wie ein kindliches Zauberwesen, das alles kann und sich alles erlaubt, das jedoch seine eigenen Launen für die grundlegenden Gesetze des Universums hält. Nun, damit muss Schluss sein. Die brutalen Zwänge des Krieges lasten auf uns, eines Krieges, den deine eigenen Begierden ausgelöst haben. Du musst nicht nur eine ehrenhafte Rolle spielen, sondern die Rolle eines Helden. Zeus allein weiß, dass wir alle Helden brauchen können, die wir aufzubringen vermögen.«

»Immer und immer wieder sagst du das, Hektor«, erwiderte Paris, »aber ich habe doch nie auch nur eine Silbe dagegen gesagt. Weshalb, glaubst du, poliere ich gerade meine Rüstung? Im Bett trage ich sie nie. Ein Gerücht, großer Bruder, das nebenbei bemerkt über dich im Umlauf ist. Nein, ich habe vor, mich in die Schlacht zu begeben; ich möchte nur nett aussehen, wenn ich schon hingehe.«

»Lieber Bruder Hektor«, sagte Helena, »ehrwürdiger Feldherr, ich weiß, du hältst nicht viel von mir. Ich weiß, du siehst in mir eine schamlose Dirne, die deinen Bruder verführt und Troja in einen verheerenden Krieg gestürzt hat. Doch lass mich dir dies sagen: Auch ich liege ihm ständig in den Ohren damit, dass er seinen Teil in der Schlacht leistet. Auch ich stamme aus einer Kriegerrasse, wie du weißt. Tatsächlich heißt es, ein besonders berühmter Krieg Führender, Zeus selbst, sei mein Vater. Ich weiß nicht, wie viel Wahres daran ist, doch es heißt, er habe um meine Mutter in Gestalt eines Schwans geworben, und ich sei aus einem Schwanenei geboren worden, was die Farbe meiner Haut erklärt.«

Sie lächelte Hektor an, und ihm fiel kein Wort des Vorwurfs ein, das er zu ihr sagen konnte. Beim Aufblitzen von Helenas Lächeln konnte kein Mann an etwas anderes denken, als sich zu fragen, wie es wohl sein mochte, bei ihr zu liegen. Sogar der eiserne Hektor war nicht gefeit dagegen.

»Ich habe gehört, was du zu Andromache gesagt hast«, fuhr Helena fort. Auf ihrer Wimper zitterte eine einzelne perlengleiche Träne, ohne herunterzufallen. »Das war das Schönste, was je ein Mann zu einer Frau gesagt hat. Nicht einmal in einer Million Jahren könnte dieser Lump hier solche Gefühlsregungen über die Lippen bringen, und dabei ist er berühmt für seine einschmeichelnden Worte. Der Gedanke, vergewaltigt und in die Sklaverei geführt zu werden, ist wahrlich etwas, das jede trojanische Frau immer wieder ängstigt und jeden trojanischen Krieger quält.«

»Wahrlich«, sagte Paris langsam und gedehnt, »kein Mann denkt gern daran, dass seine Frau von irgendjemand anderem als ihm selbst in die Sklaverei geführt werden könnte. Unerträgliche Vorstellung.«

»Siehst du, selbst damit treibt er seine Scherze«, rief Helena. »Was soll man mit ihm nur machen?«

»Mach einen Krieger aus ihm«, knurrte Hektor. »Nun komm schon, schöner Jüngling, genug geredet. Wir wollen uns in den Kampf begeben.«

Paris kniete vor Helena nieder, nahm ihre beiden Hände, drehte sie um und gab ihr einen Kuss auf jede Handfläche. Dann drückte er ihr die Hände zusammen.

»Bewahre sie auf, bis ich wiederkomme.«

Der Anblick von Hektor und Paris, die frisch und strahlend vor das Tor traten, beseelte die Trojaner mit neuem Mut, und wieder griffen sie die griechischen Stellungen an. Von Hektor, Paris und Äneas geführt, wüteten sie verheerend unter den Feinden, die bei diesem Sturmangriff einige ihrer besten Krieger verloren.

Trotz des strikten Erlasses des Zeus flog Athene vom Olymp herab, um den Griechen beizustehen. Diesmal wurde sie von Apollon abgefangen, der zu ihr sagte: »Nein, Schwester, das darfst du nicht. Du bist die Lieblingstochter des Zeus, wie jedermann weiß, und du solltest seine Befehle am allerwenigsten missachten. Du siehst, ich halte mich fern von der Schlacht, und das solltest auch du.«

»Das kann ich nicht«, rief Athene. »Und das will ich auch nicht! Zu viele Griechen verlieren ihr Leben.«

»Komm fort von hier. Hör mir zu. Ich habe einen Plan, wie man diesem Gemetzel ohne direktes Eingreifen unsererseits ein Ende bereiten könnte.«

Athene begab sich mit Apollon unter eine mächtige Eiche.

»Hör zu, Eulengöttin«, sagte er, »wir können dieses Gemetzel beenden, wenn wir es so arrangieren, dass die Schlacht durch einen Zweikampf entschieden wird. Das wurde am heutigen Tag schon einmal versucht, als Paris den Menelaos herausforderte, doch Paris ist geflohen und aus dem Plan wurde nichts. Jetzt aber werden wir dafür sorgen, dass der mächtige Hektor die Herausforderung überbringt, und du kannst sicher sein, dass er bis zum Ende kämpfen wird.«

»Ich bin einverstanden«, antwortete Athene. »Lass uns Hektor die Idee eingeben.«

Götter senden Menschen Ideen auf ganz unterschiedliche Weise. Doch welche Weise auch immer sie wählen, sie werden die Illusion persönlicher Urheberschaft erwecken – das heißt, dass jeder Mann glauben muss, es sei seine eigene Idee gewesen. Diese Idee sandten sie Hektor nun wie einen Blitz aus Sonnenlicht, der von dem hohen Helm des Ajax abprallte, der seine Gefährten deutlich überragte. Hektor sah diesen hohen Helm leuchten und sagte zu Paris: »Höre, Bruder, ich habe eine Idee.«

Paris war durchaus zufrieden, beim Kämpfen innezuhalten und zuzuhören. Auch Äneas trat dicht heran. Ebenso die anderen Söhne des Priamos. Und wieder flaute das Kampfgetümmel ab, als die Trojaner auf dem Schlachtfeld Kriegsrat hielten.

»Am heutigen Tag haben wir tapfer gekämpft«, sagte Hektor, »und wir haben die Griechen daran gehindert, unsere Stadtmauern zu stürmen, was heute Morgen ihre Absicht war. In gewisser Hinsicht haben wir also die Schlacht gewonnen. Doch in anderer Hinsicht haben wir verloren. Eine Schlacht gegen die Griechen Mann gegen Mann können wir auch gar nicht gewinnen. Denn wenn unsere Verluste genau oder annähernd wie die der Griechen ausfallen, wird das zu unserem endgültigen Untergang beitragen. Die Griechen sind uns zahlenmäßig überlegen, und die Zahl unserer Verluste darf der ihren nicht entsprechen, darf nicht einmal halb so hoch sein, denn sonst werden wir nach und nach feststellen müssen, dass uns gar keine Krieger mehr geblieben sind, während sie immer noch eine Streitmacht haben, die in der Lage ist, die Stadt einzunehmen. Was ich nun vorschlage, ist Folgendes: Dass ich einen ihrer herausragenden Krieger zum Zweikampf fordere und dass der Ausgang des Kampfes darüber entscheidet, wer den Sieg davonträgt. Wenn ich gewinne, werde ich mich jeden Tag einem solchen Zweikampf stellen, bis ich entweder die Reihe ihrer herausragenden Krieger und Helden durchlaufen und sie derart entmutigt habe, dass sie einfach abziehen müssen, oder bis ich selbst getötet werde, so dass die Entscheidungen dann bei jemand anderem liegen. Lasst mich hinzufügen, dass die Abwesenheit des Achilles für diesen Plan alles andere als ein Nachteil ist.«

Seine Worte fanden allseits Zustimmung. Er trat aus den trojanischen Linien heraus und wandte sich an die Griechen.

»Ehrenwerte Gegner«, sagte er, »lang und gut habt ihr an diesem heutigen Tag gekämpft und habt viele der Unseren getötet. Wir haben nicht weniger ehrenwert gekämpft und viele der Euren getötet. Doch nun geht bald die Sonne unter und für heute haben wir den Geiern genügend Fraß geliefert. Lasst mich Ersatz sein für die trojanischen Toten und mögt ihr einen herausragenden Krieger wählen, der mir gegenübertritt und Ersatz sei für eure Toten. Und von dem Ausgang des Zweikampfes soll abhängen, wer den Sieg davonträgt. Wenn ich verliere, mag der Sieger mich meiner Rüstung entledigen, meine Brüder werden ihn daran dann nicht hindern. Ich bitte nur um das eine, dass mein Leichnam meinem Vater Priamos übergeben wird, auf dass eine ehrenvolle Verbrennung stattfinden kann. Doch sollten die Götter mir in diesem Kampf wohl gesinnt sein, werde ich dasselbe für meinen gefallenen Gegner tun. Also kommt, teilt mir euren Entschluss mit. Wer von euch wird gegen mich antreten? Ich erwarte eure Entscheidung.«

Wie eine Trompete schallte seine Stimme über die Linien hinweg und tauchte anschließend alles in Schweigen. Die griechischen Helden sahen einander an. Niemand, so schien es, hatte es besonders eilig, freiwillig vorzutreten.

Schließlich hievte sich Menelaos in die Höhe und sagte: »Nun, einen Zweikampf habe ich heute bereits gewonnen. Vielleicht ist dies ein Tag, an dem ich nur gewinnen kann. Wenn sich keiner von euch erbietet zu kämpfen, dann muss ich es tun.«

Doch Agamemnon zog ihn zurück und sagte: »Nein, Bruder, du nicht. Wenn du gegen Hektor kämpfst, wirst du den Tod finden. Der Mann gehört zu den überragendsten Kriegern aller Zeiten. Das kann jeder bestätigen. Sogar unser eigener Achilles hat es bei all seinem blutdürstigen Stolz nie für angebracht gehalten, Hektor im Zweikampf gegenüberzutreten.«

»Einer muss doch gegen ihn kämpfen!«, schrie Menelaos. »Wenn nicht ich, dann jemand anderes.«

»Welch eine Schande!«, rief der greise Nestor, stand auf und schalt sie mit seiner trockenen Stimme, die wie das

Zirpen eines wütenden Heimchens klang. »Welch eine Schande. Wie doch von Generation zu Generation die Menschen kleinmütiger und schreckhafter geworden sind. Zu meiner Zeit gab es noch richtige, starke Männer. Wie hätten sie euch verspottet, hätten sie euch hier sitzen sehen wie eine Gruppe von Schuljungen in Erwartung der Zuchtrute des Lehrmeisters. Kommt. Wenn sich kein Freiwilliger findet, müssen wir Lose ziehen und die Götter entscheiden lassen.«

Er nahm Holzspäne zur Hand und beschrieb sie mit den Namen der griechischen Helden – neun an der Zahl: die beiden Ajaxe, Teuker, Idomeneus, Diomedes, Odysseus, Agamemnon, Menelaos und Nestors eigener Sohn Antilochos, ein äußerst geschickter Wagenlenker. In seinem Helm schüttelte er die Späne durcheinander, dann zog er einen und las mit durchdringender Stimme den Namen vor, der dort geschrieben stand. »Ajax«, sagte er. »Ajax von Salamis, genannt Ajax der Große.«

Dem Hektor erschien Ajax, der sich aus den griechischen Linien löste, genauso groß wie Ares. Die untergehende Sonne warf seinen gigantischen Schatten nach hinten über die versammelten Griechen und darüber hinaus über die an den Strand gezogenen Schiffe mit ihren Rammspornen. Sein Schild wirkte so riesig wie das Rad eines Streitwagens. Er bestand aus neun in Bronze eingefassten Stierhäuten. Und Ajax benutzte den Speer von Ares persönlich, zwanzig Fuß lang, der Schaft eine ganze Esche; diese Lanze hatte er aufgehoben, nachdem der Kriegsgott sie bei seiner Verwundung durch Diomedes fallen gelassen hatte. Von allen Sterblichen war Ajax der Einzige, der groß und kräftig genug war, diesen Speer zu handhaben.

Hektor wollte Ajax nicht Gelegenheit geben, diesen mächtigen Speer zu werfen, deshalb schleuderte er seinen Wurfspieß zuerst. Er schoss durch die Luft und traf den Schild des Ajax, zerschmetterte dessen Bronzeeinfassung,

drang durch den Schild und machte erst Halt bei der letzten Stierhaut. Ajax zitterte wie ein Baum unter dem Axthieb des Holzfällers, doch er fand sein Gleichgewicht wieder, holte weit aus mit dem von Muskeln ganz knotigen Arm und schleuderte den Speer des Ares. Nun benutzte aber Hektor einen kleineren Schild, der ebenfalls aus in Bronze eingefassten Stierhäuten gefertigt war, denn er zog einen Schild vor, den er hin und her bewegen konnte, um sich zu schützen, anstelle eines Schildes, hinter dem man sich versteckte: Er verließ sich weniger auf Größe als vielmehr auf Geschwindigkeit und Behändigkeit. Als er die Eschenlanze durch die Luft auf sich zuschießen sah, hob er seinen Schild, der gleich darauf von dem Speer zerschmettert wurde. Der linke Arm fiel ihm gefühllos zur Seite herab. Er schwang den Körper herum, um der Speerspitze auszuweichen, und trug lediglich eine kleine Wunde an der Schulter davon, doch aus dem Schnitt spritzte eine Blutfontäne hervor, und ein Stöhnen ging durch die Reihen der Trojaner.

Ajax blieb nach dem Durchziehen des Arms nicht still stehen, sondern ließ sich von der Bewegung mitreißen und stürzte sich so ungestüm wie ein Wildeber auf seinen Gegner, sein Markenzeichen in der Schlacht. Hektor hatte kaum Zeit, einen Felsbrocken hochzuheben; Zeit, ihn zu schleudern, hatte er nicht mehr, und so ließ er ihn über den Boden rollen. So geschickt hatte er ihn gerollt, dass es dem Ajax die Beine wegriss und der hoch gewachsene Mann niedergestreckt wurde. Mit einem Ruck zückte Hektor sein Schwert und lief auf den am Boden liegenden Ajax zu, um ihm den Kopf abzuschlagen.

Als Ajax ihn kommen sah, nahm er den Felsbrocken auf, der ihn zu Fall gebracht hatte, und schleuderte ihn, immer noch auf dem Rücken liegend, auf Hektor. Der Felsbrocken traf diesen mitten auf dem Brustharnisch und streckte ihn zu Boden. Beide Männer hievten sich wieder hoch und gingen mit gezückten Schwertern aufeinander los. Klingen schlugen gegen Brustharnisch und Helm. Ohne von der Stelle zu weichen, stand Ajax da, drehte sich um die eigene Achse und vollführte weit ausholende sensenartige Schwertstreiche, während Hektor halb gebückt ihn umkreiste, mal hierhin und mal dorthin schoss und sowohl Schneide als auch Spitze seiner Waffe einsetzte. Beide Männer waren bald angeschlagen, arg mitgenommen und blutbefleckt. Und noch hatte keiner von beiden einen entscheidenden Vorteil errungen.

Genau in diesem Augenblick griff Apollon ein – ohne es beabsichtigt zu haben. Er hatte nicht vorgehabt, sich in den Kampf einzumischen. Das Verhältnis zwischen ihm und Vater Zeus war seit jeher eher unterkühlt, und er wagte nicht, den Befehlen des obersten Gottes zu trotzen, wie Athene es tat. Also war er nach seiner Beratung mit der Eulengöttin, auf die Hektors Herausforderung und die Reaktion des Ajax gefolgt waren, davongeflogen, um wieder die Gewalt über seinen Sonnenwagen an sich zu bringen, den während seiner Abwesenheit sein Wagenlenker Helios gefahren hatte. Der Sonnengott nahm den Platz des Helios im Wagen ein, griff mit einer Hand die Zügel und gab den Hengsten mit der flammenden Mähne die Peitsche zu spüren. In schwingendem Trab machten sie sich auf den Weg über die blaue Himmelswiese auf deren westlichen Rand zu.

Doch als Apollon weit unter sich das Geschrei von Griechen und Trojanern hörte, das Schlagen von Schwert gegen Schild vernahm, tauchte er tiefer hinab, um dem Kampf zuzuschauen. Der Zweikampf war derart aufregend und fesselte seine Aufmerksamkeit so sehr, dass er zum ersten Mal seit Menschengedenken seine Pflichten als Lenker des Sonnenwagens vernachlässigte und den Pferden gestattete, auf ein und derselben Stelle stehen zu bleiben, wo sie dann auf den flauschig weißen Wolkenblüten grasten. Er hielt die Pferde im Zaum und brannte so ein Loch in die Luft und versengte die Erde tief unter sich, bis er schließlich roch, dass irgendwo etwas in Flammen stand. Er sah ausladende Rauchwolken von züngelnden Flammen durchdrungen, wo der verweilende Wagen Wälder in Brand gesetzt hatte. Er trieb die Pferde zum Galopp an und enteilte strahlend wie ein Komet in Richtung der nächtlichen Stallungen. Doch das Land unten war über weite Strecken versengt worden und war einer wüsten, unfruchtbaren Ödnis gewichen, die die Menschen heute Sahara nennen.

Sein Galopp Richtung Westen hatte einen nächtlichen Vorhang über die Erde gesenkt. Verblüfft sahen Griechen und Trojaner die Nachmittagssonne wie ein rot glühendes Stück Kohle zischend im Meer hinter der westlichen Stadtmauer untergehen. In der Dunkelheit tasteten Hektor und Ajax nacheinander.

Sowohl von den trojanischen als auch von den griechischen Linien hervor kamen Herolde mit langen Weidenruten angelaufen und riefen: »Nacht! Nacht! Plötzlicher Einbruch der Nacht! Lasst ab vom Kämpfen und sucht eure Zelte auf, denn das Tageslicht ist enteilt.«

Auf diese Weise beendete man damals eine Schlacht. Hektor und Ajax hörten auf zu kämpfen. Sie spürten den Nachtwind auf der glühenden Stirn. Mit einem Mal fühlten sich diese beiden Krieger im Zweikampf, die sich nur aufgrund des Fehlers eines Gottes nicht gegenseitig getötet hatten, einander näher als irgendjemandem sonst auf Erden.

»Edler Hektor«, sagte Ajax, »einem würdigeren Gegner bin ich nie im Leben begegnet.«

»Mir geht es genauso, edler Krieger«, erwiderte Hektor. »Wahrlich, ich bin froh, dass das Tageslicht so wundersam kurz war. Ich begrüße diese Waffenruhe.«

»Zweifellos werden wir morgen unseren Kampf wieder aufnehmen«, sagte Ajax. »In der Zwischenzeit lass uns schlafen. Doch nimm bitte dies als Geschenk und als Erinnerungsstück.«

Er löste einen purpurnen Gürtel von seiner Taille. Er war aus dicker weicher Wolle gearbeitet und war in Gold und Schwarz bestickt mit den Figuren von Delphinen, die vor der Küste von Salamis spielen und den Menschen gelegentlich Gefälligkeiten erweisen.

»Hab Dank, großer Ajax; es ist ein prachtvoller Gurt. Voller Stolz werde ich ihn tragen. Dafür nimm du dies. Noch niemals wurde es preisgegeben, edler Krieger, doch nun überreiche ich es dir aus freien Stücken.«

Daraufhin gab dann Hektor, den eine großzügige Geste stets zu einem Übermaß an Großzügigkeit verleitete, dem Ajax sein Schwert mit dem Griff aus Silber. Die beiden Krieger umarmten sich, drehten sich um und gingen zu ihren eigenen Linien zurück, als die ersten Sterne stählern blau am schwarzen Himmel funkelten.

Donner von rechts

Das Morgenlicht enthüllte ein derart mit Leichen übersätes Schlachtfeld, dass Griechen und Trojaner sich auf einen Waffenstillstand einigten, um ihre Toten zu ehren – Scheiterhaufen zu errichten, den Göttern zu opfern und die Leichname auf angemessene Weise den Flammen zu übergeben.

Außerdem berief an jenem Morgen Zeus einen Götterrat auf dem Olymp ein. Alle Mitglieder des Pantheons wurden ersucht zu erscheinen.

Zeus sprach: »Brüder und Schwestern, Söhne und Töchter, Frau, so manches Mal habe ich euch ermahnt, hier in heiliger Versammlung alle beieinander sowie auch einzeln unter vier Augen, und euch gesagt, dass ich keine direkte Einmischung in den Krieg dort unten von Seiten ganz gleich welchen Gottes dulde. Wir können weiterhin unsere besonderen Lieblinge haben, wir können aufgrund der Machtbefugnisse unserer Göttlichkeit Vergünstigungen und Gefälligkeiten gewähren, doch es ist uns nicht gestattet, auf das Schlachtfeld hinabzusteigen und tatsächlich Waffen zu schwingen wie rauflustige Sterbliche. Doch ebenso oft, wie ich meine Befehle erlassen habe, hat man sie nicht befolgt.

Götter, ich bin es nicht gewohnt, dass man mir den Gehorsam verweigert. Allein schon der Gedanke an Ungehorsam ist nicht nur ein Verstoß gegen meine Grundsätze, sondern geradezu gegen meine Identität. Es kann keinen Zeus geben, wo dem Zeus getrotzt wird. Ihr habt gegen meine Befehle verstoßen, einige von euch jedenfalls, und habt euch auf beiden Seiten des Kampfes eingemischt. Erst gestern beleidigte meine Augen der unschickliche

Anblick von Bruder und Schwester, die doch tatsächlich auf der dampfenden Ebene mit Speeren aufeinander losgingen. Wisst ihr denn nicht, dass sich auf diese Weise die Götter selber zerstören? Nicht durch Eroberung, nicht durch Invasion, nicht durch Feindeshand, sondern indem sie sich weit unter ihren Stand erniedrigen, indem sie sich wie Sterbliche verhalten. Sich wie ein Sterblicher zu verhalten heißt, auf die Unsterblichkeit zu verzichten. Sich wie jenes Tier namens Mensch zu verhalten heißt, auf Göttlichkeit zu verzichten. Was sollen sich die Menschen nur denken, wenn sie sehen, wie Athene gegen Ares kämpft – mit anderen Worten, Klugheit im Konflikt mit Kriegsführung? Und da diese Menschenrasse zu unserer Erbauung und Unterhaltung geschaffen wurde, wird ein solches Abfallen von den großen schöpferischen Grundsätzen des Überlebens uns eine Erde voller stumpfsinniger Roboter bescheren, deren Possen uns bis in alle Ewigkeit langweilen werden.

Also wiederhole ich meinen Erlass, und das zum letzten Mal. Wenn ich einen von euch dabei ertappe – und damit meine ich jeden, ganz gleich wer er ist oder wie wichtig der Bereich sein mag, über den er herrscht –, wenn ich auch nur einen Gott oder eine Göttin dabei ertappe, wie sie Griechen oder Trojanern Beistand leisten, dann werde ich die Missetäter in die tiefsten Tiefen der Hölle verbannen. Ja, ich werde diejenigen in die Düsternis des Hades werfen. Da will ich sie dann mit dem Fuß eines Berges aufspießen, so wie ein Junge eine Schlange mit einem gegabelten Stock fängt, so dass sie sich nicht mehr rühren können, sondern still daliegen müssen, während ihnen riesige Würmer in die Augenhöhlen und wieder hinaus kriechen, und dabei werden sie noch leben und noch über all ihre Kräfte und all ihre Begierden verfügen, doch nicht mehr in der Lage sein, sich zu bewegen, nicht mehr in der Lage sein, sich umzudrehen oder die Stellung zu wechseln, nicht mehr in der Lage sein, Tröstung zu finden. Und das bis in alle Ewigkeit. – Noch irgendwelche Fragen?«

Es herrschte Schweigen. Schließlich sagte Poseidon, der bei seinem Bruder Zeus stets auf seinen Rang pochte: »Also wirklich, diese Sterblichen und ihre Angelegenheiten sind so nichtig, so widerwärtig. Ich begreife gar nicht, wie ein Gott sich allzu sehr mit dieser Rasse beschäftigen kann. Nun ja, gewiss, wir ergreifen Partei. Ich glaube, dass ich einfach deshalb schon dazu neige, den Trojanern den Vorzug zu geben, weil die Griechen mich in der Vergangenheit häufiger beleidigt haben. Aber wirklich, zwischen ihnen eine Wahl zu treffen wäre ja dasselbe, als wollte man einen Unterschied machen zwischen Ameisenkolonnen, die sich auf einem Brotkrumen versammeln, den man sich aus dem Bart geschüttelt hat.«

Dann fuhr er fort, während er Zeus von der Seite aus einen Blick zuwarf: »Seht sie euch doch jetzt an. Diese Griechen sind derart hochmütig und gottlos. Schaut doch, sie errichten ihre Begräbnishügel, und kein Einziger hat daran gedacht, dem Zeus ein Opfer darzubringen, gütiger Himmel. Haben die Trojaner dir geopfert, Bruder? O gewiss, ich glaube, sie sind gerade dabei. Sind das nicht weiße Stiere, die sie da gerade schlachten? Tatsächlich. Nun, wie ich bereits sagte, so wenig sie sich auch voneinander unterscheiden, scheinen doch die Trojaner etwas höflicher zu sein. Aber ein Gott, der sich da einmischt? Völlig verrückt.«

Poseidon erhob sich, schüttelte sich die Wogen aus den grünen Kleidern, kämmte sich den Bart mit den Fingern und stieß dreimal mit seinem Dreizack auf den Marmorfußboden und rief so eine Flutwelle herbei, die ihre schreckliche, kalte grüne Zunge über den Olymp schwappen ließ. Er schlüpfte auf den Scheitelpunkt dieser riesigen Welle, und auf seinen Befehl hin rollte sie langsam aus und führte ihn hinunter in die Tiefen des Ozeans, wo sich sein Palast aus Perlen und Korallen befand. Doch der Meeresgott hatte einen geschickt entfachten Zorn im Herzen des Zeus zurückgelassen, da in diesem jetzt der Gedanke aufgekommen war, dass die Griechen ihre Opferpflichten ihm gegenüber vernachlässigt hatten.

Nachdem Zeus im Anschluss an seine Tirade gegen jegliches Einschreiten den Rat aufgelöst hatte, beschloss er, seinerseits etwas zu tun, um die Pläne der Griechen zu durchkreuzen. Er begab sich auf den Berg Ida, wo er eine Sommerresidenz besaß. Er setzte sich auf den Gipfel des Ida und schaute auf das Schlachtfeld hinunter. Poseidons Stichelei hatte ihre Wirkung nicht verfehlt; er war erfüllt von Groll gegen die Hellenen. Nun befindet sich der Berg Ida in nördlicher Richtung von Troja, und die Trojaner waren nach Westen ausgerichtet, als sie versuchten, die Griechen ins Meer zu treiben, so dass Zeus, als er seinen grollenden Donner niedergehen ließ, von den Trojanern aus gesehen von rechts donnerte, ein uraltes Zeichen für Glück.

Als Hektor den Donner hörte, sprang er auf und rief: »Schluss mit der Waffenruhe, Brüder! Ich höre Donner zur Rechten! Hört ihr? Das ist ein Zeichen von Gott Zeus; er ist uns wohl gesinnt in der Schlacht, die vor uns liegt. Also lasst uns anfangen! Auf zum Angriff!«

Die Trojaner griffen zu den Waffen und stürzten sich in einer erbitterten Attacke auf die griechischen Stellungen, wobei sie die Gegner auf ihre Schiffe zurücktrieben. Diomedes versuchte, einen Gegenangriff anzuführen, und durchbrach tatsächlich die trojanischen Linien. Sein Streitwagen wurde von dem herrlichen Gespann des Äneas gezogen und diese Nachkommen der Sonnenhengste waren schneller als alle anderen je von einer Stute geworfenen Pferde. Doch als er mit gezückter Lanze auf Hektor zueilte, entdeckte ihn Zeus und schleuderte seinen Donnerkeil. Donner krachte. Der Donnerkeil schlug direkt vor dem Streitwagen des Diomedes ein. Da waren ein unheimliches Leuchten, ein stickiger Geruch nach Schwefel. Die Pferde bäumten sich auf. Diomedes versuchte, sie mit Peitschenschlägen durch die Rauchwolke zu treiben, doch Zeus schleuderte einen weiteren Donnerkeil. Wieder ein Krachen am Himmel auf der rechten Flanke der Trojaner, wieder der versengende Blitzschlag direkt vor Diomedes, wieder der Schwefelgestank. Wieder bäumten sich die Pferde auf und wieherten voller Angst. Diomedes begriff, dass Zeus beschlossen hatte, seine Gunst an diesem Tag oder in dieser Stunde den Trojanern zu schenken. Er zügelte seine Streitrösser und fuhr zurück zu den griechischen Linien.

Hektor setzte sich an die Spitze eines weiteren erbitterten Angriffs auf die Schiffe. Diese wurden durch einen tiefen Graben geschützt. Hinter diesem Kanal befand sich ein aus Sand aufgeschütteter Wall. Auf den Sandhügeln und dahinter verschanzt waren die Griechen in Stellung gegangen. Hektor und seine Brüder begannen, Steine in den Kanal zu werfen und Planken darüber zu legen, so dass sie hinübergelangen konnten. Mit dem Schwert in der Hand kämpften sie sich den Weg frei über diese behelfsmäßigen Brücken und begannen, die Sandwälle zu erklimmen.

Hera, die vom Olymp aus zusah, rief: »Meine Griechen werden besiegt! Den Anblick ertrage ich nicht länger! Will mir denn kein Gott zu Hilfe kommen? Dann gehe ich eben allein und rette sie.«

Darauf erwiderte Apollon: »Nein, Stiefmutter, das wäre nicht sehr klug. Fordere den Zorn des Zeus nicht heraus. Jedes einzelne Wort, das er heute Morgen an uns gerichtet hat, wog schwer von der Verheißung ewiger Demütigung und Qualen für denjenigen Gott, der ihm trotzen würde. Ich kenne ihn gut genug. Und du solltest ihn eigentlich noch besser kennen. Wenn er sieht, wie du in deinem

Streitwagen den Himmel durchkreuzt, wird er dich mit Hilfe eines Donnerkeils an Ort und Stelle erstarren lassen. Ich kenne diese Donnerkeile. Ich weiß, wie diese Donnerkeile töten können: Hat er nicht zwei meiner Söhne hingemordet? Den Phaëton, der sich meinen Sonnenwagen geliehen hatte und ihn, sorgloser, jugendlich ungestümer Fahrer, der er war, mal zu hoch, mal zu tief gefahren und abwechselnd die Erde hatte verbrennen und erfrieren lassen. Ja, Zeus schleuderte ihn mit einem einzigen Wurf seines feurigen Speers aus meinem Wagen. Nun gut, es war auch nicht ganz ungerechtfertigt. Es ist die Pflicht des Zeus, sein Reich zu schützen. Aber wie grausam und aus welch geringem Anlass sandte er seinen Speerschaft durch meinen Sohn Asklepios, jenen wunderbaren Arzt, den die Menschen auch unter dem Namen Äskulap kennen und dessen einziges Vergehen darin bestand, so viele seiner Patienten vor dem Tod zu bewahren, dass es dem finsteren Hades, dem König der Unterwelt, missfiel, der sich seiner Kundschaft beraubt sah und Klage führte bei seinem Bruder Zeus. Und Zeus führte Klage, indem er meinen herrlichen Sohn tötete. Und so bitte ich dich, Stiefmutter, fordere diesen entsetzlichen Zorn nicht heraus. Versuche nicht, den Griechen beizustehen. Es ist nicht ihr Tag heute. Kehre auf deinen Gipfel zurück und finde dich mit der Sache ab.«

Hera ließ sich überzeugen. Sie kehrte auf ihren Gipfel zurück und sah betrübt zu, wie die Griechen dort unten vernichtende Verluste hinnehmen mussten. Jetzt wurden die Griechen auf ihre Schiffe zurückgetrieben. Wenn sie den Trojanern gestatteten, noch weiter vorzurücken, würden die Schiffe gewiss verbrannt und mit den Schiffen alle Hoffnung, je wieder nach Hause segeln zu können. Agamemnon versuchte, seinen Männern gut zuzureden – allerdings war seine Ausdrucksweise so wenig feinfühlig wie eh und je.

»Ihr Feiglinge!«, bellte er. »Ihr eitlen Aufschneider. Seid ihr noch dieselben, die behauptet haben, ein Grieche sei einhundert Trojaner wert? Einhundert Trojaner? Dreht diese Zahlen um, und wir kommen zu einer vernünftigeren Rechnung. Denn habe ich nicht Hektor, einen einzigen Trojaner gesehen, der mit seiner Speerspitze einhundert von euch vor sich hergetrieben hat wie ein Schäferhund, der Schafe zusammentreibt?«

Seine Stimme brach und ging in heisere Schluchzer über. Tränen strömten ihm über das Gesicht. Er wandte seine Augen zum Himmel und sagte: »O Vater Zeus, weshalb strafst du mich so? Habe ich dir nicht ständig Stiere geopfert, die prachtvollsten, die ich aus meiner Herde aussondern konnte? Mächtige weiße Stiere mit schwarzen Augen und glatt polierten Hörnern und korallroten Nüstern. Und dazu noch sich wiegende weiße Ochsen mit breitem Kreuz? Oder sollte ich vielleicht aus Versehen eine Opfergabe oder ein Trankopfer an dich versäumt haben? Ist das der Grund dafür, dass du deine strenge Hand so schwer auf mich und meine Männer niedergehen lässt und uns den Gegnern auslieferst? Hast nicht du selbst mir einen Traum gesandt, der mir befahl, die Trojaner anzugreifen, und der mir den Sieg verhieß? Ist das der Lohn für meinen Gehorsam? O Vater Zeus, habe Erbarmen. Lass mich wenigstens die Trojaner ein wenig von meinen Schiffen zurückdrängen, wenn du mir schon keinen größeren Sieg gewähren kannst.«

Obgleich Zeus immer noch wütend auf die Griechen war und immer noch fest vorhatte, sein Versprechen zu halten, das er Thetis gegeben hatte, das Versprechen nämlich, dass den Griechen so lange der Sieg vorenthalten bleiben würde, bis Agamemnon den Achilles um Hilfe bitten würde, rührte ihn doch die Bitte des Königs von Mykene, und er lenkte ein wenig ein. Und dieses Einlenken nahm die Form frischen Mutes an, der die Herzen der

Griechen beflügelte. So grob Agamemnons Worte auch gewesen sein mochten, reagierten die Leute doch auf seine Ansprache und stürzten sich in einen Gegenangriff. Sie schleuderten die Holzplanken fort, die als behelfsmäßige Brücken dienten, und trieben die Trojaner vom Rand des Kanals zurück.

Und nun kämpfte Teuker am tüchtigsten von allen Hellenen. Er verbarg sich hinter dem riesigen Schild seines Bruders Ajax und verschoss Pfeil um Pfeil, und es war, als lenke Zeus höchstpersönlich jeden Pfeilschaft. Neun Pfeile feuerte er ab und mit jedem Pfeil tötete er einen Mann. Neun Trojaner fielen, neun der besten.

Mit seiner Begabung, immer das Falsche zu sagen, eilte Agamemnon jetzt zu Teuker und rief: »Heil dir, großer Bogenschütze! Jeder Pfeil, den du abschießt, tötet einen weiteren Trojaner. Nun musst du deine Bemühungen nur noch verdoppeln. Greif deine Pfeile schneller aus dem Köcher. Lege sie noch geschwinder in deinen Bogen ein und feure ohne Unterlass einen nach dem anderen ab. Du musst so viele Trojaner wie möglich töten, solange Zeus dir noch hold ist. Und er ist nie lange jemandem hold, wie wir alle wohl wissen.«

»Weshalb auf ein Pferd eindreschen, das sich ohnehin schon die Seele für dich aus dem Leib rennt?«, fragte Teuker. »Schneller kann ich nicht schießen.«

»Bestimmt kannst du das. Du brauchst weiter nichts als einen Anreiz. Hör zu, ich verspreche dir Folgendes. Als oberster Heerführer und Befehlshaber der Streitkräfte gebe ich dir die Zusage, dass du, wenn wir Troja schließlich einnehmen und plündern, die Frau haben sollst, die du für dich ganz allein haben willst, ganz gleich wie viele Fürsten sich um sie streiten, und du sollst wählen dürfen unter all den Töchtern des Priamos und den anderen schönen jungen Mädchen vom Hofe.«

»Pah, dafür danke ich auch schön«, entgegnete Teuker. »Wenn wir Troja einnehmen, werde ich schon meine Wahl treffen. Und jetzt bitte, König, lass uns dieses Gespräch beenden und mich weiterhin die Reihen des Gegners angreifen. Während wir hier stehen und reden, sammeln sie sich wieder. Wenn wir länger so verweilen, wird das Einzige, das wir erobern können, eine Fähre über den Fluß Styx sein.«

Und tatsächlich war zu dem Zeitpunkt, als er endlich einen weiteren Pfeil in den Bogen eingelegt hatte, Hektor nahe genug herangekommen, um einen Felsbrocken zu schleudern, der Teuker direkt traf, ihn zu Fall brachte und ihm das Schlüsselbein brach. Das wäre das Ende des hervorragenden kleinen Bogenschützen gewesen, hätte Diomedes ihn nicht in seinen Streitwagen hochgehoben und ihn im Galopp sicher hinter die griechischen Linien gebracht.

Dies war wieder ein Wendepunkt. Zeus war überzeugt, Agamemnons Gebet in ausreichender Weise erhört zu haben, und entzog den Griechen wieder seine Gunst. Erneut überquerten die Trojaner den Kanal und zwangen die Griechen Schritt um Schritt zurück, immer weiter auf ihre Schiffe zu.

Hera, die von oben zuschaute, wurde erneut von heftigem Unbehagen ergriffen, von jenem herrischen, brennenden Unbehagen, das seit eh und je Markenzeichen ihres Charakters war.

»Komm, Athene!«, rief sie. »Wir müssen gehen und den Griechen Beistand leisten!«

»Nein, Vater Zeus hat es verboten«, erwiderte Athene.

»Mein Verhalten wird bestimmt durch die Missachtung seiner Befehle«, sagte darauf Hera. »Wofür sonst bin ich denn Ehefrau? Verboten oder nicht, wir müssen dort hinunter, sonst sind die Griechen dem Untergang geweiht. Und das nach all den Anstrengungen, die wir unternommen haben, das ist unerträglich!«

»Gedulde dich doch nur noch eine kleine Weile, Stiefmutter«, entgegnete Athene. »Ich weiß, dass Zeus sich langfristig gesehen an den Schwur halten wird, mit dem er Neutralität zugesagt hatte. Auch er ist, genau wie wir alle, an die vor Urzeiten ersonnenen Anordnungen der Schicksalsgöttinnen gebunden, die älter sind als die Götter und weniger launenhaft. Er weiß, dass Troja fallen muss.«

»Solange Trojaner Griechen töten, wird die Stadt nicht fallen«, sagte Hera.

»Geduld, Mutter. Zeus hält ja nur das Versprechen, das er Thetis, der Silberfüßigen, gab, das Versprechen nämlich, dass das Kriegsglück der Griechen schwinden würde, bis Agamemnon sich erniedrigt und Achilles bittet, seinen Groll fallen zu lassen und sich wieder zur Truppe zu gesellen. Sobald das geschieht, und dieser Moment rückt immer näher, wird Zeus wieder zu seiner Unparteilichkeit zurückkehren und den Schicksalsgöttinnen das Feld uberlassen.«

»So lange kann ich nicht warten«, sagte Hera, »sonst wird außer Trojanern dort unten bald nichts mehr herumlaufen. Wenn du nicht mit mir gehst, dann gehe ich eben allein.«

Doch kaum war Hera auf ihren Streitwagen geklettert, da ließ Zeus sie auch schon seine Macht spüren. Bevor sie überhaupt Gelegenheit hatte, ihre Pferde anzutreiben, kam die leichtflügelige Iris, die Götterbotin, über den Himmel vom Berg Ida herbeigeeilt, wo sie zu Füßen des Zeus gesessen und darauf gewartet hatte, mit Botengängen betraut zu werden.

»Vater Zeus beobachtet dich«, sagte sie. »Er hört zu. Er sieht und hört über große Entfernungen. Er kennt deine Pläne. Und er hat mich beauftragt, dir Folgendes zu sagen: Wenn die Räder deines Streitwagens diesen Gipfel verlassen, wird dich ein Donnerkeil treffen, den er in eben diesem Moment zum Schleudern bereithält, und er wird dich an Ort und Stelle erstarren lassen.«

Hera ließ ihre Zügel sinken und hievte sich weinend aus dem Streitwagen. Athene versuchte, sie zu trösten.

»Nur Mut, Mutter«, sagte sie. »Die Nacht sinkt bald herab und das Kämpfen muss ein Ende haben. Vielleicht wird Zeus während der Nachtwache einlenken und morgen seine Gunst den Griechen gewähren. Oder vielleicht erlaubt er uns, ihnen Beistand zu leisten, wenn er selbst es nicht tun will. Er ist von wechselhaftem Gemüt, das weißt du doch. Seine schlechte Laune ist genauso kurz, wie sie heftig ist.«

Die immer noch schluchzende Hera ließ sich in ihre Räume führen.

Nacht

Die Wachen, die von den Stadtmauern Trojas herabschauten, beruhigte der Anblick der mehreren hundert Feuer, die am Strand brannten. Trojanische Feuer. Sie besagten, dass die Trojaner die Griechen auf einem schmalen Stückchen Land zwischen Kanal und Ozean eingeschlossen hatten. Hektor wanderte zwischen den Feuern umher und ermahnte seine Männer.

»Morgen!«, rief er. »Morgen wird unser Tag sein! Das spüre ich tief in meinem Herzen. Morgen werden wir vollenden, was wir heute so viel versprechend begonnen haben. Wir zwingen sie, sich auf ihre Schiffe zurückzuziehen, und dann töten wir sie alle. Und lehren so hochmütige Eindringlinge, sich nie wieder an Trojas Küsten zu wagen.«

Auf der griechischen Seite bot sich ein ganz anderes Bild. Entsetzen hing über allem wie ein Leichentuch, nirgendwo glommen Wachfeuer. Und in Agamemnons Zelt tagte eine hohe Versammlung.

»Könige und Fürsten«, sagte Agamemnon, »Mitglieder des Rates, ich bitte euch um Vergebung. Als oberster Befehlshaber muss ich die volle Verantwortung für unsere Niederlage übernehmen. Und jetzt bitte ich euch um euren Rat. Meint ihr, wir sollten versuchen zu retten, was möglich ist – das heißt im Schutz der Nacht unsere Schiffe zu Wasser lassen – heute Nacht, meine ich –, und nach Hause segeln? Denn bedenkt, dass morgen der Feind womöglich den Graben überquert und unsere Schiffe verbrennt und uns so den Rückzug abschneidet. Das ist die Frage, die wir hier und jetzt klären müssen. Segeln wir heute Nacht fort oder rüsten wir uns für morgen, allerdings in dem Wissen, dass dieser Morgen unser letzter in diesem Leben sein kann?«

Von Diomedes kam eine knappe Erwiderung. »Ihr anderen könnt ja, alle wie ihr da seid, fortsegeln, aber ich werde bleiben. Ich und mein Wagenlenker Sthenelos. Und wenn auch ihr anderen alle geht, wir werden gemeinsam den Streitwagen besteigen und die herrlichen Pferde des Äneas gegen die Trojaner lenken und so viele wie möglich töten, bevor wir unsererseits getötet werden. Wenn du eine aufrichtige Empfehlung von mir wünschst, Agamemnon, dann kann ich dir sagen, dass wir heute Nacht unsere Schiffe selbst verbrennen und uns so den eigenen Rückzug abschneiden sollten, um so noch dem letzten Zweifler unter uns das Geschenk einer mangelnden Alternative zu machen. Lieber finden wir hier wie Männer den Tod, als dass wir uns zu Hause besiegt, entehrt, beschämt verstecken müssen.«

»Du bist noch sehr jung, Diomedes«, sagte darauf Nestor, »doch du sprichst wie ein weiser Mann. Golden sind deine Worte, mein Junge. Golden. Ich bin nicht ganz deiner Meinung, dass wir unsere Schiffe verbrennen sollten, aber so viel ist sicher, wir müssen bleiben und kämpfen. Und, bei den Göttern, wenn wir ohne Furcht dem Feind gegenübertreten, werden wir gewinnen. Die Schicksalsgöttinnen haben es vorausgesagt, und deren Beschlüsse können nicht einmal die Götter abändern. Aber so viel muss ich noch sagen. Über eine sehr wichtige Maßnahme müssen wir heute Nacht noch zu einer Einigung kommen. Damit will ich sagen, dass wir Achilles dazu bewegen müssen, zur Truppe zurückzukehren. Agamemnon, diese Last ruht auf dir. Du musst dich bei ihm entschuldigen und das Ganze wieder gutmachen, und ich weiß, welche Qual das für dein stolzes Wesen sein wird, doch du hast keine andere Wahl, glaube mir. Diese Demütigung musst du auf dich nehmen; du musst demütig zurücknehmen, was du gesagt hast, musst die Sklavin zurückgeben, die du ihm fortgenommen hast und ihm darüber hinaus eine reiche Entschädigung anbieten. Dann können wir ihn vielleicht davon überzeugen, dass er morgen kämpfen muss. Dies alles ist unbedingt notwendig, König Agamemnon. Ohne ihn sind wir nichts weiter als bloß eine Armee; mit ihm sind wir eine unbesiegbare Streitmacht.«

Agamemnon entgegnete: »Ruhmreicher Nestor, weiser, ehrenwerter Mann, erfahrener Ratgeber, ich widerspreche dir nicht. Ich werde trotz stolzen Wesens diese Demütigung auf mich nehmen und alles Nötige tun, um Achilles zu überreden, sich unseren Reihen wieder anzuschließen. Es war falsch von mir, mit ihm zu streiten, falsch, die hoch gewachsene Briseis zu nehmen – falsch, falsch, falsch! Ich kann meine Taten nur so erklären, dass sie auf einen feindseligen Gott zurückzuführen sind, der mir den Verstand verwirrt und uns damit größeren Schaden zugefügt hat, als wenn er den Trojanern eine Kompanie aus geschickten Steinschleuderern, eine Kompanie aus Bogenschützen und eine Reitertruppe hinzugesellt hätte. Inzwischen bin ich wieder bei Sinnen. Die herbe Niederlage hat mein Gleichgewicht wiederhergestellt. Ich sehe jetzt, wie fehlgeleitet ich war, und deshalb schlage ich vor, Folgendes für Achilles zu tun, falls er einwilligt, morgen an unserer Seite zu kämpfen. Dies wären meine Friedensgaben: zunächst Kochgeschirr, üppig genug, den Göttern ein Festmahl zu bereiten – sieben Bronzekessel und zwanzig riesige Töpfe aus poliertem Kupfer, jeder einzelne groß genug, einen Ochsen darin zu garen. Zehn Goldbarren, jeder einzelne etwa einhundert Pfund schwer. Sechs Gespanne gut aufeinander abgestimmter Hengste, die in einem Wagenrennen den Hengsten mit dem Sonnenstammbaum des Äneas schwer zusetzen würden. Sieben Sklavinnen, die schönsten all jener, die während der Überfälle auf Inseln in den vergangenen neun Jahren gefangen wurden, alle mit den dehnbaren Gliedern von Schlangenmenschen und auch versiert in der Kunst des Stickens. Und zuletzt will ich ihm noch die hoch gewachsene Briseis zurückgeben – und mit ihr mein Ehrenwort, dass ich sie niemals als Bettgefährtin erprobt habe. Unberührt von mir wird sie wieder in seinen Besitz übergehen. Großzügig? Ja, aber das ist erst der Anfang, ihr Könige und Fürsten. Sind wir erst einmal nach Griechenland zurückgekehrt, werde ich ihn mit Geschenken überhäufen, die jeden Traum von Habsucht übersteigen. Ich werde ihn als meinen Sohn betrachten, als älteren Bruder von Orestes, und ihn mit allen Privilegien ausstatten, die einem Kronprinzen in Mykene zustehen. Von meinen drei schönen Töchtern wird er sich eine als Frau erwählen; ihre Mitgift wird aus sieben Städten bestehen, den reichsten im ganzen Land. Ich bitte euch, überbringt Achilles mein Angebot und teilt mir seine Antwort mit.«

»Nun gut denn«, entgegnete Nestor. »Lass mich dir im Namen des Kriegsrates für die bemerkenswerte Großzügigkeit danken, die du an den Tag gelegt hast. Ich zweifle nicht daran, dass all dies Achilles die Kränkungen vergessen lassen wird, die er durch deine Hand erlitten hat. Ich schlage vor, dass ihm die Angebote von den Männern unterbreitet werden, die er am meisten schätzt: von seinem alten Erzieher Phönix, von Odysseus und von Ajax. Und ich selbst werde diese drei begleiten, denn, bei aller Bescheidenheit, auch für mich hegt er eine gewisse Wertschätzung.«

Als die Abordnung zum Zelt des Achilles kam, fanden die Männer ein höchst friedfertiges Bild vor. Ein Feuer aus Treibholz brannte und in der Luft lag der Geruch gebratenen Fleisches. Achilles spielte eine in Silber gefasste Lyra und sang dazu ein Wildeber-Jagdlied aus Phthia. Patroklos hatte sich zurückgelehnt und hörte verträumt zu. Achilles sprang auf, als er seine Gäste sah.

Er umarmte sie und rief Patroklos zu: »Sieh nur, mein Freund, welche Ehre für uns. Unsere Gefährten statten uns kriegsmüde einen Besuch ab, anstatt Erholung im Schlaf zu suchen.«

»O Sohn des Peleus«, sagte Patroklos, »ich glaube, du missdeutest ihre Absicht. Sie kommen nicht, um Höflichkeiten auszutauschen und sich die Zeit zu vertreiben, auch nicht, um deine warmherzige Gastfreundschaft zu genießen; Kriegsgeschäfte haben sie hergeführt, höchst ernste Kriegsgeschäfte. Habe ich Recht, Freunde?«

»Dein Verstand ist seit jeher so scharf gewesen wie dein Schwert, guter Patroklos«, erwiderte Odysseus. »Und im Gegensatz zu deinem Schwert hat dein Verstand auch keine Gelegenheit gehabt, Rost anzusetzen. Ja, uns haben Kriegsgeschäfte hergeführt, höchst ernste Kriegsgeschäfte. Überleben ist immer ein ernstes Geschäft. Und es ist besonders ernst, wenn deine Feinde dich auf einem schmalen Strandabschnitt eingeschlossen haben und wenn sie drohen, dich wie Vieh abzuschlachten und deine Schiffe zu verbrennen.«

»Geschäft oder nicht, ernst oder nicht«, dröhnte Achilles, »wir wollen dennoch die Höflichkeit wahren. Ihr stattet mir einen Besuch in meinem Zelt ab, und bei mir ist es Sitte, Gäste zu bewirten. Patroklos, willst du so gut sein und dich darum kümmern?«

Patroklos servierte schmackhaftes gebratenes Fleisch und schweren purpurroten Wein. Gierig machten sich die Besucher darüber her, denn Agamemnon hatte es beim Kriegsrat versäumt, ihnen etwas zu essen anzubieten.

Als sie gegessen hatten, sagte Achilles: »Nun sagt mir, was ihr wollt. Ihr habt meine volle Aufmerksamkeit.«

Da erzählte dann Odysseus, der bei jeder Abordnung stets der Wortführer war, dem Achilles, wie sehr sich Agamemnon wünsche, den angerichteten Schaden wieder gutzumachen, und welch üppige Geschenke er anbiete.

Achilles entgegnete: »Wenn überhaupt etwas mich veranlassen könnte, meine Fehde mit Agamemnon fallen zu lassen und mich wieder in die Schlacht gegen die Trojaner zu begeben, dann nicht seine Bestechungsgeschenke, sondern höchstens Gefühle von Kameradschaft, Respekt und Zuneigung, die ich für euch hege, für dich, großer Odysseus, für dich, Ajax, für dich, Nestor, und für dich, geliebter Freund und Mentor Phönix. Trotz allem muss meine Antwort nein lauten. Ich hasse und verabscheue Agamemnon zutiefst. Vor aller Augen, vor den versammelten Truppen, hat er mich wiederholt beleidigt. Er hat mit mir geredet, als sei ich nicht der Mann, der ich bin, sondern nichts weiter als eine heruntergekommene Dirne, die dem Heer folgt. Hat seine groben Hände auf Briseis gelegt und sie fortgeschleppt. Also, Freunde, wenn ihr ihm Bericht erstattet, dann sagt ihm, er kann seine Kochtöpfe und seine Goldbarren und seine talentierten Sklavinnen und seine sieben Städte in Mykene behalten. Und was sein freundliches Angebot betrifft, mich mit einer seiner Töchter zu verheiraten, kann ich dazu nur Folgendes sagen: Zwar bin ich den drei jungen Damen nie begegnet, und ich hoffe sehr zu ihrem eigenen Besten, dass sie ihrer Mutter Klytämnestra oder ihrer Tante Helena ähnlich sehen. Aber dennoch ist es mit der Vererbung so eine merkwürdige Sache. Gesichts- und Wesenszüge überspringen bekanntlich gern einmal eine Generation. Fragt unseren obersten Kriegsherrn Agamemnon, ob er glaubt, dass ich Gefahr laufen möchte, einen Sohn oder eine Tochter mit seinem Schweinegesicht oder seiner niederen Veranlagung zu bekommen. Nein, ihr Fürsten. Die Antwort ist Nein. Morgen früh, bei Sonnenaufgang, werden meine Myrmidonen und ich unsere Schiffe besteigen und nach Phthia segeln. Patroklos wird mit mir kommen. Und du, mein alter Lehrmeister Phönix, solltest auch nicht hier bleiben und dich in diesem nutzlosen Krieg aufopfern.

Komm an Bord meines Schiffes und segle mit mir nach Hause.«

Phönix konnte nichts darauf erwidern; vor lauter Tränen versagte ihm die Stimme. So nickte er Achilles einfach zu und umarmte Nestor, Odysseus und Ajax zum Abschied. Und diese erhoben keine Einwände, da sie wussten, es würde vergeblich sein, sondern verabschiedeten sich in aller Höflichkeit von Achilles und verließen sein Zelt.

Auf der Stadtmauer

Es war, als hätten die Götter, von lauter Pflichten schwer, in jener Nacht zwischen den Schlachten den Himmel tief herabgedrückt. Die Sterne hingen niedrig und wie langsam pulsierend, jeder einzelne so groß wie ein Mond; der Mond selbst war eine goldene Spange, die mehrere Lagen Dunkelheit festhielt, und diese Lagen Dunkelheit waren der Umhang der Nacht. Die glimmenden Wachfeuer auf dem Schlachtfeld sahen aus wie im Wasser tanzende Sternbilder. Wenn man auf der westlichen Stadtmauer stand, konnte man kaum sehen, wo das Meer endete und der Strand begann. Unter dem weit ausladenden Schmuck der Sommernacht lagen die Leichname des Tages – durchbohrte und zerschmetterte Körper, die eingeschlagenen Köpfe schöner junger Männer, abgetrennte Arme und Beine. Merkwürdig ragten sie jetzt auf; es waren aufeinander gestapelte Schatten. Blutpfützen stanken und glitzerten im Mondlicht. Vögel kamen herabgeflogen, um zu trinken.

Herrlich ist die Nacht auf den dardanischen Ebenen, wenn der Himmel schwer über dem Land hängt und stolz seinen ganzen Schmuck zur Schau trägt. Keine Nacht zum Schlafen, und sei man noch so kriegs- oder liebesmüde, von Hoffnung geplagt oder von Furcht zerrissen. Auf beiden Seiten des Kanals erfüllte innere Unrast die Männer. Und immer noch standen Männer und Frauen auf den Stadtmauern Trojas, wo sie den ganzen Tag über der Schlacht zugesehen hatten. Für gewöhnlich zeigte sich des Nachts auf den Stadtmauern niemand mit Ausnahme der Wachen, doch jene Nacht war zu schwer von zu vielen heißen Lichtern. Wer versuchte zu schlafen, wurde erdrückt zwischen flammendem Himmel und stinkender Erde und von Träumen gequält, die einen aus dem Schlaf rissen.

Auch Helena und Cressida hielten sich auf der Stadtmauer auf. Sie waren in lange Umhänge gehüllt; Hände und Gesichter schimmerten in dem seltsamen Licht.

»Die ganze Zeit schon wollte ich mit dir reden«, sagte Cressida.

»Tatsächlich?«, erwiderte Helena und runzelte leicht die Stirn.

Sie war die Tochter eines Königs und die Frau eines Königs, Geliebte eines Prinzen, und alle Könige Griechenlands kämpften ihretwegen. Sie war stolz. Und Cressida war nur die Tochter eines Priesters und vor kurzem sogar nur Sklavin in Agamemnons Zelt. Der Rangunterschied zwischen ihnen war beträchtlich.

»Vergib mir diese vertrauliche Anrede, Königin Helena«, fuhr da Cressida mit ihrer merkwürdigen, tiefen, rauen Stimme fort. »Ich weiß sehr wohl, wie viel Abstand zwischen uns liegt. Doch siehst du, du bist eine Heldin, eine Halbgöttin. Wenn du auf die Straßen Trojas hinaustrittst, bewundern dich nicht nur Fürsten und Prinzen, nein, die gesamte Bevölkerung jubelt sich die Kehle heiser. Ich stehe nicht so niedrig, als dass ich dich nicht hoch schätzen könnte. Und wenn ich nun hier mit dir auf der Stadtmauer stehe, nach einem Tag, der derartige Schauspiele geboten hat, kann ich nicht umhin, dich anzusprechen. In unseren Herzen liegt von altersher der Glaube, dass Schönheit gepaart ist mit Weisheit, und ich brauche den Rat eines weisen Menschen.«

»Nun, lass diese feierlichen Anredeformen beiseite«, erwiderte Helena, streckte ihren langen Arm aus und legte Cressida die Hand auf die Schulter. »Schließlich sind wir doch beide Frauen.«

Denn bewundert zu werden war Nahrung für Helenas

Seele, und Cressidas schlaue Worte hatten ihre Eitelkeit angefeuert und sie die unterschiedlichen gesellschaftlichen Stellungen vergessen lassen.

»Beide Frauen«, murmelte Cressida. »Ja, und den ganzen Tag lang haben wir der Schlacht zugesehen. Und mit welch gemischten Gefühlen Frauen zusehen! Männer sind glücklich zu schätzen; sie sind solch schlichte Gemüter. Und sie haben so erfreulich wenige Wahlmöglichkeiten. Töten oder getötet werden. Gut oder schlecht. Edel oder feige. Und genau diese Schlichtheit gibt ihnen Macht über uns. Ach, Königin von Sparta, denn wir sind arme, schwache, unentschlossene Geschöpfe, zwischen unterschiedlichen Möglichkeiten hin- und hergerissen. Wir sehen die kämpfen, die wir lieben, und wir wünschen uns, dass sie unversehrt heimkehren. Und doch, wenn sie töten – und töten müssen sie, wollen sie nicht getötet werden –, finden andere schöne junge Männer durch sie den Tod. Und wir sind bestürzt angesichts der Verschwendung. Robuste, gut aussehende junge Männer, die so manchen Frauen in ihrer Einsamkeit zu Diensten hätten sein können – die so viele Frauen hätten aufblühen lassen können. Und sie werden gefällt wie Baumstämme. Sieh nur auf dieses mit Leichnamen übersäte Schlachtfeld – die meisten Toten jung, die meisten schön. Was für eine Vergeudung, ach, was für eine Vergeudung; und Vergeudung können Frauen nicht ertragen. Wir sind wahrhaft sparsame Wesen. Hervorbringen und bewahren, das ist es, was wir mögen. Wir sehen es gar nicht gern, wenn weggeworfen wird, was noch irgendwie von Nutzen sein kann. Und diese jungen Körper waren noch von Nutzen, prächtig heißblütigem Nutzen. Verzeih mir, wenn ich fasele, Königin, denn mich betrifft das mehr als andere, glaube ich, weil ich, wie du weißt, unter Griechen gelebt habe. Auf beiden Seiten haben heute Männer gekämpft, die für mich keine Fremden waren.«

»Aber du scheinst zu vergessen«, erwiderte Helena, »dass auch ich sowohl Trojaner als auch Griechen kenne.«

»Bei dir ist das etwas anderes, schöne Königin. Denn dein Herz und deine Seele weilen bei diesem strahlenden jungen Prinzen Paris. Seinem Geschick musst du dich von ganzem Herzen anschließen. Doch als er im Zweikampf deinem früheren Mann Menelaos gegenüberstand, müssen deine Gedanken höchst interessant gewesen sein.«

»Zu interessant für Klatsch und Tratsch«, entgegnete Helena, »so sehr mir die Unterhaltung mit dir auch Vergnügen bereitet; doch einen meiner Gedanken will ich dir verraten. Als Menelaos Paris verwundete, habe ich gedacht: ›Ach, das ist meine Schuld; er hat meinen jungen Liebhaber mit den Hörnern aufgespießt, die ich ihm aufgesetzt habe.‹«

Cressida lachte. »Bei dir, o Königin, wird noch der Schmerz zu einem geistreichen Einfall. Du bist eine wirklich mutige Frau.«

»Genug der Schmeicheleien, oder lass mich wenigstens das Kompliment zurückgeben. Ich glaube, du bist das schönste junge Mädchen in ganz Troja.«

»Mädchen nun nicht mehr«, gab Cressida zurück. »Du vergisst wohl, dass Agamemnon mich genommen hat.«

»Ich weiß. Aber das macht weiter nichts. Den Begriff ›junges Mädchen‹ benutzt man eher als Höflichkeitsfloskel denn als alles andere. Der Zustand, den der Begriff beschreibt, ist in keiner Stadt häufig anzutreffen und in Dörfern auch nicht allzu oft.«

»Sag mir, weshalb du mich für schön hältst.«

»Das ist eine Frage, die man wohl eher einem Mann stellt«, erwiderte Helena.

»Verzeih. Es sind keine Männer hier und die Frage brennt mir auf der Seele. Im Übrigen, wer wäre wohl besser geeignet, diese Frage zu beantworten, als die Königin der Schönheit selbst.«

»Deine Argumentation ist wirklich höchst überzeugend«, sagte Helena. »Nun gut. Bei deinem Aufenthalt bei den Griechen, Cressida, hast du da das Wort *periproktiân* gelernt?«

»Das Einzige, was ich gelernt habe, waren sehr kurze Wörter. ›Leg dich hin‹, ›rück rüber‹, ›Fleisch‹, ›Wein‹, ›fester reiben‹, ›halt den Mund‹. Das war auch schon alles. Ich war ja schließlich nur ein paar Wochen dort, wie du weißt.«

»Nun, du scheinst ja ein nützliches und praktisches Vokabular aufgeschnappt zu haben«, sagte Helena. »Aber wie dem auch sei, *periproktiân* ist ein wirklich interessantes Wort. Es bezeichnet nämlich die wogende Bewegung des Vorschiebens und Gleitens, den Anblick, den eine Frau einem Mann bietet, wenn sie weggeht. Das, was auf plumpe Weise nachgeahmt wird von Dirnen und Tanzmädchen und ähnlichen Frauen, was aber bei einer Frau von vornehmer Geburt und guter Erziehung ein ungewöhnlich provozierendes Schauspiel bietet. Ich habe deinen Gang schon immer bewundert, Cressida.«

»Jede Hündin, der ihr Schwanz juckt, wackelt mit den Hinterbeinen«, ertönte eine Stimme. »Was soll daran denn so wundervoll sein?«

Es war Kassandra, die beinahe unsichtbar war, weil sie einen schwarzen Umhang trug, doch ihre katzengleichen Augen brannten Löcher in die Dunkelheit.

»Gewiss kennst du meine kleine Schwägerin«, sagte Helena. »Und fühle dich nur nicht gekränkt. Was bei jedem anderen unverzeihliche Grobheit wäre, ist bei ihr Genie. Kennzeichen für wahres Genie ist offensichtlich systematische und rücksichtslose Unhöflichkeit.«

»Du Hure aus Sparta«, gab Kassandra zurück, »du hast wahrlich guten Grund, mich nicht zu mögen. Schon in dem Augenblick, als ich dich zum ersten Mal sah, wusste ich, dass du Trojas Untergang herbeiführen würdest. Jeder

Atemzug, den du ausstößt, vergiftet Ilion. Jeder lüsterne Schimmer aus diesen Augen einer Buhle entzündet eine Flamme für jene Nacht der Feuer, in der Troja geplündert werden wird. In deiner Stimme, die von Liebe säuselt, liegt das Todesröcheln tapferer Männer.«

»Da siehst du, wie klug es ist, Schmeicheleien anzuhören, wenn sie denn kommen«, sagte Helena zu Cressida. »So bald danach schon wird man etwas anderes zu hören bekommen.«

»Ehrenwerte Kassandra«, sagte Cressida. »So viele Jahre schon sehe ich dich jetzt bei Hofe. Und immer umgab dich ein solch ungeheurer Ruf als Seherin und als mit göttlicher Einsicht Begabte, dass ich es nicht gewagt habe, mich dir zu nähern. Doch in einer solchen Nacht, zwischen den Schlachten, wo selbst die Dunkelheit geschwängert scheint mit Ereignissen, die darum ringen, geboren zu werden, in einer solchen Nacht herrscht, wie ich meine, ein Hunger nach Weissagung – eher als nach Essen und Trinken und Liebe. Sag uns, was geschehen wird. Wer wird morgen getötet werden und wer wird überleben? Werden die Trojaner die Griechen zum Meer zurückdrängen und ihre Schiffe verbrennen? Werden die Griechen die Trojaner zurückdrängen und diese Stadtmauern erstürmen? Wird Achilles wieder zum Kampf antreten? Wird Hektor auf dem Schlachtfeld wieder wie ein Löwe wüten? Und was ist mit Paris? Und mit dem jungen Troilus – der an Schönheit von Gesicht und Gestalt Paris so sehr gleicht, aber schüchtern ist, wo seinem Bruder Kühnheit gegeben –, was ist mit ihm? Ein Dutzend Mal entging er heute um Haaresbreite dem Tod. Wird er morgen genauso vom Schicksal begünstigt sein – und zurückkehren, um mit irgendeinem glücklichen Mädchen das Bett zu teilen?«

Helena betrachtete den Mond, scheinbar ganz in Gedanken versunken, aber dennoch hörte sie aufmerksam zu.

Denn in diesen letzten Worten Cressidas erkannte sie nicht etwa eine Frage an Kassandra, sondern eine Botschaft an sie selbst. Von allen trojanischen Männern mochte Cressida den jungen Troilus am liebsten, und indirekt bat sie jetzt Helena, dem Burschen gegenüber, der von all den fünfzig Söhnen des Priamos der naivste und unerfahrenste war, eine Andeutung zu machen.

»Belästige mich nicht mit deinen selbstsüchtigen Fragen«, sagte Kassandra zu Cressida. »Du sagst etwas, meinst aber in Wirklichkeit etwas ganz anderes. Du willst dir meinen Bruder Troilus einfangen. Nun gut. Wenn er glaubt, dass das, was dieser Wildeber Agamemnon weggeworfen hat, schmackhafte Kost fürs Bett abgibt, dann soll er dich meinetwegen haben.«

»Ich verstehe nicht, was du meinst, liebe Kassandra«, murmelte Cressida, »aber es heißt ja, dass du deine Weissagungen oft in Rätsel kleidest. Tust du das jetzt auch, ich meine, uns ein Rätsel aufgeben? Bitte sag uns, was morgen in der Schlacht geschehen wird, aber in einfachen Worten, so dass wir es verstehen können.«

»In einfachen Worten: Halt den Mund, Dirne Nummer zwei«, erwiderte Kassandra. »Von der Schlacht morgen will ich nicht reden. Ich will von überhaupt nichts reden. Doch warte. Ich sehe etwas. Eine grausame, mörderische Tat wird gleich geschehen. Nicht morgen, *gleich*. Mein von den Göttern vergiftetes Sehvermögen überwindet große Entfernungen. Ich sehe Odysseus und Diomedes, die sich darauf vorbereiten, in unsere Linien vorzudringen.«

»Diomedes«, sagte Cressida. »Ein höchst fähiger Mann. Heute auf dem Schlachtfeld war er wie ein zweiter Achilles. Er schien wie ein herabgestiegener Gott, hell leuchtend wie ein Stern. Etwas Derartiges habe ich nie zuvor gesehen.«

»Ja, allerdings«, sagte darauf Helena. »Er ist zu jung,

um einer meiner Freier gewesen zu sein. Das hat mir heute recht Leid getan. Er hat wirklich eine beachtliche Leistung gezeigt. Wirklich beachtlich.«

»Odysseus stülpt sich eine Kappe aus Wildeberhaut auf den Kopf und legt einen halblangen Umhang aus glänzender Wildeberhaut an, der ihm als pfeilabwehrende Weste dienen soll. Diomedes hüllt sich trotz der Wärme der Nacht in einen Wolfspelzumhang. Sie verkleiden sich, um einen massigen Schatten zu werfen, denn der Mond leuchtet hell, und sie wollen sich unter unsere Männer schleichen, und Odysseus ist ein Meister listenreicher Kunstgriffe. In ihren Gürteln stecken kurze Jagdspeere und Messer, keine Schwerter, die nur gegen ihre Beine schlagen würden. Kein Pfeil und Bogen, denn sie werden den Nahkampf suchen. Sie beabsichtigen, einen Überfall auf unsere Linien zu machen, einen Trojaner gefangen zu nehmen und ihm Auskünfte zu entringen. Und die Götter schicken dieser Falle einen unserer Hauptleute namens Dolon in den Rachen. Er gibt sich alle Mühe, den Beistand der Dunkelheit herbeizubeschwören, indem er Umhang und Kappe aus Maulwurfhaut angelegt hat, denn Maulwürfe sind stockblind und können kaum sehen, und ihre Haut, so glaubt er, wird ihn vor Entdeckung schützen, während er die griechischen Stellungen auskundschaftet. Wie töricht. Die ganze Kraft eines Zaubers besteht darin, durch Beschwörung Eigenschaften und Wesensarten zu wechseln, aber über Zauberkraft verfügt er nicht. Armer Dolon, er wird sterben müssen.«

Helena und Cressida standen derart im Bann der Geschichte, die das Mädchen mit starrem Blick erzählte, dass sie beinahe vergaßen zu atmen. Kassandra hielt inne. Ihre Katzenaugen, die kein einziges Mal blinzelten, brannten Löcher in die Dunkelheit.

»Erzähl doch. Erzähl doch«, flüsterte Helena. »Was machen sie denn? Bitte erzähl weiter.«

Mit tiefer, monotoner Stimme nahm Kassandra ihre Erzählung wieder auf. Um ihre Zuhörer kümmerte sie sich nicht; um Zuhörer hatte sie sich nie gekümmert – solche Dinge erzählte sie sich selbst, doch sie wusste, dass andere mithörten.

»Die Griechen bahnen sich ihren Weg vorbei an verstreut liegenden Leichnamen und Blutlachen. Als sie sich nähern, werden Vögel aufgescheucht. Nachdem sie vorbeigegangen sind, kommen die Vögel zurückgeflogen, um zu trinken. Ein Rascheln ist zu hören, als Ratten zwischen den Leichnamen hin und her huschen. Oh, die Geschöpfe der Nacht finden reichlich Nahrung an den Früchten der Schlacht.«

Und wieder schwieg sie, und die anderen, die aufmerksam gelauscht hatten, meinten, Ratten nagen und Vögel schlückchenweise trinken zu hören. Und diese winzigen Geräusche waren die entsetzlichsten, die sie je gehört hatten.

»Hört gut zu, meine müßiggängerischen Schwestern, denn ich will euch eine Geschichte erzählen über diese geschäftige Nacht, diese unermessliche und sternenhelle, blutige Nacht. Odysseus und Diomedes bahnen sich ihren Weg an Leichnamen vorbei, um die trojanischen Linien auszukundschaften, während Dolon am Rand von Blutlachen entlanggeht, um die Griechen auszukundschaften. Sie werden sich begegnen, o ja, sie werden sich begegnen, und traurig wird die Geschichte dieser Begegnung sein, denn Dolon weiß um ein Geheimnis. In eben jener Nacht sind Verbündete eingetroffen, um sich zu unseren Streitkräften zu gesellen – König Rhesos von Thrakien mit eintausend Gefolgsleuten aus jenem Land hinter dem Nordwind, wo die Männer hoch gewachsen und wild sind. Den Streitwagen des Königs Rhesos zieht ein Pferdegespann, dem nichts in der Welt gleichkommt, mit Ausnahme der Pferde, die Diomedes dem Äneas am heutigen

Tag fortgenommen hat. Ein Gespann bestehend aus milchweißen Stuten, die Pegasos selbst mit einer der weißmähnigen grauen Stuten gezeugt hatte, die den Wagen des Poseidon ziehen, wenn er die Strände stürmt. Und da sie folglich Gorgonenblut in sich haben, galoppieren sie ebenso geschwind wie jene falkenschnellen Schwestern mit den bronzebeschlagenen Flügeln, die Perseus verfolgten, galoppieren ebenso unermüdlich wie die Meereswellen, die sich an der Küste brechen. Sie sind so weiß wie Milch, so hoch gewachsen wie Hirsche, haben schwarze Mähnen und bronzefarbene Hufe. In diesem Wagen stehend, von solchen Stuten gezogen, ist König Rhesos ein Furcht einflößender Krieger. Die Räder seines Streitwagens sind nicht mit schlichten Naben versehen, sondern mit einem Bündel aus Sicheln, die sich mit der Rotation des Rades drehen und seine Feinde niedermähen und sie wie Sommergras zu Boden sinken lassen. Ihre Ankunft sollte eine große Freude für uns sein. Oh, ihr Zuschauer auf der Stadtmauer, ihr Hurenschwestern, die Ankunft des Rhesos sollte Grund zum Frohlocken sein. Denn vor Urzeiten wurde geweissagt, dass unsere Stadt nicht fallen wird, wenn erst einmal diese Stuten aus unserem Fluss getrunken haben. Wenn erst einmal diese durstigen Streitrösser ihre Mäuler in die Wasser des Skamander getaucht und daraus getrunken haben, werden die Mauern der Stadt Troja ewig stehen und ihre Bewohner ungestört bleiben. Wird sich Rhesos in der rosigen, perlmuttschimmernden Morgendämmerung auf der dardanischen Ebene erheben? Wird er den bronzefarbenen Staub aufwirbeln, wenn er seinen Streitwagen zum Skamander lenkt und seinen Stuten zu trinken erlaubt, bevor die durstmachende Arbeit der Schlacht beginnt?

Ach, aber ach, Dolon weiß, dass die Thraker mit Rhesos an ihrer Spitze eingetroffen sind. Er weiß, dass sie die rechte Flanke schützen, dass sie keine Wachen aufgestellt haben und dass sie nach ihrer anstrengenden Reise tief und fest schlafen. Er weiß um die Geschichte der Prophezeiung. Sachte geht Dolon voran, doch Odysseus hat Ohren wie ein Luchs; er hört, dass sich jemand nähert. Er zieht Diomedes in das Dunkel eines Tamariskenbaums, und dort warten sie nun. Als Dolon kommt, ergreifen sie ihn. Ja, nun haben sie ihn. Er ist ihnen in den Rachen gefallen wie ein Maulwurf, der von einem des Nachts auf die Pirsch gehenden Jagdhund gefasst wurde. Sie binden ihn an den Stamm des Tamariskenbaums. Inständig fleht er sie an; sie reagieren nicht darauf, sondern reden brummend nur miteinander.

Jetzt sind sie so weit. Odysseus zieht sein Messer und sagt: ›Wir sind Griechen. Und wir wollen Informationen. Du wirst uns unsere Fragen beantworten, sonst werden wir dich tranchieren wie einen Braten. Tot bist du allerdings bereits, wie du dir vielleicht denken magst, weil wir dich nicht am Leben lassen können, doch du kannst dir einiges an Schmerzen ersparen. Also weshalb verzichtest du nicht während der letzten Minuten deines Lebens auf Schmerzen?‹

Dolon schluchzt. Er ist ein tapferer Mann, doch für so etwas nicht tapfer genug. Am helllichten Tag ist er tapfer, doch jetzt befinden sie sich unter dem kalten Licht des Mondes. Finstere Schatten haben ihm aufgelauert, Männer so groß wie lange Schatten, die in einer fremden Sprache zu ihm sprechen, die er unglücklicherweise aber versteht, und die albtraumhafte Dinge sagen.

Während Dolon noch zögert, wird Diomedes ungeduldig. Er zückt sein Messer und schneidet dem Dolon einen Finger ab. Dolons Schreie werden erstickt von Odysseus, der ihm die Hand auf den Mund legt.

›Das tut weh, nicht wahr?‹, sagt Diomedes. ›Vergiss nicht, du hast zehn insgesamt, ganz zu schweigen von deinen Zehen. Wieso erzählst du uns nicht einfach, was wir wissen wollen?‹

Dolon hält das nicht aus; die wenigsten Männer würden das. Er fängt an zu faseln und erzählt ihnen mehr, als sie eigentlich wissen wollen. Odysseus schlägt ihn ins Gesicht und befiehlt ihm, still zu sein und einfach nur die Fragen zu beantworten.

›Habt ihr Wachen aufgestellt?‹

›Nein.‹

›Wieso nicht?‹

›Wir haben gedacht, ihr seid zu erschöpft, zu mutlos, als dass ihr in dieser Nacht irgendwelche Überfälle planen könntet.‹

›Wie ist euer Lager angelegt? Wie ist die Aufstellung eurer Streitkräfte?‹

›Wir Trojaner liegen in der Mitte. Zur Linken, zur See hin, befinden sich die Leleger, die Kaukonier. An der äußersten linken Flanke dann jene Angreifer aus Kreta, jene die Meere aufstörenden Pelasger. Zu unserer Rechten lagern die Lykier, die Myser, die Phryger und die Mäoner. An der äußersten rechten Flanke dann jene gerade erst Eingetroffenen, die Thraker unter König Rhesos.‹

›Die Thraker? Bist du dir da auch wirklich sicher?‹, fragt Odysseus. ›Ich weiß nichts von der Anwesenheit irgendwelcher Thraker.‹

›Sie haben sich erst heute Nacht zu uns gesellt. Ich gehörte zu denen, die zu ihrer Begrüßung abkommandiert waren. Ich bin mir ganz sicher. Bitte lasst mich gehen, ihr Herren. Mein Vater ist der Herold Eumelos und in Zeiten des Krieges werden Herolde reich. Er wird ein hohes Lösegeld für mich zahlen. Ich will euch alles sagen, was ich weiß, aber dann lasst mich bitte gehen.‹

Diomedes traktiert ihn mit der Spitze seines Dolches.

›Sprich weiter‹, sagt er. ›Wir haben noch mehr Fragen. Wer führt diese Thraker an?‹

›Das habe ich euch doch schon gesagt, König Rhesos.‹

›Gilt er als ein guter Krieger, dieser Rhesos?‹

›Der Beste. Hat seinen Platz unter den Herausragendsten. Und wenn er in seinem Streitwagen steht, ist er wahrscheinlich wirklich der Beste, denn seine Streitrösser sind unvergleichlich.‹

›Tatsächlich?‹, fragt da Diomedes. ›Besser etwa als die des Äneas?‹

›Ebenso gut, ebenso gut. Manche sagen, noch besser. Sie wurden von Pegasos gezeugt, mit einer von Poseidons eigenen Wellenstuten. Sie sind so hoch gewachsen wie Hirsche, milchweiß, haben schwarze Mähnen und bronzefarbene Hufe. Und sie laufen schnell wie der Wind. Zu Gesicht bekommen habe ich sie nie, aber jedenfalls erzählt man sich das. Und sein Streitwagen ist aus Silber und Gold gefertigt, aus Bronze sind die Räder, und der Achszapfen besteht aus sechs langen Messern, die die Feinde niedermähen. Die Trojaner frohlocken, da sie ihn nun als Verbündeten haben. Bin ich nicht eine gute Informationsquelle, ihr Geiselnehmer? Berichte ich nicht alles vollständig, ganz vollständig? Bitte gebt euch mit einem Lösegeld zufrieden und lasst mich gehen.‹

›Gibt es noch etwas Wichtiges zu wissen über diesen Thraker-König? Wie viele Männer führt er an?‹

›Eintausend Thraker sind mit ihm gekommen, doch das Allerbeste ist, ich weiß noch etwas anderes! Tötet mich noch nicht, bitte tötet mich noch nicht! Ich habe euch noch etwas zu sagen!‹

›Dann sag es. Die Nacht währt nicht mehr lang, und unsere Geduld ist bald am Ende.‹

›Tötet mich noch nicht, bitte jetzt noch nicht! Hört euch an, was ich zu sagen habe!‹«

Mit weit aufgerissenen und starrenden Augen unterbrach da Kassandra ihre Erzählung.

»Sprich weiter, sprich weiter«, sagte Helena.

»Hör jetzt nicht auf. Erzähl doch. Bitte erzähl doch«, flüsterte Cressida.

»O nein!«, murmelte Kassandra in sich hinein und presste sich die Knöchel der Hand gegen den Mund. »Das darf er nicht! Nein, Dolon, erzähl ihnen das bloß nicht! Sag bloß nichts von der Prophezeiung! Das wäre verhängnisvoll! Ach, der Feigling! Er erzählt es! Er erzählt es!«

»Was erzählt er denn?«, rief Helena.

»Das, was ich euch erzählt habe, du breithüftige Idiotin! Ist es etwa deinem Gedächtnis so schnell schon entflohen? Die Prophezeiung über die Stuten des Rhesos – dass Troja, wenn diese Stuten von den Wassern des Skamander trinken, nicht fallen wird. Dolon faselt immer weiter und verrät all dies jenen Männern aus Stahl. Er erzählt all dies Diomedes und Odysseus; das ist alles, was sie wissen müssen. Odysseus dankt ihm und gibt Diomedes ein Zeichen, der mit einer einzigen behänden Bewegung dem Dolon die Kehle durchschneidet, als sei der weiter nichts als ein Schaf. Sie lassen ihn dort angebunden an dem Tamariskenbaum zurück und begeben sich nach links, auf die äußerste rechte Flanke unserer Linien zu, dorthin, wo Rhesos und das thrakische Heer sowie auch die schicksalhaften Stuten im Schlaf liegen.«

Poseidon trifft eine Entscheidung

Der Meeresgott war verärgert. Im Gegensatz zu den anderen Göttern hatte er sich von diesem Krieg fern gehalten. Er hatte sich viel darauf eingebildet, so weit über den Angelegenheiten unbedeutender Sterblicher zu stehen, dass er sich nicht derart erniedrigen könne, sich in ihre Streitereien einzumischen. Das war im ganzen Pantheon eine einzigartige Einstellung: Alle anderen Götter hatten für die eine oder die andere Seite Partei ergriffen. Eine Weile lang war dieses Gefühl der Einzigartigkeit seinem Stolz dienlich. Doch seit kurzem spürte er, dass sich etwas verändert hatte. Griechen und Trojaner, die streitenden Parteien, richteten weniger Gebete an ihn, brachten ihm weniger Opfer dar, schmückten seine Statuen spärlicher, errichteten ihm weniger Altäre; sie erflehten auch seinen Beistand lediglich bei speziellen Meeresangelegenheiten – Seefahrten, Seeräubereien und dergleichen. Doch diese Sache hatte sich nun zu einem Krieg zu Lande entwickelt und so fühlte sich Poseidon vernachlässigt.

»Das ist alles nur auf meine Unparteilichkeit zurückzuführen«, wütete er vor sich hin. »Eine Eigenschaft, die ich stets für wahrhaft göttlich gehalten habe. Doch statt dass sie mir dankbar sind, dass ich mich nicht in ihre Schlachten einmische, diesen töte und jenen verschone oder all ihre Pläne vereitle – statt dass sie mir dankbar sind für meine wohl wollende Gleichgültigkeit – haben sie es gewagt, *mich* zu vernachlässigen. Die Trojaner, die wissen, dass Athene gegen sie ist, opfern ihr ständig. Erst gestern hat Hektor alle Frauen Trojas in großen, von Hekabe angeführten Schwärmen zum Palladium geschickt, um Athene anzuflehen, ihnen ein weniger wütendes Antlitz zuzuwenden. Und die Hellenen umwerben den Apollon, der Partei für die Trojaner ergreift. Ja, sie überhäufen ihn mit Gebeten und Opfergaben, ihn und dieses kaltherzige Luder von einer Schwester ebenso wie diesen stümperhaften, brutalen Kerl Ares. Zu allen Göttern, die Trojas Partei ergriffen haben, kommen sie gekrochen. Die Trojaner erfüllen die Luft mit ihren flehentlichen Gebeten zu Hera, von der sie wissen, dass sie sie verabscheut. Es ist schon so weit gekommen, dass ein Gott ein Volk strafen muss, um sich dessen Respekt zu verschaffen. Nun, ich bin es leid, vernachlässigt zu werden. Auch ich werde Partei ergreifen. Wem ich meine Gunst gewähre, wird mir danken; wen ich schlecht behandle, wird mich anflehen. Ja, auch ich werde meine Portion an Aufmerksamkeit der Sterblichen bekommen – ohne die wir Götter, und das betrifft sogar die mächtigsten unter uns, merkwürdigerweise wahrscheinlich verkümmern und verwelken würden.

Für wen also soll ich mich nun entscheiden, Trojaner oder Griechen? Wirklich sehr schwer. Eine spontane Vorliebe drängt sich nicht auf, höchstens ein leiser Widerwille gegen alle beide.«

Das Problem hierbei war, dass Poseidon bei all seinem stürmischen Lärmen und Poltern in seinem Wesen eine ausgeprägte feminine Seite hatte. Er war unfähig, ganze Gruppen von Menschen zu hassen oder zu lieben. Verallgemeinerungen empfand er als ärgerlich. Er konnte eine starke Bindung an ein einzelnes Geschöpf entwickeln, wie ihm das beispielsweise bei Theseus ergangen war, von dem es heißt, er sei sein Sohn, auf den er durch alle Lebensumstände ein wachsames Auge behielt und dessen Taten er mit Ruhm krönte. Weit häufiger konnte er einen unversöhnlichen Groll gegen jemanden hegen und denjenigen mit Sturm, Flutwelle, Seeungeheuer und jeder Art von Meereskatastrophe heimsuchen. Doch während er so über alles nachdachte, musste er feststellen, dass er nicht in der Lage war, entweder Griechen oder aber Trojaner als Ganzes zu bevorzugen.

»Wollen einmal sehen«, brummte er. »Ich werde das einmal ganz sorgfältig erwägen. Gewiss werde ich einen Grund finden, der einen oder der anderen Seite meine Gunst zu schenken, vor allem, da es keine große Rolle spielt, welcher Seite. Wenn ich also einen Groll gegen ein Volk als Ganzes hege, dann sind das die Athener. Sie hatten die Wahl zwischen mir und Athene und sie wollten lieber Athene und ihren Ölbaum als mich und meine Meeresgaben. Nun, dafür haben sie bezahlen müssen. Und sie bezahlen immer noch dafür und werden es auch in Zukunft tun. Ich bringe ihre Schiffe zum Sinken, ich zerstreue ihre Flotten in alle Winde, ertränke ihre Seeleute. Und doch machen die Athener nur einen kleinen Teil der griechischen Streitkräfte aus. Gewisse andere, besonders die von den Inseln, die meine Stimmungen aufmerksam einschätzen, finden durchaus Gnade in meinen Augen. Die Piratenkönige von Rhodos, Knossos, Seriphos und Ithaka haben allesamt meine Nasenlöcher mit dem üppigen Rauch gehäuteter Ochsen gekitzelt. Die uralten Missetaten der Athener allein sind nicht genug. War es im Übrigen nicht ein Trojaner, König Laomedon, der mir in alten Zeiten eine ungeheure Kränkung zufügte? Als Apollon und ich von Zeus bestraft wurden, weil wir uns seinerzeit gegen seinen Thron verschworen hatten, wurden wir in der Verkleidung von Sterblichen ins Exil nach Troja geschickt, und es wurde uns befohlen, König Laomedon zu dienen. Er ließ uns hart arbeiten. Wir waren die meistbeschäftigten Sklaven, die je einem König zur Verfügung standen. Drei Stadtmauern der Stadt Troja hatten wir errichtet, noch bevor unser Jahr dort beendet war. Irgendein Sterblicher hat später die westliche Stadtmauer erbaut, die bei weitem die schwächste ist. Und Laomedon war ein entsetzlicher Zuchtmeister – nie ein höfliches Wort, kein Wort des Dankes, nichts als Tritte und Schläge. Allerdings ist dieser Laomedon schon seit langem tot. Vor so vielen Generationen schon gestorben – heute nur noch eine staubige Erinnerung, so dass es schwer fällt, ihn zu hassen. Im Übrigen kam die wirkliche Kränkung ja nicht von ihm selbst, er wusste ja nicht, wer wir waren, sondern von Zeus, der zwei anderen Göttern eine so schimpfliche Strafe auferlegt hatte.

Ich kann mich immer noch nicht entscheiden. Griechen oder Trojaner, Trojaner oder Griechen? Soll ich Strohhalme ziehen? Das erscheint mir denn doch als jämmerliche Idee, wenn es gilt, über einen so mächtigen Gunstbeweis zu entscheiden. Vielleicht sollte der Anhaltspunkt in der Frage meines Einschreitens nicht geziemende oder kränkende Behandlung durch die Sterblichen sein, sondern meine Vorlieben für einzelne Götter, die sich ja alle in diese Streitigkeiten eingemischt haben. Doch auch das wird äußerst schwierig. Ich habe Grund genug, gegen alle meine Brüder und Schwestern, Nichten und Neffen Widerwillen zu empfinden. Meine Schwester Demeter sagt mir noch am meisten zu, glaube ich. Andererseits zeigt sie von allen Göttern des Pantheons am wenigsten Interesse an diesem Krieg. Sie verabscheut den Krieg zu sehr. Krieg bedeutet Zerstörung der Ernte, ganz gleich welche Seite gewinnt. Und sie ist schließlich die Herrscherin über alles, was wächst.

Zwischen Athene und mir besteht diese uralte Fehde, und ihre Parteinahme für die Griechen könnte mich dazu veranlassen, mich für die Trojaner zu entscheiden. Dann wiederum stehen diese heuchlerischen, hochtrabenden Zwillinge Apollon und Artemis Troja bei und ich möchte auf keinen Fall in irgendeiner Angelegenheit auf derselben Seite stehen wie sie. Apollons flammendes Ärgernis eines Sonnenwagens trocknet meine Gewässer aus, wann immer er sie in seichten Tümpeln antrifft. Während sein habgieriger, bloßschenkeliger, männerhassender Eiszapfen von einer Schwester die Frechheit besitzt, sich unbefugt an meinen Fluten zu schaffen zu machen. Ihr schrilles Pfeifen dringt bis zu den unterseeischen Hundezwingern, wo die Meereshunde schlafen. Sie ruft sie zusammen, legt sie an eine Kette aus silbernem Licht und schwingt sie hoch hinauf und tief hinunter, trotz meiner Vorherrschaft über das Meer. Eines Tages werde ich sie vernichten. Ich weiß noch nicht recht, wie, doch ich finde einen Weg.

Schwierig – eine höchst schwierige Frage. Bereitet mir regelrecht Kopfweh.«

Und er spie eine Flutwelle aus, die eine uralte Insel mit einer einhundert Fuß hohen Wasserwand überzog. Als die Welle abebbte, war die Insel verschwunden und ward nie wieder gesehen.

Während dieser ganzen Zeit hatte er über der Wasseroberfläche geschwebt. Jetzt pfiff er seinen Wagen herbei, nicht jedoch das strandstürmende Gefährt, das von seinen grauen Stuten mit den weißen Mähnen gezogen wurde, sondern den eleganten, grünen seetüchtigen Wagen, den Delphine zogen. Geschwind begab er sich zu seinem Palast aus Perlen und Korallen. Wie er so auf seinem großen Thron saß, der aus mit Perlmutt eingefasstem Fischbein bestand, fühlte er sich behaglicher und nahm seinen Gedankengang wieder auf.

»So werde ich mich nie entscheiden können«, sagte er sich. »Das steht außer Frage. Und vielleicht ist das auch besser so. Dieses abwägen, jenes in Betracht ziehen – das ist noch nie meine Art gewesen. Mein Wüten ist Sturm, meine Freundlichkeit ein Einfallen von Licht, die unerwartete Wonne ungetrübten Wetters. Ich bin abrupt, launenhaft,

König der Stürme. Das Meer selbst bezieht seine weithin bekannte Unbeständigkeit aus meinen wechselnden Stimmungen. Also will ich der Schlacht zusehen und abwarten, welche Wendung sie an diesem Morgen nimmt, und während ich zuschaue, will ich mich inspirieren lassen von dem, was ich sehe. Ja, das wird mich von diesem hirnzermarternden tiefen Nachsinnen entbinden und mir gleichzeitig einige Abwechslung bieten. Denn Ungewissheit empfinde ich als angenehm – und stets habe ich mit den Knochen von Toten gewürfelt. Nun gut denn. Ich werde also der Schlacht zusehen und dann meine Wahl treffen. Und wehe dem Heer, ob griechisch oder trojanisch, gegen das ich mich entscheide.«

Er nahm eine große Schale, die aus einem einzigen Chrysopras gefertigt war, dem größten Chrysopras der ganzen Welt. Es handelte sich um einen hellgrünen Edelstein, so rein wie das Auge eines Kindes, der das Licht sehr intensiv einfing. Diese Chrysopras- Schale ließ er mit klarem Wasser füllen. Während er in das Wasser schaute und an die dardanische Ebene dachte, sah er nebelhafte Bilder Gestalt annehmen und sich wieder auflösen, und es waren die Bilder der Schlacht.

Wie alle Götter empfand auch Poseidon immenses Vergnügen, wenn er Sterblichen beim Kampf zuschaute. Je heftiger der Kampf, desto mehr genoss er es. Ein solider Tötungsakt löste schallendes Gelächter bei ihm aus. Dieses Gelächter der Götter beim Anblick von Tod und Leid ist zuweilen undeutlich in der Menschenwelt zu hören – üblicherweise als ein Geräusch der Natur – der mit seltsamem Klang heulende Wind, das unvermittelt einsetzende Kreischen einer Eule, ein Schrei aus dem Nichts, bei dem der Schläfer aufschreckt, der ihn vergeblich einzuordnen versucht, sowie gewisse von Kindern wahrgenommene Geräusche, das Knarren von Türen in der Nacht, zu dem sich kein Urheber findet, Bäume, die mit langen grauen

Fingern an den Fenstern kratzen – all diese Laute sind das grausame Gelächter der Götter in anderer Gestalt, das stets mit großer Verwunderung vernommen wird.

So schüttelte sich also Poseidon auf seinem Thron aus Fischbein und Perlmutt vor Lachen, als er die Schlacht auf der dardanischen Ebene wüten sah, als er in seiner Chrysopras-Schale mit dem klaren Wasser nebelhafte Bilder Gestalt annehmen und sich wieder verflüchtigen sah. So viel Blut wurde bei diesem Schauspiel vergossen, dass die Schale eine rötliche Färbung erhielt, und das gefiel Poseidon.

Er sah Agamemnon, in seine herrliche Rüstung gekleidet, durch das Geflüster von Athene zur Raserei angestachelt. Dieser bahnte sich eine Schneise in die trojanischen Reihen, schleuderte seinen langen Speer, der durch Schilder, Brustharnische und Helme fuhr, Knochen zersplitterte und sich am Blut labte.

»Wie farbenprächtig er doch ist, dieser Heerführer«, sagte sich Poseidon, »dieser Wildeber aus Mykene, der kein einziges Wort hervorbringen kann, ohne Zwietracht zu säen. Wie prächtig er gekleidet ist und wie prächtig er außerdem kämpft. Und wie herrlich seine Rüstung aus Lapislazuli, Bronze und massivem gehämmertem Zinn. Wie ein Käfer auf staubiger Ebene glitzert er. Und wie ein Käfer kann er auch zertreten werden.«

Gerade als Poseidon diese Worte sprach, löste sich das Bild in der grünen Schale auf, und nun sah man nicht mehr Agamemnon, der den älteren Sohn des Antenor aufspießte, sondern den jüngeren Sohn des Antenor, der seine Lanze in Agamemnon trieb. Dieser jüngere Sohn namens Koon stieß dem König seine Lanze in die Schulter. Agamemnons Gegenschlag durchbohrte dem jungen Burschen die Augenhöhle und spaltete ihm den Schädel. Doch der stark blutende Agamemnon war gezwungen, das Schlachtfeld zu verlassen.

Grinsend winkte Poseidon einer Najade zu, welche die Schale aufnahm, das vom Blut verfärbte Wasser ausschüttete, die Schale mit sauberem Wasser füllte und sie dem lachenden Gott zurückbrachte. Und nun sah Poseidon, der das Wasser in der Schale prüfend betrachtete, wie Hektor die Trojaner zu einem Gegenangriff anspornte, der sie zurück auf das Schlachtfeld und wieder bis auf halbe Distanz zu dem Kanal brachte.

Hier am Rand des Kanals gingen die herausragendsten Krieger der Griechen in Stellung, um sich dem orkanartigen Angriff der Trojaner in den Weg zu stellen. Diomedes schleuderte einen Felsbrocken auf Hektor, der ihm den Helmbusch wegriss und ihn wie betäubt zu Boden stürzen ließ. Doch Äneas stellte sich breitbeinig über den am Boden liegenden Hektor und beschützte ihn mit seinem Schild und Diomedes konnte seinen Vorteil nicht weiter ausbauen. Der Kampfeseifer, der in Hektor brannte, war derart, dass sein Schwindelgefühl ihn flugs verließ und er kampfbereit wieder aufsprang. Während Diomedes noch zögerte und nach einer Möglichkeit suchte, an Hektor heranzukommen, schlich sich Paris ganz in ihre Nähe. Er suchte Schutz hinter einem Baum, dann legte er einen Pfeil in seinen Bogen ein und ließ ihn davonsausen. Es war ein prachtvoller Schuss. Hätte er sich vor dem Abschießen des Pfeils noch näher herangewagt, hätte er Diomedes getötet, doch der Baum war einen langen Bogenschuss weit entfernt, und der Pfeil zielte nach unten, durchbohrte den Fuß des Diomedes und nagelte ihn am Boden fest. Als Paris sah, dass Diomedes nicht an ihn herankommen konnte, lachte er und kam näher, während er einen weiteren Pfeil in seinen Bogen einlegte.

»Ah, du warst das also, du Prinz aller Leisetreter!«, brüllte Diomedes. »Dich hinter einem Baum zu verstecken wie ein Räuber im Gebirge und Pfeile abzuschießen auf Männer, die dir überlegen sind. Hinterhältiger Wicht!

Winselnder Entführer von Weibern! Komm nur und trau dich in meine Nähe. Komm nur und trau dich, mir mit Speer oder Schwert gegenüberzutreten. Ich schicke dich zurück in den Schoß deiner Hure, und außer zum Verbranntwerden wirst du dann zu nichts mehr taugen.«

Diomedes bückte sich und zog sich den Pfeil aus dem Fuß, trotz des entsetzlichen Schmerzes, den der Widerhaken verursachte, als er rückwärts durch sein Fleisch gerissen wurde. Angesichts dieser stoischen Tat geriet Paris so sehr aus der Fassung, dass er wieder mit der Menge verschmolz, ohne seinen zweiten Pfeil abzuschießen. Aber Diomedes hatte viel Blut verloren; er musste der Schlacht den Rücken kehren.

Wie ein Buschfeuer fegte Hektor, von Troilus und Äneas flankiert, am Ufer des Skamander hin und her, wo die Thessalier gerade Stellung bezogen hatten. Geschwind hatte sich Paris zu dieser Truppe gesellt, denn er zog es vor, sich hinter einem undurchdringlichen Wald aus solchen Schilden zu verstecken. Doch man hieß ihn willkommen. Er hatte eine herausragende Art, den Bogen zu führen. Es war, als habe Apollon selbst ihn von einem Kampftag auf den anderen in der Kunst des Bogenschießens unterwiesen. Jeder Pfeil, den er abschoss, fand seinen Weg in griechisches Fleisch. Einer seiner Pfeile ging direkt durch die Schulter des Machaon, der an Ort und Stelle umfiel. Ein Schrei der Verzweiflung erhob sich von den Reihen der Thessalier. Machaon war ihr König, aber er war nicht nur ihr König, sondern gleichzeitig auch der fähigste Heiler im Lager der Griechen. Er war der Sohn des Asklepios selbst und hatte von dem großen Chirurgen gelernt und Meisterschaft in seines Vaters Kunst erlangt. Somit war er natürlich auch ein Enkel des Apollon, doch er hatte Apollons Gunst eingebüßt, weil er auf der falschen Seite kämpfte.

Der alte Nestor war es, der aus seinem Streitwagen

sprang, den zu Boden gestürzten Machaon aufnahm und ihn sicher zu den griechischen Linien zurückbrachte. Der Verlust ihres Anführers hatte die Thessalier entmutigt, und bei dem trojanischen Angriff wären sie vernichtend geschlagen worden, wäre nicht Ajax der Große herbeigeeilt und hätte ihre zurückweichenden Reihen mit lautstarkem Kriegsgebrüll wieder um sich geschart.

Während dieser ganzen Zeit beobachtete Poseidon den Fortgang der Schlacht in den hellseherischen Wassern der Chrysopras-Schale. Kraken mühten sich an dem riesigen Fenster entlang, das in seinen aus Perlen und Korallen erbauten Palast eingelassen war. Haie glitten vorüber, der Hunger lächelte aus ihnen heraus. Ganze Schwärme von Najaden schwammen vorbei, ihr Haar umwehte sie. Kugelfische, riesige Rochen, raffinierte, in sich gewundene Ammoniten, die einzigen Meereswesen, die einen Aal überlisten konnten – der ganze vielfältige Strom von Meeresbewohnern zog an seinem Fenster vorüber, etwas, das er zu normalen Zeiten so liebte, jetzt jedoch gar nicht zur Kenntnis nahm, so versunken war er in die ständig wechselnden Bilder der Schlacht.

Er sah Ajax unerschütterlich wie einen Fels zwischen den versprengten Thessaliern stehen, und Ströme von Trojanern teilten sich vor ihm wie Wellen, die sich an einem Felsen brechen. Die Thessalier wichen zurück; die Trojaner schwärmten weiter vorwärts. Und Ajax stand, trotz all seiner ungeheuren Kraft, kurz davor, überwältigt zu werden. Da erfüllte Freude Poseidons Herz, als er den Odysseus in einem Streitwagen heranstürmen sah, der von einem Gespann prächtiger Stuten gezogen wurde. Milchweiß waren sie und sie hatten schwarze Mähnen und bronzefarbene Hufe.

»Wie ist Odysseus an dieses Gespann gekommen?«, fragte sich Poseidon. »Die Pferde gehören Rhesos. Sie sind Nachkommen meiner eigenen Wellenstuten, gezeugt von Pegasos. Wenn Rhesos noch lebte, könnte Odysseus dieses Gespann nicht führen. Was mag da nur geschehen sein?«

Er schüttelte das Wasser in der Schale, bis es sich verdunkelte und Bilder der vergangenen Nacht preisgab. Er sah, wie Odysseus und Diomedes sich aufgrund der Informationen, die sie Dolon durch Folter abgepresst hatten, unter die Thraker schlichen, dem Rhesos und zwölf seiner Gefährten die Kehle durchschnitten und die herrlichen Streitrösser antrieben, dass sie schnell wie der Wind zur anderen Seite des Grabens galoppierten.

»So haben sie das also gemacht«, sagte sich Poseidon. »Was sind das doch für Teufelskerle, diese zwei – listig, wagemutig, einfallsreich, rücksichtslos. Wie sollen die Trojaner jemals solchen Männern widerstehen können? Wie haben sie es nur geschafft, ihnen neun Jahre lang zu widerstehen? Zeus steht den Trojanern heimlich bei; das ist die einzig mögliche Erklärung. Obgleich er geschworen hat, neutral zu sein, sendet er Zeichen und Omen, um die Dardaner weit über die Grenzen ihrer eigenen sterblichen Kraft mit Mut zu erfüllen. Aber allen anderen Göttern droht er schreckliche Strafen an für den Fall, dass sie sich einmischen.«

Erneut schüttelte Poseidon das Wasser in der Schale und kehrte zur Schlacht des Tages zurück. Mit ineinander verkeilten Schilden hielten Ajax und Odysseus an den Ufern des Skamander die Stellung. Doch beide hatten sie Verwundungen davongetragen und Schritt um Schritt wurden sie zurückgedrängt. Schließlich packte Odysseus den Ajax, der schwerer verwundet war, um die baumstammdicke Taille und hievte den Riesen unter enormer Kraftanstrengung in seinen Streitwagen. Dann gab er den weißen Stuten die Peitsche zu spüren, woraufhin sie so schnell galoppierten, dass es schien, als würden sie fliegen. Mit einem Satz sprangen sie über den Skamander, zogen den Streitwagen durch die Lüfte hinter sich her und sausten hinter die griechischen Stellungen.

Nun gab es nichts mehr, was die Trojaner daran hätte hindern können, den Fluss zu durchqueren, den Kanal zu stürmen, die Schutzwälle zu zerstören und die Schiffe in Brand zu setzen. Odysseus und Ajax waren geflüchtet, Agamemnon, Diomedes und Machaon verwundet und Achilles weigerte sich immer noch zu kämpfen und so hatte sich das Kriegsglück unbestreitbar zugunsten der Trojaner gewendet.

Doch nun hatte Poseidon seine Entscheidung getroffen. Die einzelnen Schritte, die zur Entscheidungsfindung geführt hatten, konnte er nicht mehr nachvollziehen, doch er nahm nun eine starke, drängende Vorliebe für die Griechen wahr. Er verlor weiter keine Zeit mehr. Er schickte eine Botschaft auf den Weg und bediente sich dazu einer Najade, die unter Wasser zu einem Saum des Mittelmeeres schwamm, an eine Stelle, an der ein Fluss sich seinen Weg an die Küste bahnte. Dort kam die Najade an die Wasseroberfläche und sang ein Lied, das von einer Nereide, einer Flussnymphe, beantwortet wurde. Hoch gewachsen, nackt, mit braunem Haar und von Wasser triefend kam sie an die Oberfläche, um ihrer Kusine mit dem grünen Haar entgegenzugehen. Die Najade flüsterte der Nereide die Botschaft zu, woraufhin diese stromaufwärts zu der Stelle schwamm, an der der Fluss seinen Ursprung nahm, einer Quelle an einem Berghang. Geschmeidig wie ein Fischotter, nackt und triefend von Wasser kam sie an die Oberfläche und sang ihr Lied. Ein Lied, das von fern, doch immer näher kommend, beantwortet wurde. Eine Gruppe Dryaden, also Waldnymphen, kam über die Felder angelaufen. Die Nereide sprach zu ihrer Anführerin, einer hoch gewachsenen, schwarzhaarigen Nymphe, unter deren brauner Haut sich glatte, seidige Muskeln spannten.

»Ich werde deine Botschaft überbringen, Kusine«, rief die Dryade und lachte.

Dann lief sie kreischend und lachend den Hügel wieder hinauf, gefolgt von ihren Gefährtinnen. Die Nereide schaute ihnen hinterher, bis sie in einem kleinen Waldstück verschwunden waren, dann tauchte sie wieder in den Fluss ein und ließ sich stromabwärts treiben. Die hoch gewachsene Dryade lief zu einem bestimmten kleinen Hain am Hang des Olymp, zu einer Stelle, an der Hera, wie sie wusste, des Öfteren zu jagen pflegte. Und dort fand sie die Göttin auch, die auf ihrem Handgelenk einen Falken mit verbundenen Augen hielt und dem Vogel in ganz und gar flüssigen Worten Anweisungen gab. Da sie die Königin der Lüfte war, beherrschte sie die Sprache der Falken wie auch aller anderen Vögel. Die Dryade kniete vor ihr nieder.

»Eine Botschaft von Poseidon, o Königin.«

»Was hast du denn mit Poseidon zu schaffen, du kleiner Fratz?«, rief Hera, die wie ihr Falke erst dann guter Stimmung war, wenn sie ihre erste Beute erlegt hatte. »Hat er wieder einmal auf diesen Hängen gejagt? Hat er nicht Najaden zur Genüge, dass er nach meinen Dryaden im Heiligen Hain trachten muss? Ach, er ist ebenso unersättlich wie sein älterer Bruder, wenn das denn überhaupt möglich ist.«

»Verzeih, Königin«, sagte die Dryade, »doch die Botschaft erhielt ich nicht von ihm persönlich. Sie wurde von einer Nereide überbracht, die vom Mittelmeer her stromaufwärts schwamm, und die erhielt sie ihrerseits von einer Najade, die der Herr der Tiefe mit dieser Botschaft auf den Weg schickte, die dir, und nur dir, übergeben werden soll.«

»Und wie lautet nun diese Botschaft?«

»Er möchte sich mit dir in einer höchst dringlichen Angelegenheit treffen. Und dieses Treffen soll auf halbem Weg zwischen euch beiden auf der Insel Patmos stattfinden.«

»Dringlich für ihn oder für mich?«

»Eine äußerst wichtige Sache, sagte er, die nur für deine Ohren bestimmt ist, bei der du jedoch frohlocken wirst, wenn du sie hörst.«

»Dann danke ich dir für die Botschaft«, erwiderte Hera.

Sie band den Falken von ihrem Handgelenk los und gab ihn der Dryade.

»Bring ihn für mich zum Palast zurück. Fang ein Kaninchen und zerlege es; verfüttere es an ihn, mit Haut und Haaren; und pass auf deine Finger auf.«

Hera stieß einen Pfiff aus. Ein Wagen erschien, der von Adlern gezogen wurde. Sie bestieg den Wagen, gab einen durchdringenden Adlerschrei von sich und sauste den Berg hinunter auf die blaue Pfütze des Meeres zu.

Poseidons Wohnsitz auf Patmos war eine große Höhle. Mit ausgesuchter Liebenswürdigkeit empfing er Hera.

»Verzeih mir, dass ich dich diesen weiten Weg habe zurücklegen lassen, Schwester. Wäre ich zu dir auf den Olymp gekommen, hätte womöglich das falsche Ohr unsere Unterhaltung mit angehört und eine schwatzhafte Zunge unsere Angelegenheit zu Zeus getragen.«

»Ach, dann handelt es sich also um ein Geheimnis, etwas, das Zeus nicht erfahren darf«, erwiderte Hera.

»Um ein höchst schwerwiegendes Geheimnis. So schwerwiegend, dass es uns beide erdrücken würde, wenn wir nicht vorsichtig sind. Mir ist aufgefallen, Schwester, dass dein Gemahl seinen Schwur gebrochen hat, mit dem er gelobte, in diesem Krieg zwischen Trojanern und Griechen neutral zu bleiben. Er hat die Waagschale sich jetzt zugunsten der Trojaner neigen lassen, obgleich sie zahlenmäßig unterlegen und ihre Helden weniger glorreich sind. Deshalb habe ich, der ich Ungerechtigkeiten verabscheue, mich entschlossen, meine eigene Haltung der Unparteilichkeit aufzugeben – die ich als Einziger aller Götter stets treulich gewahrt habe – und meinen Einfluss auf Seiten der Griechen geltend zu machen, denen du ja, wie ich weiß, ebenfalls den Vorzug gibst.«

»Das ist weithin bekannt«, entgegnete Hera. »Im Augenblick ist ihnen das zwar keine große Hilfe, doch ich habe meine letzte Karte noch nicht ausgespielt.«

»Genau«, erwiderte Poseidon, »und jetzt verschaffe ich dir einen neuen Trumpf, der deinem Spiel zugute kommen wird. Einen höchst verführerischen Trumpf.«

»Drück dich klar und deutlich aus, Herr. Dieses Hochsee-Rätselraten mag ich gar nicht.«

»Nun denn, klipp und klar, sanftmütige Hera. Ich habe die Absicht, aktiv in diese Schlacht einzugreifen, denn viel Zeit bleibt uns nicht mehr. Die Trojaner haben den Kanal überquert und sind dabei, die Schutzwälle zu durchbrechen und die Griechen zum Meer zu drängen und so den Krieg für sich zu entscheiden. Ich habe die Absicht, jenen Strandabschnitt höchstpersönlich aufzusuchen und dem Kriegsglück eine andere Richtung zu geben. Doch Zeus darf mich dabei nicht entdecken, sonst wird er seinen Donnerkeil schleudern und mich mit einem Schaft aus Licht an die gleichgültige Erde nageln und dann seine Titanen schicken, die mich in den Hades schleppen und mich am Fuß eines Gebirges in entsetzlicher Dunkelheit, in erstickender Trockenheit anketten werden, damit ich dort jene schlaflose Nacht ohne Ende kennen lerne, die man Ewigkeit nennt.«

»Du weißt um diese Strafen und wagst es dennoch, ihm derart zu trotzen? Das ist aber nun wahrlich einmal ein Sinneswandel, o Bruder der Tiefe.«

»Das ist es, hohe Schwester. Doch der Erfolg meines Wagnisses hängt, wie ich bereits sagte, davon ab, dass ihm verborgen bleibt, was ich beabsichtige.«

»Wie soll ihm das verborgen bleiben? Er sitzt auf seinem Gipfel auf dem Olymp oder auf einem etwas privateren auf dem Berg Ida und mustert aufmerksam mit scharfem und wachsamem Auge die Schlacht dort unten. Er wird dich sofort erspähen, wenn du dich der dardanischen Ebene auch nur näherst.«

»Dann müssen wir ihn von diesem Gipfel herunterbekommen, Schwester. Wir müssen dieses scharfe und wachsame Auge schließen. Und von allen Geschöpfen auf der Erde, in der Luft oder in der See, ob sterblich oder unsterblich, bist du die Einzige, die das zuwege bringen kann. Denn du bist das schönste, das herrlichste, das königlichste, das berauschend verführerischste Wesen der gesamten Schöpfung. Du musst ihn dazu verlocken, von seinem Berg herunterzukommen, ihn fest an dich pressen und ihn mit zügellosen Wonnen betören – auf so fordernde Weise, dass er, wenn du mit ihm fertig bist, weiter nichts mehr will als schlafen. Das verschafft mir Zeit und Gelegenheit, den Griechen beizustehen.«

»Mir war nie klar, dass du mich für so attraktiv hältst«, erwiderte Hera. »Wir kennen uns nun schon seit der zweiten Generation nach Beginn der Zeit und nie hast du mich mit glühendem Auge betrachtet oder solche Dinge zu mir gesagt.«

»Das ist nur die Bescheidenheit eines jüngeren Bruders, o Herrin der üppigen Hüften und pflaumendunklen Augen. Ich wusste, du warst ausersehen für unseren älteren Bruder, der König der Götter werden würde und deshalb nur das Beste verdiente. So schien es vorherbestimmt. Ich habe dich stets für die begehrenswerteste aller Göttinnen des Pantheons gehalten, von weniger bedeutenden Wesen ganz zu schweigen, doch es war nicht Sinn und Zweck meines Tuns, Schmerz und Bitterkeit in diese Familie zu bringen.«

»Nun, das ist ein gefährliches, wirklich gefährliches Spiel«, erwiderte Hera. »Der gute, alte Zeus ist zwar ein

Mann und wie alle Männer empfänglich für das, was sich unter der Gürtellinie abspielt. Er ist aber auch außerordentlich klug, außerordentlich zynisch, außerordentlich misstrauisch, außerordentlich schwierig, wenn man ihn über einen längeren Zeitraum hintergehen will. Allerdings finde ich dich an diesem heißen Nachmittag merkwürdig überzeugend, und ich will versuchen zu tun, worum du mich bittest.«

»Versuchen ist nicht genug; gelingen muss es dir«, gab Poseidon zurück. »Vergiss nicht, du warst die Erste, die sich der Sache der Griechen verschrieb, und das hast du, gemeinsam mit Athene, neun Jahre lang durchgehalten, trotz all des starrköpfigen Widerstands deines Gemahls.«

»Das ist wahr. Ich hasse Paris, verabscheue die Trojaner, bin vernarrt in die Griechen. Und, auf einmal, auch ganz vernarrt in dich, lieber Poseidon. Ich begebe mich jetzt zum Olymp zurück und werde tun, was du wünschst.«

»Es ist jetzt die Zeit kurz vor dem Mittagsmahl«, sagte Poseidon. »Wäre es nicht besser, du näherst dich ihm, wenn er gegessen hat? Wie allen Männern fällt es ihm schwer, mit mehr als einem Appetit zur Zeit umzugehen. Das lässt uns noch eine Stunde oder mehr.«

»Eine Stunde oder mehr wofür?«

»Zum Proben, liebliche Schwester.«

»Heute hast du ja einen Einfall nach dem anderen, mein nasser Herr. Und einer besser als der andere.«

Hera und Zeus

Nachdem Hera gegangen war, fühlte sich Poseidon herrlich schläfrig und hätte bei weitem vorgezogen, den Nachmittag in dem blumenreichen kleinen Hain auf Patmos bei einem Nickerchen zu vertrödeln. Doch er wusste, dass die Trojaner ihre Gegner aufs Heftigste bedrängten und dass er unverzüglich handeln musste. Er stieg auf seinen Wagen und eilte nach Troja.

Unten auf dem Schlachtfeld hatten die Trojaner inzwischen den Kanal überquert und stürmten gerade gegen die Schutzwälle an, die sie mit Sturmböcken einzurammen versuchten. Eine Abteilung des trojanischen Heeres nahm einen Baumstamm auf, lief unbeirrbar auf den Wall zu und stieß den Baumstamm mit aller Gewalt in die Palisaden. Das Holz ächzte und bebte, gab aber nicht nach. Vom Schutzwall herunter stießen die Griechen mit ihren langen Lanzen nach unten. Bei jeder Attacke mit den Sturmböcken verloren die Trojaner etliche Männer. Da schickte Zeus ein Zeichen. Er lenkte einen Adler von seiner Bahn ab, so dass er den Himmel zur Rechten von Hektor durchkreuzte, wobei er tiefer zum Strand hinunterflog, als Adler das gewöhnlich tun. Und Hektor wusste, dass der Gott der Lüfte und Berge den Adler als Zeichen geschickt hatte.

Angesichts dieses Zeichens göttlicher Gnade mit frohgemuter Stärke erfüllt, tat daraufhin der Anführer der Trojaner etwas, das noch kein Mann zuvor getan hatte. Er lief zu einem zertrümmerten Streitwagen und mit einem mächtigen Ruck zog er eines der Räder herunter. Während Griechen und Trojaner ihm ungläubig zuschauten, hob er das riesige Messingrad mit den Kupferspeichen in die Höhe und schleuderte es von sich, als sei es ein Diskus. Und wie ein geschickt geworfener Diskus wirbelte das Rad in flacher Flugbahn durch die Luft, traf den Schutzwall oberhalb des Kanals und riss dort ein riesiges Loch auf. Hektor stieß einen lauten Kriegsschrei aus und stürmte auf die Bresche in dem Wall zu, seine Männer folgten ihm. Sie setzten über den Kanal hinweg, kletterten unter einem niedergehenden Schwall von Wurfspießen und Pfeilen an der anderen Seite wieder hoch und liefen auf den eingeschlagenen Schutzwall zu, immer noch Hektor hinterher, der etliche Schritte Vorsprung vor ihnen hatte und dessen Helm hell aufblitzte.

Genau in diesem Augenblick traf Poseidon an dieser Küste ein. Ganz in Gold war er gekommen, in einem goldenen Wagen, gekleidet in eine goldene Rüstung und in der Hand eine goldene Lanze.

»Zu schnell, zu schnell«, sagte er sich. »Hera wird noch nicht Zeit genug gehabt haben, um Bruder Zeus von seinem Wachposten fortzulocken. Wenn ich so erscheine, wird er mich sehen und seinen Donnerkeil schleudern. Doch wenn ich zögere, werden die Trojaner das griechische Lager überrennen. Ich muss sofort handeln, allerdings in Verkleidung. Wollen wir hoffen, dass Hera ihrerseits nicht zögert und dass ihr Gemahl nicht immun ist gegen ihre Tricks und Kniffe. Denn Zeus durchschaut Verkleidungen schnell.«

Poseidon nahm die Gestalt des Kalchas an, des griechischen Sehers, und erschien auf der anderen Seite des Schutzwalls bei den Hellenen. Er postierte sich in der Nähe von Ajax dem Großen und kam gegenüber von Hektor zu stehen, der noch beseelt von Adlerzorn und mit dem leuchtenden Gesicht und Körper eines Halbgottes gerade die von Ajax dem Großen, Ajax dem Kleinen und Teuker gehaltene Mitte der griechischen Stellungen angriff.

Hera hatte keine Zeit verschwendet. Sie wusste, wie verzweifelt die Lage war, doch trotz aller Eile traf sie sorgfältige Vorkehrungen. Sie wusste, dass Zeus nach tausendjähriger Ehe ihre Reize alles andere als unwiderstehlich fand. Seine Wechselhaftigkeit in dieser Angelegenheit war inzwischen Naturgesetz geworden und hatte tatsächlich eine große Vielfalt an Halbgöttern und Helden hervorgebracht. Doch auch Hera war ungestüm in ihren Stimmungen, und auch die lange Zeit hatte sie nicht dazu veranlassen können, diesen Zug an Zeus zu akzeptieren. So hatten sie sich durch all die Zeitalter hindurch mit zunehmender Erbitterung gestritten – und während der vergangenen Jahrhunderte nicht mehr miteinander geschlafen. Und so war ihr voll und ganz bewusst, was für eine schwierige Aufgabe Poseidon ihr auferlegt hatte.

Sie suchte Aphrodite auf und sagte: »Wir haben gestritten, Kusine, doch ich glaube, es ist Zeit, dass wir einander vergeben. Ich vergebe dir, dass du das Urteil des Paris derart schamlos durch Bestechung beeinflusst und dass du ihn gezwungen hast, dir mit dem Apfel den Preis für die Schönste von uns allen zuzuerkennen. Das ist nun einmal geschehen und kann nicht mehr ungeschehen gemacht werden. Es lässt sich nicht mehr ändern. Doch ich vergebe dir, wenn du mir all das vergibst, was ich dir angetan und gegen dich gesagt habe, und wenn du auch verzeihst, dass ich mich mit Inbrunst der Sache der Griechen verschrieb, was, fürchte ich, auch nicht mehr zu ändern ist.«

Nun war Aphrodite von ihrem Wesen her eher passiv und bequem, vor allem im Sommer. Sie war aufbrausend und rachsüchtig wie alle Götter, doch die Geduld für lang andauernde Fehden hatte sie nicht. Im Übrigen fürchtete sie Hera, die wesentlich stärker war als sie.

»Königin Hera«, erwiderte sie, »du hättest nichts sagen können, was mir mehr Freude bereitet hätte. Seit langem schon bin ich dieses Streites zwischen uns müde. Ich bitte um Entschuldigung für alles Unrecht, das ich dir zugefügt haben könnte, und verzeihe dir von ganzem Herzen jede Kränkung, die du mir womöglich angetan hast.«

Die beiden Göttinnen umarmten sich, doch allzu nah kamen sie sich dabei nicht.

»Da wir nun wieder Freundinnen sind«, sagte Hera, »nehme ich mir die Kühnheit heraus, dich um einen Gefallen zu bitten.«

»Nur heraus damit. Ich bin sicher, der Gefallen wird dir gewährt werden.«

»Würdest du mir deinen Gürtel leihen, dieses zauberkräftige Kleidungsstück, das Verlangen hervorruft in jedem Mann und in jedem Gott, den du begehrst?«

»Gürtel? Ich trage keinen Gürtel. Sieh mich doch an.« In Pirouetten drehte sie sich vor Hera. »Sehe ich etwa so aus, als würde ich einen Gürtel tragen, o Königin? Und was würde ich mit solch einem Gegenstand anfangen, wenn meine Zauber bei diesem Mann oder jenem Gott ihre Wirkung getan haben? Solch ein Gürtel wäre dann doch nur im Weg.«

Hera runzelte die Stirn. »Nun komm schon«, sagte sie, »treibe keine Scherze mit mir. Alle Welt hat schon von deinem zauberkräftigen Gürtel gehört.«

»Was alle Welt weiß, ist mit einiger Gewissheit falsch«, antwortete Aphrodite. »Ein solcher Gürtel existiert überhaupt nicht. Was du meinst, ist schlicht und einfach die Quintessenz jener Attribute, die mich zur Göttin der Liebe und der Schönheit und der körperlichen Begierde gemacht haben. Vergiss nicht, dass ich mich nicht nur, wie du sagst, unwiderstehlich machen kann für jeden Mann und jeden Gott, den ich begehre, sondern dass sich mein Talent ebenfalls darauf erstreckt, auch jede andere Frau unwiderstehlich zu machen für jeden Gott und jeden Mann, den *sie* begehrt.«

»Wirst du mir helfen? Ja oder nein?«

»Ja, ja und ja! Lass mich dich auf die Liebe vorbereiten, dann wird kein Gott und auch kein Mann dir widerstehen, ganz gleich, in welche Richtung seine Neigungen gehen. Wenn ich dich erst einmal mit der destillierten Essenz dieser Blüten parfümiert habe, in deren die Sinne betörenden Kelchen die Bienen am längsten verweilen, wenn ich in deine Haut erst einmal meine geheime Salbe einmassiert habe, die jedes hässliche alte Weib glatt und geschmeidig macht und sie vor angestauten Säften leuchten lässt wie eine sechzehnjährige Jungfrau in ihrer ersten Liebesnacht – wenn ich erst einmal den Mohn des Schlafes in deinem Haar verrieben und deine Fingernägel in das süße Gift getaucht habe, mit dem Eros seine Pfeile tränkt, so dass du deinen Liebsten nur leicht zu kratzen brauchst, um ihn geradewegs in den tiefsten Abgrund der Begierde zu stürzen – wenn ich dich erst einmal so vorbereitet habe, Hera, dann kannst du dich nähern, wem immer du willst, ganz gleich ob Mann oder Gott, und je mächtiger er ist, umso hilfloser wird er durch den Hunger nach dir werden, dessen sei gewiss. Und da Zeus allmächtig ist …«

»Das klingt viel versprechend«, erwiderte Hera. »Ich gebe mich in deine Hand.«

Poseidon hatte nicht gewagt, seine vollen Bemühungen einzusetzen, um den Griechen beizustehen, ehe nicht Hera genügend Zeit gehabt hätte, Zeus abzulenken. Immerhin aber konnte sich der Meeresgott so nah wie möglich an die Mitte der griechischen Stellungen begeben, wo Ajax der Große unterstützt von seinem Bruder Teuker und von Ajax dem Kleinen das Feld behauptete. Dort stieß Poseidon in der Verkleidung von Kalchas, dem Seher, die Arme dem Himmel entgegen, gab vor, seine Stimme wie zu einer Prophezeiung zu erheben und rief: »Ajax der Große, Ajax der Kleine, Teuker, der Bogenschütze, bleibt standhaft, bleibt standhaft. Leistet den

Trojanern Widerstand, dann werdet ihr schließlich den Sieg davontragen. Ein mächtiger Gott wird euch zu Hilfe kommen. Ein mächtiger Gott, dessen Namen ich nicht nennen kann, wünscht euch als Sieger zu sehen. Im Augenblick kann er noch nicht kommen, doch er kommt bestimmt, ja, er kommt bestimmt und wird schützend seinen Umhang um euch werfen und ihr werdet unbesiegbar sein. Also bleibt standhaft, bleibt standhaft.«

Die drei Krieger, die durch den schrillen Möwenschrei des vermeintlichen Kalchas von Mut beseelt wurden, ohne zu wissen, wie ihnen geschah, kämpften ungestümer denn je und hinderten die Trojaner daran, weiter vorzustürmen.

Hera flog zum Berg Ida und begab sich zu dessen höchstem Gipfel, dem Gargaros, wo Zeus saß und zusah, wie sich die Schlacht entfaltete.

»Sei gegrüßt, geliebter Herr und Gemahl«, rief sie. »Vergib mir, dass ich deine Einsamkeit störe, doch ich werde eine weite Reise unternehmen und wollte nicht fort von hier, ohne mich verabschiedet zu haben.«

»Wohin willst du?«, fragte Zeus, ohne sich umzudrehen.

»Zum unwirtlichen Rand der Erde, wo dein Onkel Okeanos und seine Frau Tethys ihr Zuhause haben. Unlängst fiel mir auf, dass die beiden in entsetzlicher Einsamkeit miteinander leben und aufgrund irgendeines uralten Streites eine eisige Distanz zueinander wahren, nie ein freundliches Wort miteinander sprechen, sich nie gemeinsam zu Tisch setzen und sich nie mit einer zärtlichen Berührung gegenseitig wärmen. Ich will sie miteinander versöhnen, so dass sie wieder wie Mann und Frau zusammenleben können.«

»Und was glaubst du, wer du bist? Aphrodite?«, fragte Zeus. »Streitigkeiten unter Liebenden, Versöhnungen, Leute miteinander ins Bett bringen – um das alles kümmert sie sich doch.«

Hera trat ganz nah an ihn heran.

»Mich hat Mitleid mit meiner Tante Tethys ergriffen«, murmelte sie und in ihrer Stimme schwang das Zwitschern von Vögeln. »Ich weiß wohl, was es heißt, auf die Zärtlichkeiten eines Ehemanns verzichten zu müssen und zurückgewiesen zu werden. Sich mit ganzer Seele und aus vollem Herzen nach ihm zu sehnen und zurückgewiesen zu werden.«

Da drehte Zeus sich um. Und als er das tat, kam er mit dem Kopf beinahe zwischen ihre Brüste. Sie verströmte einen intensiven Duft nach Sonnenschein und zertretenem Gras.

»Im Übrigen«, so flüsterte sie, »hat Aphrodite mir ihre Tasche mit all ihren Tricks geliehen und mich gewisse Künste gelehrt, die angetan sind, dieses dumme sich streitende Ehepaar wieder miteinander zu versöhnen.«

Inzwischen war Zeus schon völlig hingerissen vom Anblick seiner Frau, die ihm so schön erschien wie damals, als die Welt noch ganz jung war und sie sich vor ihren Eltern, vor dem alten Chronos und vor Rhea, versteckt hatten, sich in eine Wolke gehüllt und sich mit einem solchen Heißhunger der Liebe hingegeben hatten, dass die Wolke platzte und das Tal beim Olymp überflutet wurde – und Chronos und Rhea gezwungen gewesen waren, ihre Einwilligung zur Hochzeit von Bruder und Schwester zu geben. Er stand auf und riss sie in seine Arme.

»Bevor du dich nun auf deine Reise an das Ende der Erde machst«, sagte er, »bedenke, dass es auch hier oben einen Ehemann und eine Ehefrau gibt, die einige unerledigte Intimitäten aufzuarbeiten haben.«

»Was denn, hier?«, flüsterte sie. »Hier auf dem höchsten Gipfel des Ida? Der gesamte Pantheon wird uns sehen. Es macht mich stolz, wirklich stolz, dich wieder lieben zu können, mein Gebieter, doch so aufregende Dinge, wie ich sie im Sinn habe, sollten lieber in aller Abgeschiedenheit unternommen werden.«

»Abgeschiedenheit werden wir genug haben«, meinte Zeus, »auch ohne von hier fortgehen zu müssen.«

Daraufhin ließ er aus dem Felsgestein bis zu einer Höhe von drei Fuß Anemonen und Rosen und Hyazinthen und süße Gräser hervorwachsen, die den Liebenden als weiches Bett dienten. Eine flauschige Wolke zog er herab, so dass sie sich wie eine Bettdecke über sie breitete, sie ganz und gar vor Blicken schützte, mit köstlicher Feuchtigkeit die Sonne von ihnen fern hielt und ihre Nacktheit mit dem denkbar zartesten Tau benetzte.

Und die Menschen, die in dem Dorf am Fuß des Berges lebten, spürten, wie das massive Felsgestein bebte, sahen, wie ihre Berghänge erzitterten, und hörten die gewaltigen Laute des Zeus in seiner Lust. Sie flohen aus ihrem Dorf, weil sie dachten, ihr Berg habe sich in einen Vulkan verwandelt und stehe kurz vor dem Ausbruch.

Als Hera sich mit Zeus niederlegte, ließ sie eine Taube frei, die sie wie einen Falken auf ihrem Handgelenk getragen hatte, einen pfeilschnellen blaugrauen Vogel, der eigens darauf trainiert war, Botschaften zu überbringen und Geheimnisse zu bewahren. Er schoss zur Erde und traf den Poseidon an der trojanischen Küste an, wo er als Kalchas verkleidet stand. Der Vogel gurrte ihm etwas zu und überbrachte ihm Heras Nachricht: Er könne den Griechen jetzt beistehen, so viel er wolle, weil Zeus den Rest des Nachmittags über zu beschäftigt sein werde, um zur Kenntnis zu nehmen, was sich auf der Erde tue.

Angriff und Gegenangriff

Vor lauter Jubel brüllend und tanzend legte der Herrscher der Tiefe seine Verkleidung als alter Seher Kalchas ab, wie ein hoher Baum, der sich im Wind dreht und Laub abwirft. Er machte sich unsichtbar, sich und seine Ausrüstung, mit Ausnahme des goldenen Dreizacks. Als er den großen, dreigezackten Stab schwang, war es, als kämpfe die Sonne gegen Wolken und schicke Speere aus Licht durch die Wolkendecke. Immer noch unsichtbar näherte er sich Ajax dem Großen, Ajax dem Kleinen und Teuker und trieb sie mit seinem Dreizack an. Eine große salzige Woge des Wohlbefindens durchfuhr ihr Blut und erfüllte sie mit der plötzlich aufwallenden Kraft, die der Meeresgott verleihen kann. Sie setzten sich an die Spitze ihrer Männer und führten sie zu einer mächtigen, walzenden und rammenden Attacke, mit der sie über die trojanischen Stellungen hereinbrachen wie der Ozean, der seine weißfedrigen Brecher sendet, um ein sinkendes Schiff zu zermalmen. Und die Trojaner, die nur wenige Augenblicke zuvor noch auf solch triumphale Weise siegreich gewesen waren, traten jetzt den Rückzug an.

Hektor wurde purpurrot im Gesicht und versetzte seinen Männern Hiebe mit der flachen Seite seines Schwertes, um sie vorwärts zu treiben. In dem Bewusstsein einer um ein Vielfaches gesteigerten Kraft bückte sich Ajax und hob einen riesigen Felsbrocken auf, der halb in den Sand eingegraben war, ein massives, scheinbar auf dem Strand verwurzeltes Stück Fels, das zwölf Männer nicht hatten von der Stelle bewegen können. In einer mühelosen Bewegung hob er den Brocken hoch über seinen Kopf und schleuderte ihn geradewegs auf Hektor. Er traf den Schild des trojanischen Helden, presste ihm den Schild gegen die Brust und sandte ihn zu Boden. Er schien zerquetscht zu sein wie ein Käfer; mit nur leicht ausschlagenden Beinen lag er unter dem Stein. Doch mit einer letzten unfassbaren Kraftanstrengung stieß er den Felsbrocken von sich und blieb dann am Boden liegen, unfähig aufzustehen und Blut spuckend. Äneas war es, der ihn sich auf die Schultern hob und nach Troja zurückeilte. Prinz Troilus deckte ihren Rückzug und dabei kämpfte er wie ein junger Löwe.

Als Hektor das Schlachtfeld verlassen hatte, waren die Trojaner niedergeschmettert. Der Rückzug entwickelte sich zu einer ungeordneten Flucht. Inzwischen hatte sich Poseidon hinter den griechischen Linien aufgestellt, wo die verwundeten Heerführer dicht beisammen standen und der Schlacht zusahen: Agamemnon, Diomedes, Odysseus, Machaon; auch Patroklos war da und versorgte ihre Wunden. Denn der Gefährte des Achilles war nun, da Machaon außer Gefecht war, der fähigste Chirurg unter den Hellenen. Poseidon, der nach wie vor unsichtbar blieb, sprach zu ihnen in leisem Meeresraunen. Eine mächtige Salzwoge des Wohlbefindens durchfuhr ihr Blut, heilte sie, renkte Knochen ein und schloss Fleischwunden. Mit durchdringendem, frohgemutem Geschrei sprangen sie in ihre Streitwagen und verhalfen dem griechischen Gegenangriff zu solch einer Kraft, dass die Trojaner durch die Bresche in dem Schutzwall zurückgedrängt wurden und wieder auf die andere Seite des Kanals klettern mussten. Troilus versuchte, die Stellung zu halten, sowie auch Antenor und einige weitere der Furcht einflößendsten trojanischen Krieger, doch ganz allein konnten sie den Griechen nicht Einhalt gebieten, und schließlich mussten auch sie fliehen und dem trojanischen Heer folgen, das schon vor ihnen geflohen war.

Auf Blüten und süße Gräser gebettet, in eine flauschige Wolke gehüllt, schlief Zeus in Heras Armen. Dieser kraftvolle Liebesakt der beiden obersten Götter hatte alle Tiere des Berges Ida brünstig gemacht. In ihren Höhlen am Berghang rangen Bären verliebt miteinander; Adler suchten einander, um vornehm Hochzeit zu halten; überall, außer auf der dardanischen Ebene, wo eine Schlacht im Gange war, berührten sich Liebende in schläfriger Verzückung. Überall auf Feld und Wiese muhten einladend Kühe, während Bullen in freudig erregter Rage anschwollen; Stuten präsentierten sich in stolzem Gang, Hengste schnaubten durch die Nüstern. Über allem hing ein Dunstschleier aus Pollen, der sich unter den schräg stehenden Strahlen der Nachmittagssonne zu einem goldenen Strömen verdichtete – so dass Liebende, die durch das Gras aufeinander zugingen, das Gefühl hatten, eine solidere Substanz als Luft zu teilen, das Gefühl, als gehe gar ihr Blut in einer goldenen, fruchtbaren Hitze auf.

Doch auf der dardanischen Ebene töteten Männer einander. Schwere metallene Klingen zerschmetterten Knochen, bohrten sich durch Fleisch. Gut aussehende junge Männer, nackt unter ihrer Rüstung, ertranken in ihrem eigenen Blut. Und immer noch waren Griechen bei der Verfolgung und Trojaner flohen.

Hoch oben auf dem Berg Ida, auf einem Gipfel namens Gargaros, schlief Zeus in Heras Armen. Aber Hera schlief nicht. So schläfrig sie nach ihrer vulkanischen Zusammenkunft mit Zeus auch war, hielt sie doch ihr Interesse an irdischen Angelegenheiten davon ab, es ihrem Gemahl im Schlummer gleichzutun, was sich als Fehler erweisen sollte.

Mit sehr vorsichtigen, sehr langsamen Bewegungen glitt sie aus seiner Umarmung, schlüpfte fort von dem

Lager zwischen Blütenbett und Wolkendecke und begab sich an den Rand des Abgrundes. Ganz nackt, ganz rosig und taubenetzt war sie, wie eine üppigere Ausgabe ihrer Kusine Aurora, der rosenfingrigen Göttin der Morgenröte. Hera schaute auf die dardanische Ebene hinab; was sie sah, ließ sie alle Vorsicht vergessen und vor Triumph laut auflachen. Die Trojaner befanden sich in wilder Flucht, verfolgt von den wütend schreienden Griechen, von deren Schwertern und Speerspitzen das Blut tropfte.

Nun da Hektor fort war, Paris geflohen, Troilus und Äneas verwundet, waren die Trojaner nur mehr ein ungeordneter Haufen statt eines Heeres. Es hatte den Anschein, als könnten die Griechen in der Lage sein, auf der Stelle die Stadtmauern Trojas zu stürmen. Wieder lachte Hera.

Doch zu laut! Sie hörte, wie Zeus sich brummend regte. Sie hatte geglaubt, er liege in tiefem Schlaf. Sie wirbelte herum. Zu ihrem großen Entsetzen sah sie, wie er sich aufrichtete, sich streckte, gähnte und sich die mächtige Brust kratzte. Sie lief zurück zu ihm, kniete sich auf das Blütenbett und streichelte seine Schulter.

»Wach noch nicht auf, geliebter Gebieter«, murmelte sie. »Schlaf weiter, schlaf weiter. Sinke wieder in den süßesten aller Schlummer, in dem du nach gebirgserschütternden Liebesakten wieder zu Kräften kommst, um dann um so erfrischter wieder zu der köstlichen Schlacht zurückzukehren.«

Zeus erhob sich. Ihre Bitte ließ ihn ungerührt. Die Angewohnheit der Wachsamkeit war sehr stark ausgeprägt in ihm. Im Übrigen hatte sich ein Schwall spöttischen Gelächters in die Tiefen seines Schlummers gewunden. Sacht schob er sie beiseite und begab sich an den Rand des Abgrundes.

»Schau nicht dort hinunter!«, rief sie. »Weshalb willst du dich mit diesen weltlichen Dingen belasten? Ruhe dich aus, ruhe dich doch aus, du hoher Herrscher der Schöpfung! Die rostige alte Erde wird sich auch ohne dich eine Weile weiterdrehen können.«

Zeus schaute auf die Ebene hinunter. Seine mächtige Stirn war von Furchen gezeichnet wie ein zerklüfteter Fels. Er wirbelte herum und packte Heras Kehle mit jenen riesigen Händen, die Sterne zerbrechen, als seien es Erdnüsse.

»Es hat sich etwas geändert«, sagte er leise, »seit wir zwei uns zusammen hierher gebettet haben. Ich hatte dafür gesorgt, dass die Trojaner die Oberhand gewinnen. Sie hatten eine Bresche in den Schutzwall geschlagen und waren auf dem Vormarsch auf die griechischen Schiffe. Doch nun, nach unseren Umarmungen, was muss ich da sehen? Ich sehe Poseidon, meinen verräterischen Bruder, der dem Kriegsglück eine andere Richtung gegeben hat, so dass die Griechen nun an allen Fronten Siege davontragen. Sag mir, liebliche Schwester, treues Weib, war das Zufall? War unsere plötzliche Zusammenkunft nach all diesen Jahrhunderten eine jener glücklichen Fügungen? Oder vielleicht doch Teil eines tiefsinnigeren Plans?«

»Ich kann dem, was du sagst, kaum folgen«, erwiderte Hera. »Poseidon in Troja? Und die Griechen siegreich? Aber das ist wirklich eine höchst unvermittelte Wendung, für mich ebenso überraschend wie für dich. Was mag sich Poseidon nur dabei denken, deinen Anordnungen derart zu trotzen? Das ist ja wirklich entsetzlich.«

»Schweig still! Versuche ja nicht, ein Spielchen mit mir zu spielen. Ich bin sehr wütend.«

»Wütend auf mich? Vergisst du etwa so bald schon die köstliche Stunde, die wir miteinander verbracht haben?«

»Nein, diese Stunde vergesse ich nicht. Ich freue mich sogar schon auf weitere solcher Stunden – das heißt, natürlich nur, wenn ich nicht beschließe, dich derart schmerzhaft zu bestrafen, dass du meine Gegenwart in

Zukunft lieber meiden möchtest. Die Entscheidung darüber können wir jedoch noch ein wenig aufschieben. Zuerst will ich mich um Poseidon kümmern.«

Riesig in seiner goldenen Rüstung stand der Meeresgott nicht weit vom Strand im Wasser und hielt das Gleichgewicht auf der Brandung wie ein Kind auf einem Skateboard. Von Zeit zu Zeit stieß er einen mächtigen Nordwindschrei aus, um die Griechen mit Mut zu beseelen. Doch die Dinge hatten sich inzwischen so vorteilhaft entwickelt, dass er kaum mehr zu tun hatte als der Schlacht zuzusehen. Da plötzlich ein Donnergrollen am Himmel. Er schaute hoch. Gewitterwolken waren nirgends zu sehen, da war nichts weiter als eine weithin sich erstreckende helle Fläche von Blau.

Aus heiterem Himmel schoss ein Donnerkeil herab, ein gezackter Schaft weiß glühenden Lichts, der die Luft versengte, wo er vorüberkam. Er sank ins Wasser, wobei er Poseidon nur knapp verfehlte und das Meer sofort zum Dampfen brachte.

»Was tust du denn da?«, schrie Hera und wandte sich flehentlich bittend an Zeus dort oben auf dem Berg. »Willst du etwa deinen eigenen Bruder Poseidon, den Herrscher der Tiefe, vernichten? Bedenke doch, was das für Konsequenzen haben wird.«

»*Er* hätte an die Konsequenzen denken sollen«, brummte Zeus. »Ich bin nur konsequent.«

»Du musst sein bisheriges Verhalten in Erwägung ziehen«, bat Hera. »Heute Nachmittag mag er ein wenig gegen die Regeln verstoßen haben, doch schließlich war er doch bis heute in diesem Krieg von allen Göttern der neutralste, der Einzige von allen, der deinen Anweisungen aufs Wort gehorcht hat.«

»Deshalb hat mein erster Donnerkeil ja auch sein Ziel verfehlt«, erwiderte Zeus. »Wie du weißt, treffe ich für gewöhnlich das, worauf ich ziele. Ich hoffe, es ist ihm eine

Warnung. Denn mein zweiter Donnerkeil wird sein Ziel nicht verfehlen; er wird ihn aufspießen wie einen Fisch.«

Es bestand keine Notwendigkeit für einen zweiten Donnerkeil. Als Poseidon den weiß glühenden, gezackten Blitzstrahl das Wasser treffen sah, wurde er in Dampf eingehüllt und fühlte sich, als würde er gekocht wie ein Hummer. Er wusste, dass Zeus ihn gesehen hatte und wütend war. Er verweilte nur noch lange genug, um Odysseus rasch einen Einfall zuzuwerfen, dann stieß er einen Pfiff aus, der im Nu seinen Delphinwagen herbeirief. Im Handumdrehen hatte er seinen Wagen bestiegen und war fort – weit unten in den Tiefen der kühlen See, wo sämtliche Geschöpfe viel zu beschäftigt damit sind, einander aufzufressen, als dass sie sich um so etwas wie einen Krieg kümmern könnten.

Poseidons letzter Einfall sauste davon wie ein Pfeil und traf Odysseus schmerzlos in den Nacken, fuhr ihm durch den Kopf und nistete sich knapp unterhalb seines Bewusstseins ein, wo er darauf wartete, als voll ausgewachsene Idee hervorzusprießen, wenn die Zeit reif wäre.

»Ich vermag nicht zu sagen, ob du schuldig oder unschuldig bist«, sagte Zeus zu Hera. »Und vielleicht will ich das auch gar nicht wissen. Es liegt im Wesen einer schönen Frau, dass sie die Männer verwirrt – und in dieser Beziehung ist eine Göttin ganz Frau –, also wollen wir es dabei belassen. Aber von jetzt an solltest du lieber nichts tun, das mich in meiner Überzeugung von deiner Unschuld ins Wanken bringt. Mit anderen Worten, liebes Weib, Hände weg von diesem Krieg dort unten, sonst hacke ich sie dir noch ab.«

»Ja, mein Gemahl«, murmelte Hera.

»Und nun flieg zum Olymp zurück und schicke Apollon zu mir. Wir müssen den Schaden wieder gutmachen, den du angerichtet hast. Und er soll sofort kommen.«

Hera war verängstigt. Sie nahm sich nicht die Zeit zu

fliegen, sondern versetzte sich unverzüglich auf den Olymp zurück, wo sie zu ihrem Stiefsohn Apollon sagte: »Geh, geh. Geh schnell zu Zeus. Er erwartet dich auf dem Berg Ida, auf dem Gipfel namens Gargaros. Er will dich sofort sehen.«

Apollon erschien vor Zeus, der zu ihm sagte: »Dieser salzig-schmierige Onkel von dir hat ein falsches Spiel mit uns getrieben. Er hat sich unter die Griechen begeben und sie mit solcher Kraft und solchem Mut ausgestattet, dass sie kurz davor stehen, die Trojaner zu überwältigen. Ich widerrufe deshalb mein Gebot der Neutralität – oder schwäche es zumindest ab –, so dass wir gewissermaßen neutral auf Seiten der Trojaner sein können. Mach dich an die Arbeit, lieber Phöbus. Ermuntere die Trojaner. Lass sie wieder kämpfen und die Oberhand gewinnen.«

Nun hatte Apollon natürlich dem Kampfverlauf dieses Nachmittags zugesehen und war höchst beeindruckt gewesen von Hektors Handhabung des Wagenrades. Er nahm ein Ersatzrad seines Sonnenwagens, eine jener glitzernden, goldenen Scheiben, die beim Rollen über die blaue Himmelswiese aufblitzend das ewige Feuer brechen, wenn sie sich drehen, so dass jenes Feuer dann in einem gütigen Glanz als Sonnenschein zur Erde fällt. Er nahm dieses schwere glitzernde Rad, und während er es wie ein Schild vor sich hielt, flog er zur Erde.

Er begab sich mitten unter die Trojaner, ließ sein Sonnenschild vor ihnen aufblitzen, feuerte ihren Mut an und brannte Furcht und Zögern fort. Er ging zu der Stelle, an der Hektor auf einer Tragbahre lag, bleich und bewusstlos, mit eingeschlagenem Brustkorb, halb tot nach dem Schlag, den Ajax mit dem Felsbrocken ausgeführt hatte. Apollon bündelte einen Lichtstrahl auf den am Boden liegenden Helden, der in der feuchtkalten Umklammerung seiner Ohnmacht spürte, wie sich wohlige Wärme in seinem Herzen ausbreitete und wie sich jedes Gefäß seiner

Männlichkeit mit Lebenssaft füllte und Knospen sprießen ließ. Die verblüfften Trojaner sahen, wie Hektor sich von Hitze glühend und mit glänzenden Augen erhob.

»Was tun wir denn hier?«, schrie er mit einer Stimme wie Trompetenklang. »Weshalb liegen wir denn hier im Schatten unserer Stadtmauern? Schande! Schande! Das Letzte, woran ich mich erinnere, ist, dass wir uns schon auf der anderen Seite des Schutzwalles befanden und auf die griechischen Schiffe zustürmten, um Fackeln an sie zu legen. Und nun, und nun … Wie kommt es, dass wir uns so weit zurückgezogen haben? Und so bald?«

Troilus sprach. Er hatte sich trotz seiner schweren Verwundungen geweigert, sich hinter die Stadtmauern tragen und behandeln zu lassen. »Ich bin an deiner Seite, Bruder!«, rief er. »Meine beiden Arme sind gebrochen, doch ich kann immer noch den Kopf senken und wie ein Hirsch angreifen.«

Der ebenfalls verwundete Äneas sagte: »Vor einem Atemzug erst waren wir noch von Verzweiflung ergriffen und bereit, dem Feind die Stadt zu überlassen. Und jetzt, was für eine Veränderung! Es ist ganz offensichtlich, liebe Freunde, dass ein Gott unter uns ist, dass wir uns wieder den Beistand des Himmels verdient haben, den wir eine kurze schmerzliche Zeit lang am heutigen Nachmittag eingebüßt hatten. Doch die Gunst der Götter bleibt nur bei den Tapferen. Also vorwärts, dem Hektor hinterher! Vorwärts! Vorwärts!«

»Alle Fürsten in ihre Streitwagen!«, rief Hektor. »Wir werden mit den Wagen angreifen, so wie unsere Väter das vor Urzeiten auch schon gemacht haben – und worüber sie immer noch aufschneiderische Geschichten erzählen …«

Nun mussten die Griechen, die sich einen Spaß daraus gemacht hatten, den ungeordneten trojanischen Haufen über das Schlachtfeld zu jagen und die Leute aufzuspießen wie Kaninchen, feststellen, dass sich alles änderte. Statt einer flüchtenden Menschenmenge, die auf Troja zueilte, sahen sie eine Reihe hell glänzender Streitwagen, die in fürchterlichem Tempo auf sie zurasten. Sie hörten das Quietschen von Rad gegen Achse, hörten das Rasseln von Waffen, hörten das trompetende Wiehern der Streitrösser und auf ihre Augen stürmte zersplitterndes Licht ein. Sie sahen das in ihren Feinden versammelte Licht; gebündeltes Licht, in Köchern, in Pfeilen und Lanzen, Licht, das von Brustharnisch und Helm wegsplitterte, von Bronzerad und Bronzewagen und von den bronzenen Schutzpanzern der Streitrösser. Licht, das zitterte, tanzte und sich an Apollons Sonnenschild brach, den er, der weiterhin unsichtbar blieb, hinter den trojanischen Stellungen schwang, während er die Trojaner mit hell tönenden Schreien vorwärts trieb. Und die Griechen, die diese geschlossenen Schlachtreihen aus Licht sahen, den metallisch vorwärts stampfenden Triumph der Wagenattacke hörten, wussten nun tatsächlich, dass der Gott, der ihnen beigestanden, das Schlachtfeld verlassen hatte und dass stattdessen ein Gott, der ihre Feinde liebte, erschienen war. Sie machten kehrt und flohen. Flohen fort aus dem Schatten der Stadtmauern und über das leichenübersäte Schlachtfeld, und in ihrer hastenden Angst traten sie auf die Leichname von Gefallenen und scherten sich nicht darum, ob es sich um Freund oder Feind handelte.

Wie in einem Schwarm zogen sich die Griechen zurück, zurück über das Schlachtfeld, kletterten über den Kanal, strömten durch die Bresche in dem Schutzwall und kamen erst zum Stillstand, als sie die erste Reihe mit Schiffen erreicht hatten. Zweifellos wären die Trojaner geradewegs weiter gestürmt und hätten die Schiffe in Brand gesetzt, wäre da nicht der überragende Mut des großartigen Ajax, des Odysseus, des Diomedes und des Agamemnon gewesen, die in dem ganzen panischen Entsetzen der wilden

Flucht die Ruhe bewahrt hatten und die nun ihre Männer zusammenriefen und dazu antrieben, die Trojaner von den Schiffen zurückzudrängen. Ajax der Große sprang an Bord seines eigenen Schiffes, das am weitesten den Strand hinaufgezogen worden war. Die Trojaner durchbrachen die schwache Linie der Griechen und zündeten Fackeln aus Pechkiefer an, die in der glühenden Sonne mit bleicher Flamme und aromatischem Rauch brannten. Sie begannen, über den Rumpf des Schiffes von Ajax auszuschwärmen, und schwangen dabei ihre Fackeln.

Da packte Ajax den dreißig Fuß langen Mast seines Schiffes und schwenkte den mächtigen Schaft, als wäre er ein leichter Wurfspieß. Er schwang ihn über die Schandecks seines Schiffes, schlug trojanische Schädel mitsamt Helm ein wie Eier und fegte das Deck frei. Doch so geschwind er auch die Planken frei machte, so schnell schwärmten weitere Trojaner wieder an Bord.

Und genau in diesem Augenblick begann der glimmende Funke von Poseidons letztem Einfall zu erblühen, den er Odysseus eingepflanzt hatte. Odysseus, der zwischen Diomedes und Ajax dem Kleinen stand, alle drei dicht aneinander gedrängt, und seinen Schild mit denen der beiden anderen verkeilt hatte und mit seinem Speer ausholte, flüsterte den beiden plötzlich zu: »Liebe Gefährten, ich verlasse euch nur ganz kurz aus taktischen Gründen. Verkeilt eure Schilde.«

Er trat einen Schritt zurück, ergriff die Schilde von Ajax dem Kleinen und Diomedes und legte sie übereinander, so dass sich in der Reihe keine Lücke zeigte. Dann kehrte er der Schlacht einfach den Rücken und ging zum Zelt des Achilles, das bei der Myrmidonen-Flotte am anderen Ende des Strandes stand.

»Das ist es!«, sagte er sich. »Ein meisterhafter Gedanke. Achilles schmollt immer noch in seinem Zelt und nimmt keine Notiz von der tödlichen Gefahr, in der wir uns befinden, keine Notiz vom Tod seiner Gefährten, von der Erniedrigung des griechischen Heers und von der drohenden Zerstörung der Flotte. Immer noch hegt er diesen verderblichen Stolz und seinen gerechtfertigten Groll gegen Agamemnon und immer noch weigert er sich zu kämpfen. Doch angenommen, sein geliebter Freund Patroklos würde so tun, als sei er Achilles – würde seine Rüstung anlegen, seine Waffen schwingen, seinen Streitwagen fahren und seine Myrmidonen in die Schlacht führen? Nun, das wäre wahrlich ein genialer Schachzug. Und dieser Schachzug wird unweigerlich eine von zwei möglichen Konsequenzen nach sich ziehen. Entweder werden die Trojaner glauben, Patroklos sei Achilles, und werden bei seinem Anblick in Angst und Schrecken fliehen, wie sie das immer schon getan haben; oder es könnte sein, dass sie seine Verkleidung durchschauen und ihn töten. Und wenn er tatsächlich fällt, wird sich Achilles zwischen zwei heftigen Gefühlsregungen entscheiden müssen – seinem Stolz, der eine arrogante Form der Eigenliebe ist, und seiner Liebe zu Patroklos. Und ich bin fest davon überzeugt, dass dieses großmütige Herz angesichts des Todes seines geliebten Freundes vor Zorn und Kummer zerrissen wird, und dann wird er zu den Waffen greifen und wie eine göttliche Heimsuchung über das Schlachtfeld hereinbrechen. Was auch immer davon eintrifft, wir können nicht verlieren. Ich habe nichts weiter zu tun, als Patroklos dazu zu bewegen, Achilles zu überreden, ihm seine Rüstung und die Waffen zu leihen.«

Nach der glühenden Hitze in der Sonne war es angenehm kühl im Zelt des Achilles. Und der junge Krieger, der Odysseus so kampfesmüde sah, weigerte sich, ihn auch nur ein Wort in Kriegsangelegenheiten sagen zu lassen, ehe nicht eine Sklavin herbeigerufen war, die seine Rüstung lockerte, ihm die Füße wusch, ihm Gesicht und Hals mit einem parfümierten Tuch betupfte und ihm ein kräftigendes Getränk aus Gerste vermischt mit Honig gereicht hatte.

»Hab Dank, großer Achilles«, sagte Odysseus. »Wie wir alle wissen, kommt deiner Höflichkeit nur noch dein Mut gleich – das heißt, die Erinnerung an deinen Mut. Denn in letzter Zeit hat dich ja niemand mehr diese Waffentaten vollbringen sehen, die dich unter allen Ruhmreichen mit besonderem Ruhm auszeichneten, noch bevor dir ein Bart wuchs.«

»Die Unterhaltung mit dir ist wie immer höchst anregend, Odysseus, mein Freund. Unter dem Glanz deiner Komplimente verbirgt sich stets eine scharfzüngige Spöttelei. Doch wie gewöhnlich hast du völlig Recht. Ich weiß, dass ich in letzter Zeit am Kampf nicht beteiligt war, weiß es nur allzu gut. Glaubst du denn etwa, dass mich diese Untätigkeit freut? Ich komme mir vor wie ein Tiger, der mit einem Wollknäuel spielt und dabei den Löwen brüllen hört, der mein Wild erlegt. Mein Wunsch zu kämpfen ist derart heftig, dass ich das Gefühl habe, ich könnte becherweise Blut trinken wie irgendein sagenhafter Menschenfresser, der die Menschen roh verschlingt. Doch ein Schwur bindet mich an das Versprechen, so lange nicht auf diesem Schlachtfeld zu kämpfen, wie Agamemnon Oberbefehlshaber der Griechen ist; also muss ich hier in meinem Zelt bleiben und den Schlachtenlärm anhören, und die Zeit verkürzt mir nur mein geliebter Freund Patroklos sowie bisweilen die Ehre, solche Krieger wie dich bewirten zu können.«

»Gewähre den Komplimenten eine Waffenruhe«, erwiderte Odysseus. »Ich bin nicht hergekommen, um dich zum Kämpfen zu drängen. Während der vergangenen Tage bist du in so viel wortgewandteren Sätzen darum gebeten worden, als ich sie je auf meine Zunge brächte. Nein, ich komme mit einem anderen Vorschlag: nämlich dass du, Patroklos, Achilles spielst. Wir brauchen einen

Achilles, auch wenn es nur eine Fälschung ist. Und was wäre passender, als dass du, Freund seines Herzens, Dreh- und Angelpunkt seiner Mußestunden, seine Rüstung anlegen, seine Waffen nehmen, seinen Streitwagen besteigen und seine Myrmidonen in einer Attacke gegen die Trojaner anführtest?«

»Lächerlich!«, sagte Achilles.

Patroklos schwieg.

»Vielleicht schätzt du ja auch den Ernst unserer Lage nicht richtig ein«, sagte Odysseus. »Wir liegen in den letzten Zügen. In eben diesem Augenblick würden die Trojaner unsere Schiffe in Brand setzen, würde Ajax der Große sie nicht wie ein Titan in alten Zeiten mit einem Mast abwehren, den er anstelle eines Speers benutzt; er wird sich so einen Platz in der Geschichte der Waffengänge sichern, der ewig bestehen bleibt, solange Menschen Tapferkeit schätzen. Doch wenn Ajax fällt, und fallen wird er unweigerlich, dann werden sie die Flotte abbrennen und auch bei deinen Schiffen keine Ausnahme machen, es sei denn, du lässt unverzüglich Segel setzen. Ja, sie werden unsere stolzen Schiffe abfackeln, schändlich abfackeln und uns dann in aller Muße zwischen Feuer und See einschließen und uns abschlachten wie Vieh. Du weigerst dich zu kämpfen, Achilles. Nun gut. Du bist durch einen Schwur gebunden und gefesselt durch deinen Stolz. Du kämpfst also nicht. Doch bitte, im Namen aller Götter des Pantheons, leihe uns deinen Schatten. Gestatte Patroklos, so zu tun, als sei er du. Es ist unsere einzige Chance.«

»Was sagst du, Patroklos?«, fragte Achilles. »Willst du das tun?«

»Ja, das will ich«, antwortete Patroklos.

»Dann bin ich einverstanden. Ich will dein Schildknappe sein und dir persönlich in meine eigene Rüstung helfen, von der ich nie angenommen habe, dass irgendjemand außer mir sie tragen würde.«

»Hab Dank, edler Achilles«, sagte Odysseus. »Hab Dank, tapferer Patroklos. Ich muss mich jetzt schleunigst wieder auf das Schlachtfeld begeben. Auch wenn das Wort von dem, was gleich geschehen wird, nur geflüstert die Runde macht, wird es doch, da bin ich mir gewiss, unsere Gefährten Mut fassen lassen, so dass sie den Trojanern wenigstens noch eine kleine Weile Widerstand leisten können – bis Patroklos sich auf dem Schlachtfeld zeigen wird.«

Patroklos

So zog Patroklos sich also in dem Zelt des Achilles aus und legte die Rüstung seines Freundes an. Achilles übernahm die Aufgabe eines Knappen und half ihm dabei, Harnisch, Brustpanzer, Beinschienen und den mit Federbusch geschmückten Helm anzulegen.

»Geliebter Freund«, sagte Achilles, »ich wünschte, ich könnte dich in meine Unverwundbarkeit kleiden statt in diese Metallstücke. Ach, es sind herrliche Metallstücke – aus geschmolzenem Gold und Bronze gegossen, mit eingelegtem Kupfer und Zinn –, von Hephaistos selbst als Hochzeitsgeschenk für meinen Vater Peleus gefertigt. Die Feinde, die diese Rüstung sehen, werden wissen, dass es Achilles ist, dem sie gegenübertreten müssen, werden jedoch gleichzeitig vor lauter Furcht entwaffnet sein, bevor sie überhaupt zu kämpfen beginnen können. Doch, mein Freund, lass mich dir ein Geheimnis anvertrauen, das auf Erden keiner kennt, weder Mann noch Frau, mit Ausnahme meiner Mutter Thetis. Ich kann auch ohne diese Rüstung kämpfen; und kein Speer, kein Schwert, kein Pfeil kann mich durchbohren. Denn meine Mutter, die Königin der Nereiden, hat den Rang einer Göttin, und sie wollte mir, ihrem Sohn, der von einem Sterblichen gezeugt wurde, ihre eigene Unsterblichkeit verleihen. Als ich gerade neun Tage alt war, tauchte sie mich in den Fluss Styx, jenen düsteren Wasserlauf, der das Land der Lebenden vom Land der Toten trennt und dessen Wasser Zauberkräfte besitzen. Überall, wo das Wasser mich benetzte, wurde ich unverwundbar, so zäh wie neun Lagen geglättete, bronzegehärtete Stierhaut, ohne allerdings die Zartheit der menschlichen Haut einzubüßen. So vermag keine Klinge mich zu schneiden, keine Wunde mich zu töten – es sei denn, eine einzige Körperstelle wird getroffen.«

Achilles hob den Fuß und klopfte gegen die starke Sehne unmittelbar oberhalb der Hacke.

»Genau hier hat sie mich gehalten, als sie mich in den Fluß tauchte. Wo ihre Finger mich umklammerten, konnte das Wasser mich nicht berühren. An dieser einen Stelle bin ich verwundbar.«

Patroklos lachte. »Nicht gerade einfach für einen Feind, diese Stelle zu erreichen«, sagte er. »Um sie darzubieten, müsstest du schon fortlaufen. Und das ist ein Anblick, den noch kein Mensch zu Gesicht bekommen hat – und auch nie zu Gesicht bekommen wird.«

Da lachte auch Achilles und umarmte den Freund.

»Wahrlich«, sagte er, »du bist ein tapferer Bursche. Da stehst du nun kurz davor, den Trojanern in ihrem überströmenden, triumphalen Siegestaumel entgegenzutreten, in einem Augenblick, in dem ihr Mut wie Feuer glüht und sie so gut kämpfen, dass sie kaum wissen, wie ihnen geschieht, und da legst du ein Verhalten an den Tag, als befändest du dich lachend und scherzend auf einem Bankett.«

»Lieber Freund«, entgegnete Patroklos. »In deine Rüstung gekleidet, fühle ich mich so sicher, als sei ich wirklich auf einem Bankett, als lehnte ich mich in ein Sofa zurück, als schenkten Sklavenmädchen mir Wein ein und als plauderte ich mit den anderen Gästen. Wie Odysseus schon sagte, in deine Rüstung gekleidet marschiere ich vorwärts als dein Schatten, und sogar dein Schatten, du mächtiger Krieger, ist noch genug, den Trojanern den prächtigsten Tag, den sie je gesehen haben, zu vereiteln.«

»Nur ein Rat noch«, sagte Achilles. »Deine Gefolgschaft werden meine Myrmidonen sein, die ja, nachdem sie von der Schlacht fern gehalten wurden, frisch und ausgeruht sind. Sie werden ihre Sache mehr als gut machen. Die Trojaner müssten vor euch auseinander stieben. Aber ich flehe dich an, wenn sie davonlaufen, setze ihnen nicht hinterher. Lass sie sich auf ihre Weise zurückziehen. Und wenn du ihnen folgst, bleib bei deiner Truppe. Stürme nicht allein vor. Versuche auch nicht, einen gefallenen Feind seiner Rüstung zu entledigen, so üppig sie auch sein mag. Und vor allem, lass dich nicht auf einen Zweikampf ein. So wie du gekleidet bist, werden die trojanischen Helden den Zweikampf auch nicht suchen, diese Gefechte Mann gegen Mann dürften also leicht zu vermeiden sein. Vermeide sie! Und am allerwichtigsten, versuche nur nicht, Hektor in einen solchen Zweikampf zu verwickeln. Und nun geh, lieber Patroklos. Mögen die wankelmütigen Götter mit dir sein.«

Noch einmal umarmte er ihn, geleitete ihn dann zu seinem Streitwagen und half ihm, den Wagen zu besteigen. Dann ging er zum Meeressaum, stand da und schaute auf die See hinaus. Das Herz war ihm von böser Vorahnung schwer.

In der Rüstung des Achilles glänzend wie der Morgenstern, schwang sich Patroklos frohgemut in dessen Streitwagen. Er bestand aus blank polierter Bronze und wurde von zwei Hengsten namens Xanthos und Balios gezogen. Sie waren von göttlichem Geblüt. Ihre Mutter war allerdings keine Stute, sondern eine Harpyie namens Podarge, die sich in den Westwind verliebt hatte und immer wieder auf seine warmen Strömungen stieg und auf ihren Bronzeflügeln wie eine Seemöwe die Küste entlangflog. Der Westwind ist der Wind, der im Frühjahr die nassen Felder trocknet, so dass die Saat keimen kann. Schließlich legte er auch einen Keim in Podarge. Sie kam nieder und warf zwei Fohlen. Zwei schwarze Tiere waren es, farblich genau zueinander passend, goldene Augen hatten sie, silberne Hufe und Mähne und Schwanz aus Silbervlies. Sie liefen so geschwind wie der Westwind, der sie gezeugt hatte; vom Charakter her waren sie von derselben liebevollen Wildheit wie ihre Mutter Podarge. Sie liebten ihren Herrn, doch in der Schlacht waren sie wild. Achilles hatte sie darauf trainiert, sich auf die Hinterbeine zu stellen und mit ihren silbernen Hufen wie Boxer auszuschlagen; ein Hieb mit dem Huf vermochte den Helm eines Kriegers zu zerschmettern, als wäre er weiter nichts als eine Nussschale. Auch machten sie Gebrauch von ihren großen gelben Zähnen, mit denen sie zuschnappten wie Krokodile. Mit Ausnahme von Achilles und Patroklos wagte kein Mann, sie zu handhaben. Achilles brüstete sich mit ihrer Intelligenz und behauptete, sie könnten sprechen, wenn sie nur wollten, zögen es jedoch vor zu schweigen. Von diesen Hengsten gezogen, von Patroklos gelenkt wirbelte der Streitwagen des Achilles aus blank polierter Bronze der Schlacht entgegen.

Die Trojaner waren immer noch bei dem Versuch, das Schiff des Ajax in Brand zu setzen. Hektor war an Deck gesprungen, wo der Riese immer noch seinen dreißig Fuß langen Mast schwang. Mit dem mächtigen Stab in der Hand fegte Ajax über das Deck und versuchte, Hektor zu zerschmettern. Doch jedes Mal, wenn der Mast auf Hektor niederzusausen drohte, bückte sich der entweder darunter weg oder sprang darüber. Jedes Mal, wenn er das tat, hieb er mit seinem Schwert auf den Mast ein, und jedes Mal hackte er ein Stück davon herunter, bis dem Ajax nur noch der dicke Stumpf des Mastes in der Hand blieb. Nun schleuderte er das Ende des Mastes den Trojanern entgegen, die erneut über die Schandecks schwärmten, dabei tötete er zwei von ihnen. Dann sprang Ajax der Große vom Deck herunter und versuchte, seine Männer dazu anzutreiben, erneut gegen die Feinde in Stellung zu gehen.

Hämisch frohlockend legten die Trojaner Feuer an das Schiff des Ajax und begannen, auch andere Schiffe in der ersten Reihe in Brand zu setzen. Geschwind setzte Hektor dem Ajax hinterher, denn er wollte schnell ein Ende mit ihm machen. So geschwind drängte er vorwärts, dass er von seinen Männern getrennt wurde. Plötzlich hörte er, wie das Triumphgeschrei sich in heulendes Angstgebrüll verwandelte.

»Achilles! Da ist Achilles! Flieht! Flieht!«

Er drehte sich um, sah die Reihen seiner Männer aufbrechen und sah, wie sie vor einem Streitwagen aus polierter Bronze davonliefen, der von zwei Hengsten gezogen wurde, in denen er Xanthos und Balios erkannte. Den Wagen lenkte eine hoch gewachsene Gestalt in goldener Rüstung, den Helm geschmückt mit einem Busch aus Adlerfedern. Hektors Männer, die der hell glänzende Wagen vor sich hertrieb, wirkten wie Feldmäuse und Hasen, die vor einem Steppenbrand flüchteten. Sogar der tapfere Hektor wurde von dem Sog der Fluchtbewegung erfasst und floh vor diesem Streitwagen auf die Stadtmauern Trojas zu.

Patroklos, der seinen Bronzewagen lenkte, spürte, wie sich die Rüstung des Achilles leicht und eng an ihn schmiegte wie seine eigene Haut. Ja, es war, als habe er durch irgendeinen Handstreich der Götter eine Haut aus glatter, glänzender Rüstung erhalten, sei mit glitzernden Klingen wie mit Fangzähnen versehen worden und komme nun über die Trojaner und wüte fürchterlich unter ihnen wie ein Tiger unter dem Wild.

Er schwenkte seinen Wagen in die Richtung, in der die Feinde sich am dichtesten drängten. Unerlässlich waren sie auf der Flucht vor ihm; doch seinen beiden Hengsten konnten sie nicht davonlaufen. Er mähte die Trojaner nieder, als seien sie Sommergras. Überall dorthin, wohin er sich begab, folgten ihm seine Myrmidonen, wälzten sich, schoben sich voran, bewegten sich wie ein Mann, ihre braun gepanzerten Schlachtreihen öffneten sich wie Kiefer und schlossen sich über den Trojanern. Wenn die Kiefer sich wieder öffneten, fielen zerschmetterte Leichname heraus.

Diese Myrmidonen des Achilles waren die am besten gedrillten Bataillone der griechischen Streitkräfte. Sie stammten von jenen ersten Myrmidonen ab, die Äakos, der Großvater des Achilles, angeführt hatte. Dieser Äakos war ein Sohn des Zeus und einer Flussnymphe namens Ägina. Um Heras Wachsamkeit zu entgehen, hatte Zeus die Gestalt eines Adlers angenommen, Ägina aus dem Fluss gerissen und sie zu einer Insel im Meer getragen, die er zu Ehren der Nymphe ebenfalls Ägina nannte. Sie blieb auf ihrer herrlichen kleinen Insel – die sonst völlig menschenleer war –, und nachdem Zeus sie verlassen hatte, gebar sie einen Knaben, dem sie den Namen Äakos gab. Dieser Knabe wuchs zu einem anmutigen, starken jungen Mann heran. Er war König der Insel, doch Untertanen hatte er keine. Er sehnte sich danach, mit anderen jungen Männern zu kämpfen und zu ringen und sie in die Schlacht zu führen, doch er und seine Mutter lebten allein auf dieser Insel, mit Ausnahme eines mächtigen goldenen Adlers, der dem Eiland bisweilen einen Besuch abstattete. Bei diesen Gelegenheiten verschwand dann seine Mutter eine Nacht und einen Tag lang mit dem riesigen Vogel, und der Knabe war einsamer als je zuvor – bis sie bebend und sanft und glücklich wieder zurückkam.

»Wohin gehst du immer, Mutter?«

»Das kann ich dir nicht sagen.«

»Wieso nicht?«

»Dafür bist du noch zu jung.«

Schließlich war er nicht mehr zu jung und sie erzählte es ihm. Dieser königliche Vogel sei ihr Liebhaber – sei der König der Götter in Verkleidung, sei Vater Zeus selbst und der wirkliche Vater des Äakos.

Als sich der Adler das nächste Mal herabschwang, um

seine Mutter zu holen, stellte sich ihm der junge Mann entgegen.

»Bist du Zeus?«

»Wenn ich Zeus wäre, junger Mann, dann könnte ich sehr wütend werden über die unverschämte Art und Weise, in der du mich anredest.«

»Jeder kann behaupten, er sei Zeus. Seine Verwandlungen sind weithin bekannt. Also kann jeder Stier, jeder Schwan, jeder Hengst und jeder Adler daherkommen und behaupten: ›Ich bin Zeus, ich bin Zeus. Sei vorsichtig, sonst werde ich sehr wütend.‹«

Der Adler lachte.

»Da hast du nicht ganz Unrecht, glaube ich. Wie kann ich dir beweisen, dass ich der bin, der zu sein ich behaupte?«

»Ich bin einsam. Ich wünsche mir Gefährten.«

Da war ein Donnergrollen zu hören und ein Aufleuchten von Blitzen zu sehen. Überall um sich herum sah der junge Mann Lichtblitze einschlagen; dann war alles ruhig. Der Adler war verschwunden; Ägina war nicht mehr da. Äakos lag im Gras und versuchte, sich zu sammeln und klar zu denken. Seine Aufmerksamkeit wurde völlig in Anspruch genommen von einer ganzen Kolonie Ameisen, die über den Sand marschierten und einen toten Käfer mit sich schleppten. In der Ferne schrie ein Adler.

Vor den Augen des Knaben verwandelten sich jene Ameisen in junge Männer in braunen Rüstungen, und vom blauen Himmel herab sprach eine Stimme wie Donnergrollen: »Hier sind deine Männer, Äakos, deine Gefährten und deine Soldaten, wenn du sie dazu machst.«

Nun ist aber das griechische Wort für Ameise *myrmekes*, und so wurden die Männer des Äakos Myrmidonen genannt. Unter seiner Führung wurden sie zur besten kämpfenden Truppe aller Länder um das Mittelmeer herum. Äakos war der Vater des Peleus, Großvater des

Achilles. Peleus hatte die Myrmidonenbataillone geerbt und sie seinerseits an Achilles weitergegeben. Dabei hatten sie sich stets gewisse ameisenartige Merkmale bewahrt – stets waren sie in braune Rüstungen gekleidet; waren ungeheuer diszipliniert, sturköpfig, unermüdlich; manche mochten süße Nahrung, und manche mochten Fett, doch wenn die Rationen eingeschränkt waren, kamen sie auch mit sehr wenig aus.

Jetzt also folgten sie Patroklos unbeirrt auf dem Fuße. Ganz gleich, wie schnell der Streitwagen von jenen vom Westwind gezeugten Hengsten gezogen wurde, die Myrmidonen hielten immer Schritt und griffen die Trojaner dort an, wo Patroklos ihre Stellungen durchbrochen hatte.

Unterhalb der westlichen Stadtmauer Trojas stand Hektor auf einem niedrigen Hügel und sah seine Männer fliehen. An dieser Stelle hatte er vorgehabt, seine Leute so weit anzustacheln, dass sie den Mut haben würden zu versuchen, die Griechen daran zu hindern, die Stadtmauer zu stürmen. Doch er war voller böser Vorahnungen. Er wusste nicht, wie er seine vor Angst ganz panischen Männer mit Mut beseelen sollte. Da nahm er auf einmal einen sonnigen warmen Duft wahr und hörte eine Stimme voller verärgerter Musik. Er sank auf die Knie, um den Worten Apollons zu lauschen.

»Ich bin enttäuscht von dir, Hektor. Du warst mein auserwählter Held, von allen Männern der eine, der Achilles bezwingen sollte. Die gesamte Dauer des Krieges über hast du dich damit gebrüstet, der Einzige zu sein, der es wagen würde, gegen den Sohn des Peleus anzutreten. Doch was muss ich nun sehen? Du fliehst vor seinem Schatten.«

Tränen strömten dem Hektor das Gesicht hinunter. Er spürte, dass er vor Scham glühte. Antworten konnte er nicht.

»Ja, vor seinem *Schatten*«, sagte Apollon. »Und wenn

ich das sage, ist das keine Metapher, ich meine das ganz wörtlich. Diese glitzernde Rüstung beherbergt nicht Achilles, sondern Patroklos, der sich das äußere Erscheinungsbild seines mächtigen Freundes geborgt hat, da er wusste, dass das allein schon genügen wird, panische Angst in den Trojanern hervorzurufen. Nun, im Verlauf von beinahe zehn Jahren habe ich versucht, mit meiner eigenen Flamme ein Feuer in dir zu entzünden. Jetzt sehe ich, dass es hoffnungslos ist. Einem Feigling kann niemand helfen! Der setzt sich selbst außer Gefecht. Von nun an werde ich meinem Vater Zeus nicht mehr trotzen und mich von diesem Krieg fern halten.«

»Nein, lichter Phöbus, nein«, flehte Hektor. »Entzieh uns nicht deine Hand. Herrscher der kreisenden Sonne, ich bitte dich, Herrscher der Harfe, des goldenen Bogens, höre mein Flehen. Ich werde dir beweisen, dass ich kein Feigling bin. Zwar stimmt es, dass ich einen Augenblick lang ins Schwanken geriet, doch wenn du bei mir bist, werde ich meine Männlichkeit wieder unter Beweis stellen und Patroklos geradewegs angreifen. Und wenn ich das tue, ist er ein toter Mann. Und außerdem schwöre ich, dass ich auch, wenn Achilles kommt, um den toten Patroklos zu rächen, was gewiss geschehen wird, keine Angst haben werde, ihm entgegenzutreten, sondern dass ich ihn zu einem Zweikampf auf Leben und Tod herausfordern werde.«

Da erschien der Sonnengott in all seinem Strahlen vor Hektor und sagte: »Erhebe dich und sei ein Mann.«

Apollon setzte seinen goldenen Helm ab, den ein Helmbusch aus rotblau züngelnden Flammen zierte.

»Tauche deine Speerspitze in diesen flammenden Helmbusch«, sagte er, »und dann geh fort und tritt deinem falschen Feind entgegen.«

Hektor erhob sich und hielt seine Speerspitze in die Flammen, die aus Apollons Helmbusch züngelten. Da machte der Gott sich wieder unsichtbar und ließ nur seinen Duft zurück – den Duft nach Orangen und Rosen und den Früchten und Blumen, die die Sonne lieben. Dieser Duft hüllte Hektor ein und erfüllte ihn mit wilder triumphaler Freude.

Er stieß seinen Kriegsschrei aus und lief auf Patroklos zu, und dabei rief er: »Scharlatan! Betrüger! Steig herab von diesem geborgten Streitwagen und kämpfe in eigenem Namen.«

Patroklos hörte diesen hell tönenden Schrei und riss seinen Streitwagen herum. Er erinnerte sich, dass Achilles ihn davor gewarnt hatte, sich unter keinen Umständen auf einen Zweikampf mit Hektor einzulassen. Doch inzwischen war ihm die Maske zum zweiten Gesicht geworden. Nachdem er Achilles nachgemacht, nachdem er wie Achilles triumphiert hatte, war er zu Achilles geworden – jedenfalls glaubte er das. Oftmals hatten Achilles und er in der Vergangenheit sich einander so nah gefühlt, als seien sie durch eine Membran verbunden, wie ein ungewöhnliches Zwillingspaar, bei dem nur ein Blutkreislauf durch beide Körper strömte. Jetzt sprang er von seinem Streitwagen, lief auf Hektor zu und rief dabei: »Gut, dass wir hier aufeinander treffen, Sohn des Priamos! Ob ich nun Achilles oder Patroklos bin, den Unterschied wirst du nie feststellen, denn ein und dieselbe Klinge wird ihren Weg in dein Herz finden.«

Er lief so schnell, dass die Myrmidonen nicht Schritt halten konnten. Und Hektor lief ihm entgegen. Mit einem Krachen der Waffen stießen sie aufeinander wie zwei Hirsche, die einander die Geweihe einschlagen. Tapfer war Patroklos und mutig. Und vortrefflich trug er die Rüstung und die Waffen des Achilles. Doch er war nicht Achilles. Und Hektor war in diesem Augenblick, in dem Apollons Flamme ihn anfeuerte, weit mehr als nur Hektor.

Patroklos hatte nicht die geringste Chance. Behände

und zartfühlend handhabte Hektor seinen Speer. Die weiß glühende Speerspitze bohrte sich durch die Rüstung des Patroklos wie ein Schweißbrenner – denn Hektor wollte nicht nur Patroklos bezwingen, sondern den Schmerz seiner eigenen Scham auslöschen, indem er seinen Gegner beschämte.

Nun wurden Griechen und Trojaner, die diesem Zweikampf zusahen, eines nie zuvor gesehenen Anblicks gewahr. Hektors weiß glühender Speer schnitt durch die Rüstung des Achilles; Harnisch, Brustpanzer und Beinschienen fielen von Patroklos herunter, so dass er bis auf seinen Helm schließlich nackt war. Er schleuderte seinen Speer. Hektor lachte, als die Waffe von seinem Schild abprallte, und ging in aller Ruhe auf seinen nackten Gegner zu.

»Du siehst aus wie ein gerupftes Huhn, kleiner Patroklos«, höhnte er. »Wenn ich so grausam wäre wie ein Grieche, würde ich hier stehen bleiben, mein Schwert wie ein Schlachtermesser einsetzen und dich wie ein Huhn zerlegen. Doch das entspricht nicht meiner Absicht. Ich habe dich derart entblößt, damit alle Männer sehen können, dass es mehr braucht als eine Rüstung, um ein richtiger Mann zu sein. Und nun, Narr, ist es Zeit für deine Sterbeszene.«

Von unten nach oben führte er den Speer und stieß die Waffe Patroklos in den Bauch. Es war ein schlimmer Tod. Patroklos fiel zu Boden, schrie fürchterlich und hielt sich die Eingeweide.

Eine Rüstung für Achilles

Dem Leichnam des Patroklos wurde unverzüglich die Rüstung des Achilles fortgenommen. Über den Schlachtenlärm erhob Hektor seine Stimme.

»Nehmt den Leichnam, Männer! Tragt ihn nach Troja! Ich werde seinen Kopf aufspießen und auf der Stadtmauer zur Schau stellen, damit Achilles seinen Freund wiedersieht, von Angesicht zu Angesicht, wenn er versucht, die Stadtmauer zu stürmen. Den übrigen Körper wollen wir den Hunden zum Fraß vorwerfen!«

Doch bevor die Trojaner den Leichnam ergreifen konnten, kam Menelaos herbeigelaufen und stellte sich mit gespreizten Beinen über den Toten, dabei knurrte er wie eine Bulldogge und wehrte jeden ab, der sich näherte. Andere Trojaner drängten vor; andere Griechen drängten herbei, um Menelaos beizustehen. Eine blutige Schlacht entbrannte um den Leichnam.

Was in jenen Tagen mit den Toten geschah, war für die Lebenden von entscheidender Bedeutung. Ein Leichnam wurde nicht in der Erde bestattet; er wurde verbrannt. Durch Opfergaben an die Götter, durch Trankopfer und durch Gebete wurden die Flammen geheiligt. Handelte es sich bei dem Toten um einen bedeutenden Krieger oder einen König oder einen Menschen, der sich in seinem Leben ungewöhnlich hohe Wertschätzung errungen hatte, wurden die Totenzeremonien zusätzlich von Trauerspielen begleitet – es fanden Wagenrennen, Ringkämpfe, Boxkämpfe und Wettbewerbe im Speerwurf und Bogenschießen statt, die in gespielter Form die Fertigkeiten des Betrauerten spiegelten. Mit Hilfe solcher Zeremonien und Feierlichkeiten konnte der Verstorbene, so glaubte man, ehrenvoll diese Welt verlassen. Dieses Gefühl des Ehrenhaften würde ihm die Reise in das Land der Toten erleichtern und ihm einen gewissen Status im Königreich des Hades verleihen. Wenn man ihn bei seinen Trauerfeierlichkeiten genügend geehrt hatte, würde er ausgewählt werden aus den Massen der Toten, und zwar von Charon, jenem grimmigen Fährmann, dessen Aufgabe es war, die Toten über den Styx zu befördern. Der Hochgeehrte müsste nicht voller Sorge auf dieser Seite des Styx mitten unter all den anderen Toten ausharren, sondern würde geschwind von dem standesbewussten Charon übergesetzt werden, um schnell zu seiner verdienten Belohnung im Land der Toten zu gelangen.

Wenn dagegen, aus welchem Grund auch immer, auf einen Leichnam weder von Freund noch Verwandten Anspruch erhoben wurde – oder wenn ein Toter in der Hand des Feindes blieb und ihm kein ehrenvoller Abschied zuteil wurde –, dann würden den Hinterbliebenen entsetzliche Dinge widerfahren. Der entehrte Tote könnte den Styx nicht überqueren und fände keinen Einlass in das Königreich des Hades. Sein Geist würde sich an die Stelle seines unbeachteten Todes klammern. In stinkende Fetzen Fleisches gehüllt, würde er nachts vor Familienangehörigen und Freunden erscheinen und heulen, jammern und flehen. Oder schlimmer noch, er würde einfach unvermutet an einer Ecke stehen und einen aus leeren Augenhöhlen anstarren. Wenn man das Pech hatte, von einem Geist heimgesucht zu werden, musste man ihm seine Lieblingsspeise hinstellen – schwarze Bohnen in kleinen Töpfchen und flache Schalen mit Blut. Für eine Weile konnte er durch solche Delikatessen besänftigt werden, doch nie für lang. Bald würde er wieder erscheinen und heulen, flehen oder wortlos starren.

Die Griechen, so entmutigt sie zu diesem Zeitpunkt innerhalb der Schlacht auch sein mochten, kämpften dennoch in aller Entschlossenheit um den Leichnam des Patroklos, weil sie wussten, dass Achilles vor Wut und Schmerz zwar rasen würde, wenn er vom Tod seines Freundes erfuhr – wenn er aber zusätzlich noch erfuhr, dass der Leichnam seines geliebten Gefährten den Trojanern in die Hände gefallen wäre, die ihn köpfen und den Hunden zum Fraß vorwerfen würden, dann, und das wussten sie, wäre er in der Lage, jedem etwas anzutun, egal ob Freund oder Feind. Nein, es war eindeutig, dass er seinen ersten Rachedurst an den Griechen stillen würde.

Und so bildeten sie, obwohl sie den Trojanern zahlenmäßig unterlegen waren, eine dichte Hecke aus Speeren um den Leichnam herum und ließen sie einfach nicht durch.

Doch Hektor entsandte weitere Männer, und die volle Wucht ihrer Überzahl hätte am Ende wohl den Widerstand der Griechen gebrochen, wären da nicht die Pferde des Achilles gewesen – jene auf so wundersame Weise gezeugten Hengste, hoch gewachsen wie Hirsche, wild wie Harpyien, geschwind wie der Westwind. Durch das Knäuel der Kämpfenden preschten sie vor, brachen durch bis in ihre Mitte und schleuderten die Leute fort in alle Richtungen. Sie stellten sich auf die Hinterbeine, schlugen mit den Vorderhufen aus, stießen zu und bissen, bis sie alle Trojaner vom Leichnam vertrieben hatten und es so Menelaos ermöglichten, den Toten aus dem Staub hochzuheben und in den Streitwagen zu legen. Dann galoppierten die Pferde mit ihrem toten Wagenlenker zurück zum Zelt des Achilles.

Bevor Patroklos getötet wurde, war er sehr nah an die Stadtmauern Trojas herangekommen. Das Ganze hatte sich außerhalb der Sichtweite des Achilles abgespielt, obgleich er von dem Schutzwall aus versucht hatte zuzuse-

hen und dem Verlauf der Schlacht zu folgen. Das Einzige, was er hatte hören können, war Geschrei von ferne gewesen; das Einzige, was er hatte sehen können, war eine Staubwolke gewesen.

»Unmittelbar unterhalb ihrer Stadtmauern«, sagte er zu sich. »Und dabei habe ich ihm doch gesagt, er soll nicht so weit vorrücken. Aber vielleicht bedeutet das ja, dass er durch ihre Stellungen hindurchgebrochen ist und sie in die Flucht gejagt hat.«

Da sah er, wie sich ein heller Fleck aus dem Staub löste und auf ihn zugesaust kam. Er schaute hin, bis der Fleck Gestalt angenommen hatte. Ein Streitwagen! Da er mit solcher Geschwindigkeit herannahte, konnte er nur von Xanthos und Balios gezogen werden, von seinen eigenen Hengsten! Das Herz hüpfte ihm vor Freude.

»Das ist Patroklos!«, rief er. »Er muss es sein! Außer mir selbst würden die Pferde nur ihm gehorchen! Er ist in Sicherheit! In Sicherheit! Er kommt, um mir von einem triumphalen Sieg zu erzählen!«

Mit unglaublicher Geschwindigkeit galoppierten die Westwindhengste auf den Schutzwall zu, stellten sich auf die Hinterbeine und wieherten, als sie Achilles dort stehen sahen. Verblüfft sah er sie an. Große Tränen quollen aus ihren goldenen Augen hervor. Nie zuvor hatte jemand ein Pferd weinen sehen und es war ein entsetzlicher Anblick. Achilles gab sich alle Mühe, nicht zu glauben, was jene Tränen bedeuteten, und stand da und schaute auf seine wunderschönen Pferde. Dann brachen sie das lebenslange Schweigen.

»Vergib uns, lieber Herr«, sagte Xanthos. »Wir bringen dir Patroklos zurück.«

»Tot«, sagte Balios. »Wir bringen ihn dir tot.«

Achilles weinte nicht. Sein Gesicht war starr wie Stein. Ganz sanft hob er den zerschlagenen Körper aus dem Streitwagen und trug ihn in sein Zelt. Die Hengste blieben vor dem Zelt stehen wie Wachhunde und erlaubten niemandem, sich zu nähern. Während der langen Dämmerstunden und der ganzen Nacht und dem ganzen nächsten Morgen blieb Achilles allein mit seinem Kummer.

Niemand wagte, sich seinem Zelt zu nähern und sich ihm in seinem Kummer aufzudrängen. Die Griechen hatten Angst, er könne sich in sein eigenes Schwert stürzen und es vorziehen, so im Tod vereint neben seinem Gefährten zu liegen, doch sie wagten nicht, sich ihm zu nähern.

»Er wird sich nicht töten«, sagte Odysseus. »Zuerst hat er noch etwas zu erledigen; er muss Rache an Hektor nehmen. Danach vielleicht, aber jetzt noch nicht.«

In der dunkelsten Stunde erhob sich seine Mutter Thetis aus der See und schritt durch die Wände seines Zeltes. Geweint hatte er nicht, doch Mütter hören auch stummen Schmerz. Selbst in den Tiefen der See hatte sie seinen Schmerz gehört und war zu ihm gekommen. Die ganze Nacht lang kauerte er in ihrer Umarmung, und dabei weinte er nicht, gab nur leise, raue, wimmernde Laute von sich. Sie hielt seinen Kopf dicht an ihre nackten Brüste, als wäre er wieder ein Säugling, und strich ihm über das Gesicht und küsste ihn. Trotz seines entsetzlichen Kummers tröstete ihn ihre Meereszauberberührung.

Erst bei der Morgendämmerung brach er das Schweigen, kurz bevor sie ihn verließ. »Willst du mir einen Gefallen tun, Mutter?«

»Jeden, mein Sohn.«

»In meine Rüstung gekleidet zog Patroklos in die Schlacht. Die Trojaner haben sie ihm fortgenommen. Jetzt trägt Hektor sie, diese Rüstung, die Hephaistos gefertigt und meinem Vater als Hochzeitsgeschenk überreicht hat. Ich habe vor, heute noch Hektor entgegenzutreten und ihn zum Zweikampf zu fordern, doch ich will in einer Rüstung erscheinen, die nicht weniger prächtig ist als die, die ich verlor, und Waffen tragen, die nicht weniger prächtig sind als die, die man Patroklos fortnahm, als er fiel. Und solche Waffen und solch eine Rüstung können nur aus der Schmiede der Götter kommen. Kannst du Hephaistos überreden, heute Morgen durchzuarbeiten und mir eine neue Ausrüstung anzufertigen?«

»Ich bin nicht ohne Einfluss auf den lahmen Gott«, erwiderte Thetis. »Denn ich war diejenige, die ihn großzog, nachdem Zeus ihn vom Olymp herabgeschleudert hatte und er mit zerschmetterten Beinen, hilflos wie eine Kaulquappe, in die See gestürzt war. Ich nahm ihn mit in meine Höhle und heilte seine Wunden und zog ihn auf wie mein eigenes Kind, ich gab ihm Kieselsteine und Muscheln, aus denen er Schmuckgegenstände fertigen konnte, so dass er sich großes Geschick in jenem Handwerk erwarb. Er wird beiseite legen, was immer er gerade tut, und heute Morgen für dich arbeiten. Waffen und Rüstung herrlicher als jene, die du verloren hast, werden aus seiner Schmiede hervorgehen. Bis du bereit bist, gegen Hektor zu kämpfen, wirst du hier in deinem Zelt finden, was du brauchst. Und nun leb wohl, geliebter Sohn.«

An gewissen Abenden formt die Sonne, die durch die Wolken taucht, die Umrisse bewaffneter Männer, die höher als Berge am westlichen Himmel brennen, als bewachten sie den Horizont. Deren flammende, fein gehämmerte Rüstung nahm Hephaistos als Vorbild, als er der Bitte der Thetis nachgab und den ganzen Morgen durcharbeitete, um neue Waffen für Achilles zu gestalten. Wie die rot glühende Sonnenscheibe selbst, mit einem Flechtwerk aus Wolken überzogen, war sein Schild. Sein Speer war ein polierter blitzheller Schaft, wie ihn Zeus selbst als Donnerkeil benutzt haben könnte. Ein Harnisch wurde gefertigt, so leicht wie Wolkenvlies, doch bestehend aus drei dichten Schichten gepressten Kupfers. Hephaistos tauchte tief hinab in heilige Schätze und holte den Barren hervor, aus dem er das Schwert des Hermes geschmiedet hatte – wobei Hermes es später an Perseus weitergegeben hatte, der es wiederum benutzte, um Medusa zu töten. Er legte den Klumpen reinen Kupfers auf seinen rot glühenden Amboss und hämmerte daraus ein Schwert für Achilles, das der Waffe des Perseus in nichts nachstand. Einige Tage zuvor hatte Ares einen Helm bei Hephaistos bestellt, der für den Kriegsgott die härteste Bronze gewählt hatte. Nun nahm er den halb fertigen Helm und mit einigen geschickten Hammerschlägen formte er ihn um zu einem Helm für den Kopf des Achilles. Als Helmbusch schnitt er eine fedrige Spitze aus Wolkenvlies zurecht und tauchte sie in die Farben des Sonnenuntergangs.

Als er Thetis diese prachtvolle Ausrüstung überreichte, hob die hoch gewachsene Nereide den kleinen lahmen Gott in die Höhe, hielt ihn in ihren herrlichen weißen Armen, als sei er ein Kind, und küsste ihn auf den Mund.

»Hab Dank, lieber Hephaistos«, sagte sie. »Hab Dank für deine Freundlichkeit, für deine Schnelligkeit und für deine überragende Kunstfertigkeit. Du bist nun ein großer Gott, der Chef-Handwerker für die gesamte Erdenscheibe; deine Schmiede ist ein Vulkan, wo du Utensilien fertigst für den hehren Gebrauch von Vater Zeus und für das gesamte Pantheon. Und wenn du auch ein Gott bist, wirst du doch immer meine geliebte kleine Kaulquappe bleiben, mein süßes verstümmeltes Pflegekind, und von mir soll dir stets die Liebe einer Mutter zuteil werden, wenn ich auch zu ewig fließendem Nymphendasein geschaffen bin und du zu ewigem mittleren Alter.«

Wieder küsste sie sein rissiges, holzkohleverschmiertes Gesicht, setzte ihn ab und flog davon, mit der glitzernden neuen Rüstung, die für Achilles gefertigt worden war.

Die Schriftrolle der Schicksalsgöttinnen

Zuweilen wurde den Göttern gestattet, in dem großen Buch der Schicksalsgöttinnen zu lesen, in dem alles geschrieben stand, was gewesen war und was werden würde. Wir gebrauchen das Wort ›Buch‹, doch damals gab es keine Bücher, wie wir sie heute kennen. Dieser umfangreiche Band der Schicksalsgöttinnen war eine riesige Schriftrolle, die außer Sichtweite für die Menschen von einem bestimmten Platz im Götterhimmel herunterhing und die mit sternengleichen Buchstaben beschrieben war. Nachtblau war diese Schriftrolle, gefertigt aus der dunkelblauen Haut eines himmlischen Tieres, das den Menschen unbekannt war und das die Götter einmal alle tausend Jahre in einer großen Jagd über die Mosaikfußböden des Himmels erlegten.

Nachtblau war die Schriftrolle, und jene geflügelten alten Weiber, die die Schicksalsgöttinnen waren, jene verkrümmten Schwestern, die selbst den Göttern Furcht einjagten, tauchten ihre Klauen ins Sternenlicht und kritzelten ihre unwiderruflichen Verfügungen auf die dunklen Seiten. Einmal alle paar Jahre wurden die Götter herbeigerufen, damit sie lasen, was auf der Schriftrolle stand, und über das nachdachten, was sie gelesen hatten, wonach sie dann eigentlich auf den Olymp zurückkehren sollten, um die Angelegenheiten der Menschen entsprechend zu lenken.

Für gewöhnlich zogen es die Götter vor, die Menschen in Unwissenheit darüber zu halten, was das Schicksal für sie vorgesehen hatte. Doch wenn es ihnen in ihrer Laune gefiel oder wenn sie einen Sterblichen mit Hilfe besonderer Kenntnisse verführen wollten oder aber von geschickten Propheten entsprechend beeinflusst wurden, ließen die Götter zuweilen einige Informationen in Form von Rätseln durchblicken. Und solch eine Information war es dann, die die Propheten als Zukunftsvorhersage aussprachen. Wahrsager verfuhren auf verschiedene Weisen, wenn sie versuchten, die Geheimnisse der Götter in Erfahrung zu bringen. Manche behaupteten, dass die Zukunft in den Eingeweiden gewisser Vögel und anderer Tiere geschrieben stände, und darum wurden diese Geschöpfe geschlachtet und aufgeschlitzt und man unterzog ihre Eingeweide einer prüfenden Betrachtung. Solche Propheten nannte man *Haruspex.* Andere Wahrsager behaupteten, dass das Himmelsgewölbe die Stirn des Zeus sei und dass der Flug der Vögel seine Gedanken darstelle, die über den Himmel seines Verstandes zogen – und durch die Beobachtung des Vogelflugs wollten sie versuchen vorherzusagen, was die Zukunft bringen würde.

Solche Propheten schlossen sich meist zu kleineren Gruppen zusammen, die man ›Schulen‹ nannte, wobei jede dieser Schulen einem bestimmten Gott geweiht war. Besonders bekannt waren die Priesterinnen des Apollon. Sie lebten in einer riesigen Höhle, die bei einer Stätte namens Delphi in einen Berg gehauen worden war. Es handelte sich um vulkanisches Gebiet. Durch einen Spalt im Felsen erhob sich aromatischer Rauch direkt aus den Eingeweiden der Erde. Die Priesterinnen setzten ihren steinernen Dreifuß über den Spalt und hockten sich darauf und atmeten die Dämpfe ein, die ihnen zu Visionen verhalfen. Diese Visionen, so behaupteten sie, handelten von der Zukunft. Außerdem kauten sie Lorbeerblätter (was die Vision schärfer oder auch verschwommener machte) oder was auch immer dazu beitrug, dass eine Vision für den, der sie hatte, lebendig wurde. Ihre Äußerungen formulierten sie immer als höchst verschlungene Rätsel; niemand verstand, was sie sagten, mit Ausnahme von anderen Priesterinnen, die gegen eine Gebühr jene Rätsel entschlüsselten.

Nun waren Prophezeiungen über den Trojanischen Krieg von Anfang an ein blühendes Geschäft gewesen. Über dieses Thema hatten Wahrsager ohne Unterlass die Geheimnisse der Götter herausgeplappert. Einige dieser Prophezeiungen sind uns bereits über den Weg gelaufen: diejenige, die besagte, dass die Griechen den Krieg nur mit Hilfe des Achilles gewinnen könnten; und der zweite Teil derselben Prophezeiung, die besagte, dass Achilles vor Troja den Tod finden würde, wenn er aber zu Hause blieb und nicht an dem Krieg teilnahm, ein langes, friedvolles Leben führen könnte. Wir wissen, welche Entscheidung er – mit Unterstützung des Odysseus – traf. Und Odysseus selbst war ebenfalls Gegenstand einer Prophezeiung, die besagte, dass er, wenn er nach Troja zog, erst nach Ablauf von zwanzig Jahren nach Ithaka zurückkehren würde: allein, zum Bettler geworden und unerkannt.

Nun wurden die Götter an dem Tag, der auf den Tod des Patroklos folgte, wieder zu den entlegenen Himmelsstrichen gerufen, um in der großen Schriftrolle zu lesen. Es war das erste Mal seit Beginn des Krieges, dass man sie so herbeigerufen hatte, und in dem flammenden Gekritzel der Schicksalsgöttinnen gab es viel Neues zu lesen. Randvoll mit Neuigkeiten kehrten sie auf den Olymp zurück, einige im Gespräch miteinander, andere in tiefes Nachdenken versunken, doch alle überlegten sie, wie sie diese Kenntnis der Zukunft am besten einsetzen konnten, um die Menschen dazu anzustacheln, in den vor ihnen liegenden Jahren zu ihrer Erheiterung beizutragen.

Drei Sprecher standen ihnen zur Verfügung, die sie besonders bearbeiten wollten. Kalchas und Chryses waren berufsmäßige Propheten. Der Trojaner Chryses war ein

Priester des Apollon. Außerdem war er der Vater von Cressida. Kalchas wiederum war der einflussreichste aller griechischen Wahrsager. Zuweilen gab er sich als Priester der Hera aus; dann wieder behauptete er, das besondere Vertrauen von Athene zu genießen. Tatsächlich arbeitete er unabhängig von einem bestimmten Gott – griff Hinweise von verschiedenen Göttern auf, so gut er konnte, und gab Prophezeiungen ab über das, was die Griechen tun, und das, was sie nicht tun sollten. Wenn alles gut lief, hörte man ihm nur mit halbem Ohr zu; wenn das Unheil zuschlug, war sein Rat deutlich begehrter. Daher war er von Berufs wegen Katastrophen nicht gänzlich abgeneigt.

Doch diejenige mit der wirklich schicksalhaften, brennenden Begabung für die Zukunft war Kassandra. Von Apollon war ihr die schrecklichste aller Gaben verliehen worden, die *Erinnerung* an die Zukunft. Und sie gab nur äußerst selten Prophezeiungen von sich, weil sie wusste, wie Furcht erregend genau sie waren. Und dennoch störte sie keineswegs den Seelenfrieden der Trojaner. Man wird sich erinnern, dass sie die verliebten Avancen des Apollon zurückgewiesen hatte und der sie dafür bestrafte, indem er seine Gabe mit einem Fluch versah. Sein Urteil sah folgendermaßen aus: Wenn sie auch in der Lage war, die Zukunft mit größter Genauigkeit vorherzusagen und um diese Genauigkeit sogar wusste, Kassandras eigenes Volk würde ihr doch niemals Glauben schenken.

In jener Nacht kam Apollon zu ihr, indem er an einem Strahl des Mondlichts seiner Schwester hinunterglitt. Er betrat den Raum, in dem sie schlief. Sie jedoch hatte sich darin geübt, nie länger als einige Minuten hintereinander zu schlafen, da ihre Träume so entsetzlich waren. Also erwachte sie und schaute auf die Stelle, an der er stand und die Schatten entzündete, schloss dann die Augen wieder und sagte: »Du bist ein derart unwillkommener Anblick; du musst ein Traum sein. Aber das spielt keine große

Rolle. Mein Bedürfnis nach Abgeschiedenheit hast du stets missachtet und bist durch die Wände des Schlafes getreten, als seien es offene Türen. Sprich, Herr. Weshalb beehrst du mich mit deinem Besuch?«

»Nun, im Grunde um dich zu vergewaltigen – da du mir ja alle sanfteren Annäherungsversuche verwehrst. Doch es soll nicht gänzlich zu deinem Schaden sein. Denn in dem sich anschließenden Bettgespräch will ich dir Mitteilung von gewissen Dingen machen, die ich in der Sternenschriftrolle der Schicksalsgöttinnen gelesen habe. Und viel, sehr viel steht dort über Troja.«

Er lächelte ein versengendes Lächeln und näherte sich dem Bett. Sie schrie. Doch niemand konnte sie hören. In Gegenwart des Apollon waren ihre Schreie stets stumm.

Später erzählte er ihr, was er in der Schriftrolle gelesen hatte. Er erzählte ihr vieles. Das Letzte, was er ihr erzählte, verursachte eine unerträgliche Aufregung in ihr. Sie fiel vor ihm auf den Boden und umklammerte seine Knie.

»O großer Phöbus – bitte, bitte lass dieses eine Mal zu, dass man mir glaubt. Wenn er mir glaubt, wird er vielleicht die Gelegenheit ergreifen, sein Leben zu retten, so mutig er sonst auch sein mag. Bitte lass ihn glauben, was ich ihm sage. Wenn du das tust, will ich den Abscheu ablegen, den ich für dich empfinde, das schwöre ich. Irgendwie, wenn ich auch noch nicht weiß, wie, werde ich mich dazu bringen, auf deine Liebkosungen zu reagieren. Doch diesen einen Gefallen musst du mir tun.«

»Deine Vorstellung von Diplomatie, mein Kind, wird mich bis ans Ende aller Tage verblüffen. Und lege keine voreiligen Schwüre ab. Erstens wirst du nicht in der Lage sein, sie einzuhalten, wenn sie dir gegen dein innerstes Wesen gehen. Zweitens kann ich, selbst wenn du dich an dein Versprechen halten würdest, den Schwur nicht brechen, den ich einst geleistet habe. Das ist ein Makel, unter dem wir Götter leiden. Deshalb machen wir auch so selten Versprechungen. Leb wohl, bald einmal werde ich wieder zu dir kommen. Versuche einstweilen, deine Ungeduld bis zu jener goldenen Stunde zu zügeln.«

Chryses traf seine Tochter Cressida dabei an, wie sie Blumen im Garten schnitt. Voller Betriebsamkeit eilte er zu ihr.

»Ein höchst bedeutender Tag, meine Liebe«, rief er. »Geschäftlich tut sich viel.«

»Und wie kommt das, Vater?«

Sie pflückte Rosen. Ihre schlanken Finger pflückten und schnitten, bewegten sich dabei wie weiße Falter zwischen den Blütenblättern. Ihr Gesicht war gerötet, was die Rosen bleich wirken ließ. Überall um sie herum war ihr Duft.

»Heute Morgen habe ich die Eingeweide einer Taube befragt«, sagte er. »Höchst aufschlussreiche Gedärme. Sie haben mir erzählt, dass die hohen Götter von den Schicksalsgöttinnen herbeigerufen wurden, um in der großen Schriftrolle zu lesen, doch da war kein Hinweis, kein einziger Hinweis auf das, was sie erfahren haben mochten.«

»Mit dieser Information ist vielleicht eine weitere Taube gerade unterwegs zu dir.«

»Nein, nein, das Ganze ist bis jetzt noch nicht bekannt gegeben. So viel weiß ich immerhin. Sie sind wirklich sehr verschwiegen, diese Götter. Ich habe Zuflucht gesucht zu anderen Mitteln – Würfel, Zahlenmagie, ich habe sogar ein paar östliche Tricks mit der astrologischen Konjunktion versucht –, alles ohne Erfolg. Die Götter schweigen, und ich weiß nicht, was ich von all dem halten soll.«

»Nun, halte einfach die Ohren offen. Vielleicht hörst du ja etwas.« In jenen Tagen waren Mädchen sehr höflich zu ihren Vätern, sogar wenn diese sie langweilten.

»Es ist von äußerster Wichtigkeit, das ich etwas in Erfahrung bringe«, sagte er. »Der Krieg ist in seine entscheidende Phase eingetreten. Prinz Achilles wird sich zweifellos wieder in die Schlacht begeben. Er wird Hektor zum Kampf fordern, und auf der dardanischen Ebene unterhalb unserer Stadtmauern werden die beiden größten Helden der gesamten Erdenscheibe so lange kämpfen, bis einer von ihnen den Tod findet. Nun sind es aber solche Tage, an denen Propheten reich werden. Wenn ich auch nur die allerwinzigste Information aufschnappen könnte, wäre ich in der Lage, Prinz Hektor eine Prophezeiung hinsichtlich des Zweikampfes zu machen, und er würde mir herrliche Geschenke überreichen. Ja, so edelmütig ist er, dieser älteste und stärkste der Söhne des Priamos, dass er mich selbst für eine düstere Vorhersage entlohnen würde, und wenn die Vorausdeutung durch einen glücklichen Zufall günstig ausfallen sollte, nun, wer weiß, mit welchen Schätzen er mich dann überhäufen würde?«

Genau in diesem Augenblick sah Cressida, wie er über ihre Schulter hinwegschaute und wie sich ihm ein schmieriges, schmeichlerisches Lächeln ins Gesicht drückte. Er machte eine tiefe Verbeugung. Cressida drehte sich um. Da sah sie Prinzessin Kassandra, die so geräuschlos in den Garten gekommen war, dass es schien, man habe sie kraft eines Zaubers erscheinen lassen.

Kassandra sah die Tochter des Priesters mit einem Arm voll Rosen auf sich zukommen. Sie wirkten wie kleine rote Flammen. Das Mädchen trug ein Feuerbouquet. Und Kassandra sah sie inmitten von Rauch und Geschrei und zusammenstürzendem Holz, wie sie ihrem Geliebten ein Mieder aus Flammen darbot. In eisigem Tonfall sprach sie, um den Schmerz der Rosen zu ersticken.

»Sei gegrüßt, Cressida«, sagte sie. »Ich möchte dich bei deiner Gartenarbeit nicht stören. Ich bin gekommen, um mit deinem Vater zu reden.«

Voller Abscheu sah Cressida auf ihren Vater. Vor Freude und vor lauter Wichtigkeit geriet der Mann praktisch ins Hüpfen, als er Kassandra zu einer Gartenbank führte.

»Höre, Priester«, sagte Kassandra, »vergangene Nacht haben die Götter die Schriftrolle der Schicksalsgöttinnen befragt.«

»Ich weiß, ich weiß, ehrenwerte Prinzessin. Das habe ich erahnt.«

»Hast du auch erahnt, was ihnen gesagt wurde?«

»Unglücklicherweise nicht.«

»Und dein Schutzherr Apollon, hat auch der dir nichts erzählt?«

»Kein Wort, kein einziges Wort. Ich hoffe, ihn durch meine Künste dazu bewegen zu können. Doch das wird Zeit brauchen, Zeit ...«

»Nun, mir wurde es erzählt. Ich kenne jetzt die düsteren Prophezeiungen, die Troja betreffen.«

»Könntest du, werte Prinzessin, dich vielleicht bereit finden, mir diese Prophezeiungen anzuvertrauen?«

»Nein, das kann ich nicht.«

»Wie schade.«

»Aber ich bin nicht mit leeren Händen in deinen Garten gekommen. Ich werde dir ein einziges kleines Detail zur Kenntnis bringen. Es betrifft meinen Bruder Hektor. Ich sage es dir, damit du es ihm weitergeben kannst. Wenn ich es ihm sage, wird mir natürlich wieder nicht geglaubt werden.«

»Bei aller Bescheidenheit, mir wird er glauben«, erwiderte Chryses. »Er weiß, dass ich ...«

»Ja, ja. Hör genau zu, denn dies ist eine Prophezeiung mit Vorbehalt. Wenn er mit Achilles kämpft, wird er getötet werden, doch Achilles wird dann den Hektor um höchstens drei Tage überleben.«

»Du sagst ›wenn‹. Ist es denn nicht vorherbestimmt, dass sie kämpfen müssen?«

»Du musst die Art und Weise bedenken, in der die Götter sich Abwechslung verschaffen, Prophet. In jeder Verfügung, die die Zukunft betrifft, ist immer ein Spielraum des Ungewissen enthalten. So halten sich die Götter in Spannung bei diesen Angelegenheiten, die sie selbst ersinnen, und verleihen dem jeweiligen Schauspiel noch mehr Dramatik. Dieser Spielraum des Ungewissen, diese göttliche Spannung nennt man den freien Willen des Menschen – jene Entscheidungen, die Menschen in ihren eigenen Belangen selbst fällen. ›Wenn‹, mein Freund, ist ein winziges Wörtchen von erhabenen Ausmaßen. Wenn der Mensch die explosive Kraft der darin enthaltenen Möglichkeiten richtig anzapft, kann er Umstände verändern und die Götter selbst in neue Situationen stürzen. Das Wörtchen ›wenn‹ ist der entscheidende Faktor der Prophezeiung. *Wenn* Hektor kämpft, wird er den Tod finden. *Wenn* Achilles Hektor tötet, wird auch er den Tod finden. Mach das Hektor klar. Er kann dem Kampf aus dem Weg gehen. Und das in allen Ehren. Denn auch sonst lässt sich ja niemand auf einen Kampf mit Achilles ein. Weshalb sollte er das also tun? Wenn er diesen Zweikampf vermeidet, wird er am Leben bleiben. Geh. Sag ihm das. Er wird dich dafür belohnen. Hier hast du einen goldenen Armreif, verziert mit Rubinen und Saphiren, als Entgelt für die Zeit, die du mir geopfert hast. Wenn Hektor von seinem ›wenn‹ Gebrauch macht und sich weigert, gegen Achilles zu kämpfen, dann werde ich diesem Armreif einen prall gefüllten Sack Goldes folgen lassen.«

Kassandra zog den schweren goldenen Reif von ihrem Arm und gab ihn dem Chryses, der auf die Knie niederfiel, als er ihn entgegennahm. Die Prinzessin nickte Cressida zu und verließ den Garten.

Cressida kauerte zwischen den Rosen nieder. Ihr Mund verzog sich zu einem kleinen schelmischen Lächeln, und sie verströmte einen Moschusgeruch der Begierde, der den Duft der Rosen überdeckte. Bienen kamen herbei und brummten verliebt am Kelch ihres Ohres und in dem Dickicht ihres Haares.

Denn nun hatte Aphrodite sich in die ganze Sache eingemischt. Randvoll von Boshaftigkeit war sie von ihrer Sitzung mit den Schicksalsgöttinnen zurückgekehrt. Plan um Plan zur Verwirrung der Griechen tanzte ihr im Kopf herum.

»Mir scheint«, so sagte sie sich, »dass ich auf meine stille Art weit einflussreicher gewesen bin als diese alten, rauflustigen Weiber Hera und Athene. Schließlich war es die Tatsache, dass ich Helena dem Paris zum Geschenk gemacht habe, die diesen Krieg auslöste. Und wer hat Agamemnon und Achilles die Sinne verwirrt, indem er sie dieselbe Sklavin begehren ließ? Man braucht sich nur anzuschauen, zu was das geführt hat. Nun, nachdem Patroklos den Tod gefunden hat, wird sich Achilles mit Sicherheit wieder in die Schlacht begeben. Und wenn er das tut, wird dieses mächtige Schwert das zarte Netz meiner Pläne durchschneiden. Und was dann? Es ist noch nicht alles verloren. Achilles muss Hektor töten, wenn sie sich im Kampf begegnen, heißt es in der Schriftrolle der Schicksalsgöttinnen, doch wenn er ihn tötet, muss er bald darauf selber sterben. Wenn er nicht gegen Hektor kämpft, ist alles wie zuvor. Wenn er gegen ihn kämpft und sie beide den Tod finden, ist eine völlig neue Situation eingetreten. Dann wird Diomedes der mächtigste Held im griechischen Lager sein. Und gegen diesen brutalen Kerl Diomedes hege ich einen heftigen Groll. Hat er es etwa nicht gewagt, die Lanze gegen mich zu erheben – mich, die Göttin der Liebe und des Begehrens – und mich am Handgelenk zu verwunden? Augenblick – das ist ein Einfall! Ich kann meinen Groll gegen ihn ausleben und dabei noch das griechische Lager in neue Verwirrung stürzen. Und, beim Himmel, das alles, ohne überhaupt einen neuen Plan fassen zu müssen; ich werde mich einfach des alten Plans bedienen. So wie ich einst Agamemnon gegen Achilles aufbrachte, werde ich jetzt, sollte Achilles sterben, in jenem mykenischen Stier eine tödliche Feindschaft zu Diomedes entbrennen lassen, und das auf genau dieselbe Art und Weise – durch Cressida, die sich Agamemnon als Sklavin hielt und deren Art ihn völlig betörte. Nun will ich Cressida mit dem süßen Gift der Liebe zu Diomedes infizieren. Eine Neigung in diese Richtung verspürt sie bereits, nachdem sie ihn an seinem ruhmreichen Tag hat kämpfen sehen, und so wird meine Aufgabe leicht sein. Ja, ich werde Bewunderung in Leidenschaft verwandeln, die in ihren Adern brennen, ihre Knochen zum Schmelzen bringen und sie in einen einzigen Pfeil der Begierde verwandeln wird, der auf ihn gerichtet ist. Und wenn sie zu Agamemnons Zelt zurückkehrt, wird nichts sie dort halten können. Den Diomedes wird sie wollen, zu Diomedes wird sie einen Weg finden, und diese beiden Heerführer wird sie dazu bringen, dass sie sich gegenseitig an die Kehle gehen, und wird so Zwietracht unter die Griechen bringen und sie gänzlich schwächen – so dass sie nicht mehr in der Lage sein werden, einen Angriff gegen meine Trojaner zu unternehmen.«

Daraufhin nahm sie eine Phiole mit einer dicklichen klebrigen roten Salbe, die nach Honig und frisch gebackenem Brot roch, den Düften des Begehrens. Ganz und gar unsichtbar flog sie in den Garten des Chryses und rieb die Dornen der Rosen, die Cressida gerade pflückte, mit diesem Gift des Begehrens ein. Die Dornen stachen Cressida in die Hände. Ganz plötzlich brannte sie vor feurigem Verlangen nach Diomedes. Und wusste, dass sie, noch bevor die Nacht vorüber war, einen Weg finden müsste, wie sie in sein Zelt gelangen könnte, sonst würde sie schlaflos liegen und über diesem entsetzlichen rosigen Feuer geröstet werden.

»Aber wird er mich denn wollen?«, dachte sie bei sich. »Seine ganze Liebe gilt dem Kampf. Trojaner zu töten ist seine große Leidenschaft, und das Töten ist, soweit ich weiß, ein Geschäft, das einen ganz und gar in Anspruch nimmt. Wird er Zeit und Gelegenheit für zärtlichere Beschäftigungen haben? Agamemnon könnte ich um den kleinen Finger wickeln, doch dieser Diomedes flößt mir einen gewissen Schrecken ein. Ich muss mich unwiderstehlich für ihn machen. Aber wie? Indem ich ihm gebe, was er sich am meisten wünscht. Ja, den Sieg über die Trojaner, das ist es, was er sich am meisten wünscht. Wenn ich ihm Informationen bringen kann, die ihm weiterhelfen, dann wird er mich vielleicht lieben. Kenne ich denn irgendwelche Geheimnisse? Ich weiß nichts, das nicht auch allgemein bekannt ist. Klatsch und Tratsch über den Hof, Beobachtungen über die persönlichen Angewohnheiten der Söhne und Töchter des Priamos – das wird für ihn von keinem Nutzen sein. Nein, ich brauche etwas Großes, etwas Bedeutendes. Wenn ich doch nur eine einzige Stunde lang diese Kassandra mit dem verdrießlichen Gesicht sein könnte und die Gabe besäße, in die Zukunft zu sehen, dann wäre ich in der Lage, mit all der Autorität eines Propheten, einer Hohepriesterin des Wissens zu ihm zu kommen, und dann könnte ich ihn dazu bringen, mich zu lieben. Aber ja, das ist es! Kassandra! In ihrem Kopf verschlossen befindet sich, was ich wissen muss. Dieses Wissen muss ich mir erschließen. Aber wie? Sie verachtet mich. Wen verachtet sie nicht? Ihren Bruder Troilus, den nicht. Sie vergöttert ihn, bemuttert ihn. Wenn sie von der Stadtmauer aus der Schlacht zusieht, hat sie nur Augen für seine Taten und für sein Wohlergehen. Troilus würde sie erzählen, was ich wissen will. Also muss ich versuchen, Troilus ein wenig besser kennen zu lernen. Das sollte nicht allzu schwer sein. Er hat feurige, unruhige Augen. Und diese Augen hat er zuweilen auch über mich schweifen lassen. Und es wäre nicht einmal eine abstoßende Aufgabe; er ist wirklich ein hübscher Junge.«

Und so können, wie wir noch sehen werden, auch Göttinnen überlistet werden oder, viel eher, sich selbst überlisten. Denn Aphrodite, die versuchte, die Griechen in Verwirrung zu stürzen, hatte einen winzigen Funken entfacht, und der sollte sich zu einem Feuer auswachsen, das heftig genug war, ganz Troja bis zum letzten Stückchen Holz zu verbrennen.

Chryses suchte Hektor auf, um ihm von Kassandras Prophezeiung zu erzählen, die er aber als seine eigene ausgab. Hektor unterbrach ihn.

»Wenn ich jemals im Zweifel gewesen wäre, ob ich gegen Achilles kämpfen soll oder nicht«, sagte Hektor, »dann bin ich diese Zweifel jetzt los. Ich habe stets damit gerechnet, dass er mich bezwingen wird. Sein Stammbaum ist weitaus prächtiger als der meine. Er ist nicht nur der Sohn der Thetis, der Königin der Nereiden, sondern auch der Urenkel von Zeus selbst. Vergeblich erheben wir gegen ihn die Waffen. Unter Mühen haben wir gelernt, dass Speerhiebe und Schwertstreiche ihm nichts anhaben können. Kein Pfeil kann ihn verletzen, keine Speerspitze seine durch Zauberkraft gehärtete Haut durchbohren, wohingegen er im Gebrauch von Waffen nicht seinesgleichen hat. Mit einem einzigen Schwertstreich kann er eine Eiche spalten. Mit einem einzigen Speerwurf einen Schild aus neun Schichten Stierhaut und Bronze durchtrennen. Wir wissen das alle; wir haben es gesehen. Und von Anfang an habe ich gewusst, dass ich ihn eines Tages würde herausfordern müssen, denn ich bin der beste all unserer Männer, und wir müssen ihren besten unsere besten entgegenstellen. Ihn herauszufordern, ihm gegenüberzutreten, um Kraft und Geschick zu beten, diese unverwundbare Haut irgendwie durchdringen zu können – das zu tun und dann zu sterben –, das war, so wusste ich, mein Schicksal von dem Augenblick an, als Paris mit Helena aus Sparta zurückkehrte. Ihm gegenüberzutreten, zu fallen und mich glücklich zu schätzen, dass es mir erspart bleibt, die Plünderung Trojas mit ansehen zu müssen – das war immer schon das Beste, worauf ich hoffen konnte. Und nun sagst du mir, dass mein Tod zu dem seinen führen muss ... und das nennst du eine düstere Prophezeiung? Guter Mann, das ist die beste Nachricht, die ich in beinahe zehn Jahren gehört habe. Ich hoffe nur, ich kann der Vorausdeutung trauen. Du weißt, ich halte nicht viel von Zukunftsvorhersagen. Wir haben eine Prophetin in der Familie, die behauptet, über die Gabe göttlicher Inspiration zu verfügen, doch hat sie stets Unrecht. Ich will jedoch mein Möglichstes tun, um zu glauben, was du mir erzählst. Erfüllt von großer Freude werde ich dem Achilles entgegentreten. Und Freude stärkt eines Mannes Arm.«

»Ich bitte dich, Prinz Hektor, bedenke doch –«

»Genug, guter Chryses. Du hast mir Freude bereitet. Verdirb das jetzt nicht. Nimm diesen Beutel Gold und geh. Und schau morgen unbedingt von der Stadtmauer aus der Schlacht zu; es dürfte ein interessanter Nachmittag werden.«

Während dieser Unterhaltung hatte ein Spatz ganz in der Nähe gesessen. Und da er wie alle Spatzen eine große Klatschbase war, flog er davon und schwatzte mit einer Seemöwe – die ja ein Meeresvogel ist und also Thetis liebte und freundliche Gefühle für ihren Sohn hegte. Die Seemöwe flog zum Lager der Griechen und sprach zu Xanthos und Balios, den Hengsten, die den Streitwagen des Achilles zogen.

»Hab Dank, Seemöwe«, sagte Xanthos. »Wie es der Zufall will, sprechen wir Griechisch, und wir werden unserem Herrn Mitteilung von dieser Prophezeiung machen.«

»Ja«, sagte Balios. »Vielleicht können wir ihn davon abbringen, dem Hektor entgegenzutreten.«

Doch dann besprachen sie die Angelegenheit noch einmal miteinander, nachdem die Seemöwe fortgeflogen war. Sie wussten, dass ihr Herr ein höchst reizbarer Mann war.

»Was meinst du?«, fragte Balios. »Sollen wir es wagen, es ihm zu erzählen? Er lässt sich doch von niemandem Ratschläge geben, am allerwenigsten von Pferden.«

»Es ist unsere Pflicht«, erwiderte Xanthos. »Er brennt darauf, sich an Hektor zu rächen, doch Hektors Tod bedeutet seinen eigenen Tod. Das ist ein zu hoher Preis.«

Es fügte sich, dass Odysseus vorbeikam und diesen Wortwechsel mit anhörte. Er eilte zu Diomedes und erzählte ihm, was er gehört hatte.

»Nun denn«, sagte Diomedes, »es ist jetzt an uns, ihn von seinem Vorhaben abzubringen. Das wird schwierig werden, doch vielleicht gelingt es uns.«

»Weshalb sollten wir das tun?«, fragte Odysseus.

»Weshalb? Weil er unser Gefährte ist, unser bester Krieger. Weil Hektors Leben es nicht wert ist, dass er seines aufs Spiel setzt. Deshalb.«

»Ich hege Bewunderung für deine Gefühle, lieber Diomedes, doch gestatte mir, Folgendes zu bedenken zu geben. Wir befinden uns in einem Krieg. Und dieser Krieg währt schon sehr lange. Einen Krieg führt man, um ihn zu gewinnen. Das ist der Grund dafür, dass Männer Tag für Tag ihr Leben aufs Spiel setzen – um zu gewinnen. Das ist der Grund dafür, dass sie Tag für Tag sterben – um zu gewinnen. Den Regeln der Wahrscheinlichkeit nach hätten wir längst als die Sieger aus diesem Krieg hervorgehen sollen, doch das ist nicht geschehen. Achilles schmollt. Es ist zu Meinungsverschiedenheiten innerhalb der Truppe gekommen. Während des ganzen vergangenen Jahres haben die Männer nur mit halbem Herzen gekämpft, weil sie sich danach sehnen, wieder nach Hause zu kommen. Die Trojaner dagegen sind unter Hektors Führung eine einige Masse. Kein Einziger von ihnen zweifelt seine Führerschaft an. Er gestattet keinem, in seiner Pflichterfüllung nachzulassen. Er ist Herz und Seele des gesamten trojanischen Unternehmens und übt einen Einfluss aus, der seine kämpferischen Fähigkeiten bei weitem übersteigt, so groß diese auch sein mögen.«

»Das weiß ich alles«, entgegnete Diomedes.

»Dann wisse noch dies: Wir können ohne Achilles nicht gewinnen; ohne Hektor müssen sie verlieren.«

»Verstehe«, sagte Diomedes.

»Dann wirst du ihm also nicht von der Prophezeiung erzählen?«

»Ich werde mich von deinem Rat lenken lassen, kluger Odysseus.«

Der Zorn des Achilles

Achilles begab sich auf das Schlachtfeld, glitzernd in der neuen Rüstung, die Hephaistos geschmiedet hatte. Sein Schild brannte wie die Sonnenscheibe bei Morgengrauen; sein Helmbusch brannte in all den Farben des Sonnenunterganges. Und dazwischen brannte sein Gesicht vor Zorn weiß glühend wie der Mittag. Er sprang auf seinen bronzenen Streitwagen und rief seinen Pferden einen Befehl zu. Doch anstatt auf die feindlichen Stellungen loszugaloppieren, wie sie das sonst beim ersten Klang seines Kriegsschreies taten, warfen diesmal Xanthos und Balios ihre Köpfe herum und wandten ihm ihre langen Gesichter zu und sahen ihn mit ihren großen goldenen Augen an.

»Bitte vergib uns, Herr«, sagte Xanthos, »auf ein Wort nur, bevor wir uns in die Schlacht begeben.«

»Es ist Folgendes«, sagte Balios. »Fordere Hektor nicht zum Zweikampf heraus. Wenn du ihm entgegentrittst, wirst du ihn töten, denn dir hält keiner stand.«

»Und wenn du ihn tötest«, sagte Xanthos, »wirst auch du innerhalb von drei Tagen den Tod finden. Dies ist, was die Schicksalsgöttinnen vorherbestimmt haben.«

»Ich glaube, ich traue meinen Ohren nicht«, sagte Achilles. »Auf dem Schlachtfeld stellt niemand meine Befehle in Frage; alle gehorchen mir, angefangen von dem niedrigsten Myrmidonen bis hinauf zum mächtigsten Mitglied des Kriegsrates. Und gemeinhin ziehe ich die Pferde meines Streitwagens nicht zu Rate, wenn es um Kriegstaktiken geht.«

»Aus Liebe zu dir sprechen wir, geliebter Herr«, sagte Xanthos. »Tu, was du für richtig hältst.«

»Nur um einen Gefallen bitten wir dich«, sagte Balios. »Gib Befehl, dass wir gemeinsam mit dir auf demselben Scheiterhaufen verbrannt werden. Wir möchten nicht nach deinem Tod von einem anderen Herrn gelenkt werden.«

»Ich will es mir merken«, erwiderte Achilles. »Und jetzt seid still und gehorsam. Vorwärts!«

In dem Augenblick, als Achilles sich auf das Schlachtfeld begab, wurde Hektor gerade für den Kampf angekleidet – nicht von seinem Knappen, sondern von seiner Frau Andromache, die ihn um Erlaubnis gebeten hatte, ihn für die Kämpfe dieses Tages vorzubereiten. Er hatte gezögert. Sie war bei der Unterredung mit Chryses zugegen gewesen und kannte die Vorausdeutung seinen Tod betreffend, doch mit keinem einzigen Wort hatte sie versucht, ihn davon abzubringen, Achilles entgegenzutreten. Sie hatte sich, so fürchtete er, alles für diese letzte Stunde vor dem Kampf aufgespart. Das Einzige, was ihn schwach werden lassen könnte, das wusste er genau, waren ihre Tränen. Doch sie hatte um Erlaubnis gebeten, ihm mit der Rüstung behilflich sein zu dürfen, und das konnte er ihr nicht abschlagen.

»Geliebter Gemahl«, sagte sie, »mich erfüllt solche Liebe und solche Bewunderung, dass mir die Hände zittern, und es will mir kaum gelingen, die Bänder deines Harnisches zu knüpfen. In dieser im Himmel geschmiedeten Rüstung glänzt du ganz genauso wie der Morgenstern.«

Voller Verblüffung betrachtete er sie, da waren keine Tränen, keine Vorwürfe, kein gramerfülltes Gesicht. Sie leuchtete vor lauter Liebe, strömte über vor Heiterkeit. Kein einziges Mal seit Beginn des Krieges hatte sie eine derartige Zuversicht ausgestrahlt. Er stellte sie nicht zur Rede, sondern akzeptierte frohgemut die Stimmung, in der sie sich befand. Vielleicht hätte er anders empfunden, hätte er gewusst, wie sie in ihre gegenwärtige Stimmung geraten war. Doch das blieb ein Geheimnis, das er niemals erfahren sollte.

In der Nacht zuvor hatte Andromache sein Bett verlassen. Sie hatte sich in einen dunklen Umhang gehüllt und hatte sich ihren Weg durch die schlafende Stadt gesucht, war die inneren Stufen zur Stadtmauer hochgestiegen, und dabei hielt sie sich in den dunkelsten Schatten, ging den Wachposten aus dem Weg und stieg auf der anderen Seite der Stadtmauer wieder hinunter. Dort überquerte sie die dardanische Ebene und ging zu einer Biegung des Flusses mit Namen Skamander. Sie wickelte sich aus ihrem Umhang, zog sich das Gewand über den Kopf und stand nackt und weiß wie eine Birke im Mondlicht. Bis zu den Knien watete sie in den Fluss.

»O Fluss!«, rief sie. »O hoch gewachsener brauner Gott, der du mich liebtest, als ich noch ein junges, unschuldiges Mädchen war, geliebter lohfarbener, listenreicher Gott, der mich heimlich beim Schwimmen überraschte und meine Ängste fortschwemmte und mich in die hehren Riten der Liebe einweihte, so dass ich, nachdem ich durch deine strömenden Hände gegangen war, dem großen Hektor die rechte Frau wurde – o Flussgott, starker brauner Geliebter, Axios, Geist des Skamander, antworte mir nun, denn heute bin ich wieder zu dir gekommen.«

In dem feurigen Mondlicht war der Fluss ganz Schwärze, durchzogen von einem golden glitzernden Band. Und feurig golden war der Gott, der vor ihr aufstieg.

»Viele liebliche Jungfrauen badeten in meinem Strom«, sagte er. »Welche davon bist du?«

»Andromache.«

»Ach ja, ich glaube, ich erinnere mich. Liebreizend und mit starken Gliedern. Und eine schnelle Auffassungsgabe.

Wie ist es dir ergangen, seit wir uns das letzte Mal begegnet sind?«

»Höchst gedeihlich, mein Gebieter. Ich bin nun vermählt mit Hektor, dem Sohn des Priamos, dem ersten unter allen Prinzen Trojas.«

»Mit Hektor, dem großen Krieger?«

»Ja.«

»Ist er in der Liebe genauso geschickt wie im Kampf?«

»Jede Nacht bezwingt er mich.«

»Ein großes Lob von einem Eheweib. Wie lange bist du schon verheiratet?«

»Viele Jahre.«

»Weshalb hast du sein Bett verlassen und bist jetzt zu mir gekommen?«

»Er muss seine Kräfte schonen. Morgen wird er gegen Achilles kämpfen.«

»Törichtes Mädchen! Begib dich schleunigst nach Hause, weck ihn auf, nimm ihn in deine Arme! Dies ist eure letzte gemeinsame Nacht.«

»Nein.«

»Nein? Hast du nicht gesagt, dass er gegen Achilles kämpfen wird?«

»Ja.«

»Dachte ich doch, dass du das gesagt hast. Aber mein liebes Kind, niemand, und ich wiederhole, niemand fordert Achilles zum Zweikampf heraus und kehrt zu seiner Frau zurück. Das gibt es einfach nicht. Der Mann ist unweigerlich todbringend. Hier in meinem Flussbett liegend habe ich ihn während der vergangenen neun Jahre beim Kampf beobachtet, und glaube mir, er ist ein Witwenmacher. Geh heim und liebe deinen Gemahl, hohe Frau; denn morgen bist du Witwe.«

»Erlaube mir, anderer Meinung zu sein«, erwiderte Andromache. »Es gibt etwas in einer Frau, das sich gegen diese Verfügungen der Schicksalsgöttinnen auflehnt, gegen diese absoluten, eisernen Erlasse, welche die Zukunft betreffen. Einer Frau liegt es nicht, von vornherein alle nur denkbaren Möglichkeiten auszuschließen. Für eine Frau ist die Zukunft genau das, was erfüllt ist von neuem Leben, neuer Chance, neuem Glück. Ich habe die Prophezeiung gehört, die Hektor betrifft, doch ich will sie nicht akzeptieren. Und ich brauche einen Verbündeten, der so mächtig ist wie das Schicksal. Deshalb, o Flussgott, bin ich zu dir zurückgekehrt.«

»So mächtig wie das Schicksal? Du schmeichelst mir. Mächtigere Götter als ich beugen sich dem Schicksal. Ich komme hier unten ganz gut zurecht, doch schließlich bin ich nur eine unbedeutende einheimische Gottheit. Jenseits der Ufer dieses Flusses habe ich keinerlei Macht.«

»Oh, aber Flüsse schwellen an. Flüsse wüten. Flüsse überschwemmen ihre Ufer und dehnen ihre Macht über weitläufige Felder hinweg aus. Sie reißen Stadtmauern fort und auch Städte. Flüsse trinken Fluten und werden zu mächtigen Strömen, die dem Meer Konkurrenz machen. Du bist zu bescheiden, Axios. Das ist ja etwas ganz Neues an dir. Das ist mir früher gar nicht aufgefallen.«

»Und du bist eine sehr kluge, sehr überzeugende Frau«, erwiderte Axios. »Etwas, das mir früher durchaus schon aufgefallen war, das ich aber vergessen hatte. Sag es klipp und klar, was erwartest du von mir? Doch einstweilen wollen wir es uns gemütlicher machen. Weshalb legen wir uns nicht auf jenes einladende Schilfbett an meinem Ufer? Weißt du noch, wie wir uns immer im Schilf versteckt haben?«

»Ja, das weiß ich noch.«

»Möchtest du wieder dort mit mir liegen?«

»Einem Gott kann man nicht leicht etwas abschlagen«, antwortete Andromache. »Andererseits sollten Ehefrauen so etwas eigentlich nicht tun. Doch was kann man schon machen, wenn man von einem Gott überwältigt wird?«

»Da hast du Recht«, entgegnete Axios. »Da hast du vollkommen Recht.«

Er hob sie in seine Arme und trug sie zu einem Schilfbett, das sich vom Ufer zum Wasser herabneigte; es wiegte sich im Nachtwind und sang mit beinahe klagender Freude, während auch sie den Wind in ihrer Nähe spürten.

»Und nun«, sagte Axios, »sag mir, was du von mir möchtest, und wenn es in meiner Macht steht, will ich dir helfen.«

»Morgen werden Trojaner und Griechen an deinem Ufer aufeinander treffen. An deinem Flussbett wird Hektor dem Achilles gegenübertreten. Lass deine Fluten steigen, Herr. Tritt rasend über deine Ufer. Doch sei wählerisch dabei. Reiß Achilles mit dir fort. Ertränke ihn in seiner schweren Rüstung.«

»Woher weißt du, dass sie an meinem Ufer kämpfen werden?«

»Das werden sie. Ich gebe dir mein Wort.«

»Dann will ich dir mein Wort geben, dass ich tun werde, was in meiner Macht steht. Liebreizende Andromache, du bist in einer Nacht feurigen Mondlichts zu mir zurückgekehrt, als ich mich alt und träge fühlte, und du hast mir die lebhaften Strömungen meiner Jugend wiedergegeben. Ich will tun, worum du mich bittest, obgleich mächtigere Götter gegen mich sein werden.«

Nach Fluss riechend kehrte Andromache in den Palast zurück, und ihre Haut war so kühl und duftend, dass Hektor erwachte und sie ganz gegen seine Absicht in die Arme nahm. Und eng umschlungen lagen sie bis zum Morgen.

Später an jenem Morgen, als sie ihm mit seiner Rüstung half, verströmte sie immer noch den Duft jenes Flusses, der Troja halb umgürtete, der sich von den Bergen bis zum Meer hinunterzog. Libellen so blau wie Juwelen schossen über seine sich kräuselnde Oberfläche, Ulmen und Weiden und Tamariskenbäume neigten sich ihrem Spiegelbild entgegen und hohe Schilfgräser schwangen hin und her und sangen im Wind – und dennoch wandelte sich zuweilen die Laune des Flusses mit brutaler Plötzlichkeit, und dann trank er Regen, sog Fluten von den Hügeln auf und stieg an, trat rasend über seine Ufer, verschlang Städte und Dörfer, zermalmte Häuser und Scheunen zwischen seinen schaumigen Zähnen.

Und Hektor, der seine glänzende Rüstung anlegte, spürte, wie er durchströmt wurde von der Kraft jenes Flusses, der die trojanische Ebene nährt und dessen Gegenwart von seiner nach Fluss riechenden Frau in den Raum gebracht worden war.

Da sagte sie zu ihm: »Eine Bitte habe ich. Du weißt, ich mische mich niemals in deine Angelegenheiten, doch bitte tu mir diesen Gefallen. Mein Gemahl, mein Gebieter, lass mich dir einen Rat aus einem Traum geben, den ich in der vergangenen Nacht hatte.«

»Sprich, meine Liebe.«

»Tritt Achilles nicht jenseits des Skamander gegenüber. Bleibe auf dieser Seite der Flussbiegung und lass ihn zu dir kommen. Wenn du dich daran hältst, dann wirst du meinem Traum zufolge den Sohn des Peleus besiegen, dir immer währenden Ruhm erringen und zu mir zurückkehren, wenn die Schlacht vorüber ist.«

Sie sank zu Boden und umschlang seine Knie und presste ihre Brüste dicht an ihn.

»Versprich es!«, rief sie. »Versprich es, mein Gemahl, bitte versprich es!«

»Ich verspreche es«, sagte er.

Eine Abteilung der trojanischen Truppen tat so, als wollte sie vor Achilles und seinen Myrmidonen fliehen, und lockte sie zum Skamander. Dort machten die Trojaner eine Kehrtwende und traten den Griechen auf einem Halbkreis von Moorland entgegen, der von einer Biegung des Flusses gebildet wurde. Achilles musste feststellen, dass er mit seinem Streitwagen nicht weiterkam; die Räder blieben bis zu den Naben im morastigen Boden stecken. Er stieg ab und kämpfte sich zu Fuß weiter, dicht gefolgt von seinen Myrmidonen. Doch ob im Wagen oder zu Fuß, er bewegte sich durch die trojanischen Reihen wie der Tod selbst mit seiner Sense. Nach jedem Hieb seines Speeres floss Blut. Er preschte vor und durchbrach die trojanischen Reihen, und emsig wie Ameisen ließen die braunen Kolonnen seiner Myrmidonen ihre Schwerter sich voll fressen am Fleisch der zerschmetterten Feinde.

Jetzt preschten Hektor und seine ausgewählten Gefolgsleute in den morastigen Halbkreis und griffen die Myrmidonen von der Seite her an. Achilles, der mit ingrimmiger Freude aufheulte, ließ den Blick schweifen, bis er Hektor in der Masse der Kämpfenden fand.

»Bleib stehen, Sohn des Priamos«, brüllte er. »Erprobe deine gestohlene Rüstung an der Spitze meiner Waffe! Bleib stehen und tritt mir entgegen, sonst wird mein Speer dich entleiben, und zwar von hinten durch die Schulterblätter, und dann findest du einen schmachvollen Tod!«

Ohne etwas dagegen tun zu können, musste Hektor feststellen, dass ihm sein Mut beim Klang dieser schrecklichen Stimme abhanden kam. Doch er drehte sich nicht um und flüchtete, sondern zog sich langsam zurück, bis er den Fluss im Rücken hatte und nicht mehr weiter zurück konnte.

»Jetzt! Jetzt!«, rief Achilles. »Viele Wahlmöglichkeiten hast du nicht, du Mörder des Patroklos. Tod durch Wasser oder Tod durch meine Klinge!« Er holte aus, um seinen Speer zu schleudern, doch da erhob sich Axios unsichtbar aus den Tiefen des Flusses und warf einen Umhang aus Nebel um Hektor. Achilles, der seine mächtige Lanze balancierte, sah Hektor verschwinden, sah Nebel vom

Flussufer aufsteigen, der den Gegner seinen Blicken entzog. Er schleuderte seinen Speer in die Säule aus Nebel, musste jedoch sehen, wie er, ohne Schaden anzurichten, hindurchsegelte und im Fluss landete. Denn Axios hatte Hektor in seinen Armen aufgenommen und ihn sicher auf der anderen Seite des Flusses abgesetzt. Achilles sah weiter nichts als Nebelfetzen, die über die Wasseroberfläche trieben, und er wusste, dass Hektor sich seinem Zorn wieder einmal entzogen hatte.

Da brach er voll entsetzlicher Wut über diesen Verlust über die anderen Trojaner herein und tötete, tötete und tötete. Das feuchte Moorland wurde von all dem vergossenen Blut noch feuchter. Männer sanken bis zum obersten Ende ihrer Beinschienen ein. Nur Achilles, der auf den Flügeln seines Zorns ritt, blieb leichtfüßig wie ein Halbgott und lief wie ein Sumpffeuer über die Oberfläche des Morastes. Sein Neumondschwert erhob sich und ging nieder, als mähte er eine Wiese. Jedes Mal, wenn es niederging, starb ein Trojaner.

In Panik flohen die Trojaner schließlich in den Fluss. Doch Achilles folgte ihnen mit seinen Myrmidonen und schlachtete sie ab, als sie versuchten, die Furt zu durchschreiten. Leichname fielen in den Fluss und verschwanden. Das Wasser färbte sich rot wie der Sonnenuntergang. Da erhob sich Axios erneut aus den Tiefen des Flusses, diesmal in seiner eigenen Gestalt, und Achilles sah sich einem Wesen mit grünlich kupferner Haut gegenüber, das so hoch gewachsen war wie ein Baum.

»Halt, Achilles«, sagte der Flussgott mit einer Stimme, die toste wie ein Wasserfall. »Sohn des Peleus, halt ein, ehe ich dich in den unermesslichen Tiefen meines entfesselten Stromes ertränke.«

»Du musst der Gott dieses Flusses sein«, sagte Achilles. »Nun gut, ich liege nicht im Streit mit dir, Herr. Ich habe etwas mit den Trojanern zu klären.«

»Aber ich liege im Streit mit dir, du Tiger in Menschengestalt. Wie kannst du es wagen, meine Wasser mit Blut zu beflecken? Meine Fluten mit Leichen zu verschmutzen? Fürst von Phthia, du hast mir eine tödliche Beleidigung zugefügt und deshalb musst du nun selbst sterben.«

Da bückte sich Axios und fuhr mit seinen mächtigen Händen wie mit einer Schöpfkelle in den Fluss und schleuderte eine Woge auf Achilles. Die mächtige Wassermasse traf ihn voll, hob ihn von den Füßen und sandte ihn zu Boden. Er rang um Atem. Immer wenn er versuchte aufzustehen, schlug ihn eine weitere Woge zu Boden. Der Flussgott stand bis zur Taille im Wasser und schleuderte reißende Wasserströme über das Ufer. In seiner schweren Rüstung unbeweglich wie ein Käfer und unfähig aufzustehen, wurde Achilles wieder und wieder über den Erdboden gerollt, bis er schließlich im Fluss selbst landete. Ganz gewiss hätte er ertrinken müssen, wäre seine Mutter nicht Thetis gewesen, die Tochter des Nereus, des greisen Mannes des Meeres, der all seinen Nachfahren die Fähigkeit verlieh, unter Wasser zu atmen. Doch die Myrmidonen hatten eine derartige Abstammung nicht vorzuweisen; sie konnten durchaus ertrinken, und diejenigen, die Achilles in diesen Kampf gefolgt waren, wurden von den aufsteigenden Fluten erfasst und ertranken, alle, wie sie da waren.

Achilles, der mühselig wieder auf die Beine gekommen war, sah überall um sich herum seine Männer ertrinken und konnte ihnen nicht helfen. Er sprang mitten in den Strom hinein und forderte Axios heraus.

»Kämpfe gerecht, du Wasserdämon! Ich habe mit dir in deinem Element gefochten, und es ist dir nicht gelungen, mich zu töten. Jetzt komm an Land und kämpfe mit Schwert und Speer gegen mich.«

Doch Axios stieß ein Lachen aus, das wie ein tosender Wasserfall klang, und da er wusste, dass er Achilles nicht ertränken konnte, versuchte er, ihn unter dem Gewicht des Wassers zu zerschmettern. Axios rollte sich zu einer riesigen Woge mit Wellenkamm zusammen, die höher aufragte als jedes Gebäude in Troja, und diese ganze Wassermasse ließ er auf Achilles krachen, der auf den Grund des Flusses geschleudert wurde. Er fühlte sich, als würden Fäuste gegen ihn hämmern, als würde er geschlagen, gewürgt – er spürte einen unerträglichen Druck gegen seine Rippen quetschen. Die Arme wurden ihm an die Seiten gepresst; er konnte nicht einmal sein Schwert heben.

Als Axios seinen Gegner hilflos in das Flussbett gedrückt sah, hob er nun Felsbrocken um Felsbrocken hoch und ließ sie auf den griechischen Helden niederregnen wie ein Junge, der Steine auf den Boden wirft, in dem Versuch, eine Ameise zu zerquetschen.

Doch Thetis, die Herrin allen lebendigen Wassers, wusste alles, was in Meer und Bach und Fluss vor sich ging, in allen Wasserläufen, aus denen die Erde trank. Geschwind wie ein Gedanke erhob sie sich aus den Tiefen der See und erschien vor Hephaistos, der in seiner verräucherten Schmiede innerhalb seines Vulkans bei der Arbeit war. Sie nahm ihn fest in ihre kühlen Arme und flog mit dem erhitzten kleinen lahmen Gott zum Rand des Kraters und sagte: »Da, schau! Sieh doch nur! Axios ermordet mir meinen Sohn!«

Hephaistos, der sich unter der Berührung der Thetis stets selig wie ein Säugling fühlte und halb geblendet war von dem Meereszauber ihrer Schönheit, tauchte wieder hinunter in den Vulkan und kehrte mit einem Arm voll Feuer aus seiner Schmiede zurück. Nun ist aber dieses Feuer heißer als alles, was die Menschen je in irgendeinem Ofen brennen sahen. Es ist die reine Flamme, geradezu die Seele aller Flammen, die tief unten in den Eingeweiden der Erde brennt. Und der lahme Gott warf dieses Feuer, das heißer war als Feuer, auf das Flussufer hinunter. Es setzte Schilf, Ulmen, Weiden und Tamariskenbäume in

Brand, erhitzte sogar den Morast selbst, bis er nur noch geschmolzene Masse war. Der Fluss kochte.

Der Flussgott Axios spürte, wie ihm das Fleisch versengt wurde. Wenn er auch ein Gott war und also nicht sterblich, konnte er doch Schmerz empfinden, und der Schmerz des glühenden Feuers von Hephaistos war so entsetzlich, dass er schrie: »Halt ein, Hephaistos, halt ein! Halt dein glühendes Feuer zurück! Ich werde den Schwur brechen, den ich Andromache gab, und dem Sohn der Thetis gestatten zu entkommen!«

Der Schmiedegott rief sein Feuer zurück. Axios tauchte auf den Grund des Flusses hinab, um die Brandblasen auf seinen Schultern zu kühlen. Achilles kam auf die Beine, nahm seinen Helm ab und schüttete das Wasser aus. Dann setzte er ihn sich wieder auf den Kopf, überquerte den Fluss bei der Furt und machte sich an die Verfolgung Hektors.

Andromache, die von der Stadtmauer aus zuschaute, war von großer Freude durchströmt worden, als sie den Fluss steigen sah. Eine strahlende Glückseligkeit erfüllte sie, als sie Axios seine Woge mit dem Wellenkamm schleudern sah, die Achilles unter mehreren Tonnen Wasser begrub. Doch als sie die Ufer in Flammen aufgehen sah, als sie den Fluss kochen sah und das Haar des Flussgottes brennen und das schmerzgeplagte Klagen des Axios hörte – als sie sah, wie sich Achilles aus den Tiefen des Flusses erhob wie der Rachegeist in Person, als sie das furchtbare Metall seiner Beinschienen das Wasser teilen sah und sah, wie er über die Ebene schoss, um Hektor zu suchen, als sie das Licht sah, das von seinem Sonnenscheibenschild und seinem Neumondschwert blitzte –, da wusste sie, dass sich in ihm die Kraft einer Naturgewalt gesammelt hatte, die alle Pläne und Strategien und weiblichen Komplotte zunichte machte – sie wusste, dass Hektor dem Untergang geweiht war.

»Ich will nicht mit ansehen, wie er getötet wird«, sagte sie sich. »Das kann ich nicht ertragen. Keine Frau sollte gezwungen sein zuzusehen, wie ihr Mann abgeschlachtet wird. Ich werde jetzt zurückgehen und mein Kind holen, und in genau demselben Augenblick, in dem Hektor fällt, will ich mit meinem Sohn in den Armen in die Tiefe springen und unser Leben auf der Ebene unter uns beenden. So können Vater, Sohn und Ehefrau auf ein und demselben Scheiterhaufen verbrannt werden und sich auf der letzten Reise in den Erebos gegenseitig Trost zusprechen.«

Sie ging fort von der Stadtmauer und begab sich nach Hause, betrat das Kinderzimmer und nahm der Kinderfrau den Säugling aus den Armen. Doch als sie dem Kind ins Gesicht schaute, verließ sie die Kraft, und sie fiel in Ohnmacht.

In dem Moment wandte sich im Schatten der Stadtmauer, beobachtet von seinem Vater und seiner Mutter und all den Leuten des Hofes, Hektor um, dem Achilles entgegen, und indem er das tat, hauchte er ein letztes Gebet.

»Ich rufe dich, Apollon. Ich bitte dich nicht um den Sieg, denn der Sieg kann nicht verliehen, er muss errungen werden. Alles, worum ich dich bitte, ist, dass mein Mut anhält, dass mir das Mark nicht gefriert bei seinem fürchterlichen Kriegsschrei, dass mir die Knie nicht weich werden angesichts des weiß glühenden Zorns auf seinem lippenlosen Gesicht. Dass ich mich behaupten kann gegen seinen furchtbaren Angriff und ihm Waffe gegen Waffe entgegentreten kann, ohne zu fliehen. Mein Vater sieht von der Stadtmauer aus zu. Gerechter Apollon, lichter Phöbus, ich bitte dich, lass mich dem Tod wie ein Mann ins Gesicht sehen.«

Apollon hörte sein Gebet und schickte einen Strahl Sonnenlicht, das Hektors Nacken traf, ihn in warmes Licht tauchte und seinen Helm vergoldete, seinen Mut erwärmte, so dass er dem Angriff des Achilles standhielt – ihm Schwert gegen Schwert und Schild gegen Schild entgegentrat und fest seinen Platz behauptete angesichts dieses Furcht einflößenden Ansturms, dem kein anderer Mann je widerstanden hatte.

Doch Achilles hatte das Gefühl, von einem köstlichen Schauer gestreichelt zu werden. Er war in liebliche kämpferische Lüfte getaucht. Das Aufeinanderprallen von Waffen war fröhliche Musik, zu der er sich vollendet bewegte wie in einem Tanz. Er war froh, einen Partner gefunden zu haben für diesen tödlichen Tanz, war froh, dass Hektor nicht ausbrach und vor ihm davonlief. Sondern dass er hier stehen und die volle Blüte seiner Kraft entfalten und sich langsam und genüsslich am Tod des Trojaners weiden konnte, der Patroklos getötet hatte. Sein Neumondschwert blitzte. Es verkeilte sich mit Hektors Schwert. Geradezu innig wanden sich die Klingen. Ein großes Rufen hob an auf der Stadtmauer, als die Leute dort ihren Helden sich so standhaft gegen Achilles behaupten und seine Schwertstreiche parieren sahen, wobei in ausgewogenem Kräfteverhältnis Klinge auf Klinge traf.

»Ist es denn möglich?«, dachte der alte Priamos. »Wird mein hohes Alter durch diesen überwältigenden Ruhm gekrönt werden? Wird mein Sohn wirklich in der Lage sein, sich gegen dieses Ungeheuer zu behaupten?«

Achilles lachte laut auf, als er die Kraft von Hektors Abwehrstößen spürte.

»Gut gemacht«, sagte Achilles. »Du bist so fähig wie nur je ein Mann, der mir entgegentrat. Beinahe so fähig wie der, den du getötest hast, doch für diesen Tod wirst du nun büßen müssen.«

Hektor antwortete nicht. Er schonte seinen Atem für den Kampf. Er legte all seine Kraft in jeden einzelnen Abwehrschlag und Gegenhieb und hatte bis jetzt Schwertstreich mit Schwertstreich beantwortet und die fürchterliche

Neumondklinge davon abgehalten, seine Rüstung zu durchbohren. Doch jeder Hieb, den Achilles jetzt niedergehen ließ, schien aus großer Höhe zu fallen, schien mit größerer und immer größerer Wucht zu fallen, als stürze er auf die Mitte der Erde zu. Hektor spürte, wie seine Arme müde wurden und seine Schultern unter dem Gewicht der eigenen Muskeln taub. Die Schläge des Achilles gingen mit größerer und immer größerer Wucht nieder, und die lachende Stimme tat seinem Ohr weh.

»Jetzt noch nicht«, sagte Achilles. »Fang nur nicht so früh in diesem Spiel schon an, derart heftig zu atmen, mein prächtiger Trojaner. Wir haben ja gerade erst begonnen. Dies ist doch nur ein kleines frühes Schwertergeplänkel; der wahre Kampf steht noch bevor.«

Dann erfasste Achilles mit einem prachtvollen Hieb, dem er mitten in der Luft eine andere Richtung gab, mit seiner eigenen Klinge die Klinge von Hektor, riss dem Trojaner das Schwert aus der Hand und schleuderte es davon. Ein mächtiges Stöhnen erhob sich unter den Zuschauern auf der Stadtmauer.

»Kein Schwert?«, sagte Achilles. »So ein Jammer. Es war noch dazu mein eigenes Schwert, das du dem Patroklos fortgenommen hast. Noch nie zuvor ist es so fortgeschleudert worden. Aber wenn du dein Schwert verloren hast, dann brauchst du auch keine Rüstung.«

Nun ging er kalt und unbarmherzig um Hektor herum und setzte sein Schwert so zartfühlend ein, als sei es ein kleines Messer. Und genauso, wie Hektor mit Patroklos umgegangen war, ging nun Achilles mit Hektor um und beschämte den trojanischen Held, indem er die Haltebänder seiner Rüstung durchtrennte. Der Brustpanzer fiel herunter. Der Harnisch fiel zu Boden. Die Beinschienen wurden heruntergeschnitten. Und Hektor stand nackt da bis auf seinen Helm.

Doch Hektor, den seine Rüstung nun nicht mehr behinderte, duckte sich weg vom Schwert des Achilles und lief auf das Stadttor zu. Pfeilschnell rannte Achilles hinter ihm her. Obwohl er seine komplette Rüstung trug, lief er so leichtfüßig wie Hektor, stellte sich zwischen ihn und das Stadttor und jagte ihn um die Stadtmauer herum. Wie ein Adler, der sich auf ein Lamm stürzte, lief Achilles in seiner Rüstung mühelos mit weit ausholenden Schritten dem nackten Hektor hinterher. Dreimal um die Stadtmauern herum verfolgte Achilles ihn, während Hekabe die Augen abwandte und Priamos sich den Bart raufte und alle jammerten. Mit weit ausholenden Schritten mühelos hinter seinem nackten Opfer herlaufend, aufblitzend in seiner Rüstung wie der Abendstern, verfolgte Achilles den Hektor um die Stadtmauern herum. Und nach dem dritten Umlauf wurden seine Schritte noch länger und er holte ihn ein.

Hektor fiel in die flammende Umarmung jener hell leuchtenden Rüstung wie ein unschuldiges Mädchen, das vor lauter Bescheidenheit seinem ersten Galan davonläuft und ihm dann schließlich ohnmächtig in die Arme sinkt. Denn Hektors Antriebskraft war verschwunden; das Mark war ihm gefroren; die Kniegelenke wurden ihm ganz weich vor lauter Furcht und seine Männlichkeit versiegte. Er sank Achilles in die Arme. Mit der einen riesigen Hand packte dieser Hektor bei den Haaren und zog ihm den Kopf zurück, wobei die kräftige, bronzefarbene Kehle sich streckte wie die eines Lammes, das sich dem Messer entgegenreckt. Mit der anderen Hand hob Achilles das Neumondschwert.

Und während Apollon vor Zorn schrie und eine Wolke über das Antlitz der Sonne warf, so dass sich die gesamte dardanische Ebene verdunkelte, durchtrennte Achilles mit einem schnellen, barmherzigen Schnitt dem Hektor die Kehle. Dann band er, immer noch makellos, unbefleckt, frisch und hell leuchtend wie der Abendstern, Hektors Knöchel mit dem bestickten Gürtel zusammen, den Ajax dem Hektor nach ihrem Zweikampf geschenkt hatte. Das andere Ende des Gürtels band er an die Achse seines Streitwagens, der auf seinen Pfiff hin langsam zu ihm gekommen war. Er sprang in den Wagen, rief seinen Hengsten einen Befehl zu, und daraufhin galoppierten sie auf die Stadtmauern Trojas zu und zogen Hektor im Staub hinter sich her. Siebenmal umkreiste Achilles die Stadtmauern Trojas und zog Hektors Leichnam hinter seinem Streitwagen her.

Apollon senkte Schlummer auf Priamos und Hekabe herab, so dass sie nicht mit ansehen mussten, wie der Leichnam ihres Sohnes durch den Staub geschleift wurde. Außerdem überzog der Sonnengott Hektors Leichnam mit einem zauberkräftigen Balsam, so dass keine Knochen brachen und die Haut nicht eingerissen wurde, als jener fürchterliche Streitwagen den Körper über den rauen Boden hinter sich herzog.

Mit einem letzten Kriegsschrei schwang Achilles seine Pferde herum und fuhr zum Lager der Griechen zurück, den Leichnam immer noch hinter sich herziehend.

Cressida

Am späten Nachmittag des nächsten Tages, während die beiden Heere auf der Ebene gegeneinander kämpften, schritt Cressida ungesehen durch die feindlichen Linien und begab sich in das Zelt des Diomedes. Dort traf sie eine Sklavin an, die in einem riesigen Kupferkessel Wasser erhitzte, ein schmächtiges bleiches Mädchen, das Diomedes zwei Jahre zuvor bei einem Überfall auf der Insel Tenos gefangen hatte. Die Mädchen von Tenos hatten quieksende Stimmen und sahen aus wie kleine weiße Mäuse, doch Diomedes hatte sie als Bademädchen bei sich behalten, weil ihre Hände so sanft waren.

»Machst du Wasser heiß für das Bad deines Herrn?«, fragte Cressida.

»Ja, Herrin. Er kommt immer ganz erhitzt und schmutzig aus der Schlacht. Und blutverschmiert – das kann man sich kaum vorstellen! Und dann will er sofort sein Bad und ein kühles Getränk und saubere Kleidung.«

»Harte Arbeit für ein so schmächtiges Mädchen«, sagte Cressida mit ihrer rauen, schnurrenden Stimme. »Ich empfinde Mitleid mit dir. Verschwinde jetzt einfach irgendwohin, und dann will ich heute Nachmittag deine Arbeit tun.«

»O nein, Herrin!«

»O doch, kleines Mädchen.«

»Das wage ich nicht! Das wage ich nicht! Er mag alles auf eine ganz bestimmte Art. Mit diesem Elfenbeinstöckchen muss ihm der Schmutz der Schlacht heruntergeschabt werden. Dann muss in jeden Muskel erwärmtes Öl einmassiert werden. Dann muss er mit kühlem, parfümiertem Öl gesalbt werden; und schließlich mit einem flauschigen Tuch abgetupft werden.«

»Das sind schwierige Aufgaben, die Hingabe und Geschick erfordern«, erwiderte Cressida. »Nichtsdestoweniger glaube ich, diese Aufgaben angemessen erledigen zu können. Und nun fort mit dir!«

»Nein, Herrin, nein! Das kann ich nicht! Das wage ich nicht! Er erlaubt sonst keinem, ihn zu baden. Er mag die Berührung meiner Hände.«

»Du wirst gleich die Berührung meiner Hände zu spüren bekommen, kleines Mädchen, und das wird dir überhaupt nicht gefallen, das kann ich dir versprechen. Und jetzt hinaus mit dir, ehe ich die Geduld verliere. Hier sind drei Silbermünzen für dich.«

»Die kann ich nicht annehmen; ich werde auf keinen Fall gehen!«

Cressida schlug die Kleine so fest ins Gesicht, dass sie zu Boden sank. Dann packte sie sie bei den schmächtigen Schultern, zog sie wieder hoch und schüttelte sie, bis ihr Kiefer zitterte und bebte. Griff sie beim Haar und schleifte sie aus dem Zelt. Zog sie zu einer Stelle, an der ein Baum in die Höhe wuchs, und brach einen Zweig ab, und indem sie den Zweig als Rute benutzte, peitschte sie die Kleine, bis sie wimmerte und schluchzte wie ein geprügeltes Kind.

»Lass mich los!«, rief sie. »Hör auf, mich zu schlagen! Tu, was du willst. Nimm meinen Platz beim Bad ein, aber hör auf, mich zu schlagen!«

Mit beiden Händen hielt Cressida das schmächtige bleiche Mädchen von sich weg und schaute durch das wirr ihr ins Gesicht hängende Haar auf sie herab. Die kleine Sklavin wirkte wie ein weißes Mäuschen in den Fängen einer wunderschönen lohfarbenen Katze.

»Du wirst dich die ganze Nacht lang vom Zelt fern halten«, sagte Cressida. »Hast du mich verstanden? Wenn ich vor Morgengrauen auch nur einen Schimmer deines teigigen Gesichts sehe, peitsche ich dich, bis du nicht mehr gehen kannst. Hast du gehört, kleines Mäuschen?«

»Ja, Herrin. Ich will alles tun, was du sagst.«

»Hier sind drei Silbermünzen. Geh und suche dir einen Soldaten, der dir die Tränen fortküsst.«

Als Diomedes nach den Kämpfen des Tages in sein Zelt zurückkehrte, fand er Cressida vor, die Wasser in dem großen Kupferkessel erhitzte.

»Sei willkommen, mein Gebieter«, sagte sie. »War es ein erfolgreiches Gefecht für dich heute?«

Verblüfft sah er sie an.

»Wer bist du?«

»Erinnerst du dich nicht mehr an mich, Diomedes? Während der vergangenen Monate hast du mich oft, wenn du zum Kriegsrat in Agamemnons Zelt gekommen bist, dort angetroffen.«

»In Agamemnons Zelt? Ach ja. Aber dann musst du doch die Tochter des Priesters sein, die zu ihrem Vater zurückgeschickt werden musste, weil Apollon mit Pest getränkte Pfeile in unser Lager schoss.«

»Ich hatte nicht darum gebeten, wieder zu meinem Vater zurückgeschickt zu werden. Das war allein seine Idee. Und nun habe ich, wie du siehst, die Seiten erneut gewechselt. Ich bin inzwischen den Griechen recht zugetan, oder besser gesagt, *einem* Griechen. Nämlich dir, mein Gebieter. Zu dir bin ich zurückgekommen.«

Aufmerksam musterte er sie von oben bis unten und sagte kein Wort.

»Lass mich dir mit deiner Rüstung helfen. Dein Kessel steht bereit. Alles ist bereit, das Elfenbeinstöckchen, das erwärmte Öl, das kühle, parfümierte Öl, das flauschige Tuch. Ich habe mich mit deinen Badegewohnheiten vertraut gemacht.«

»Wo ist meine Badesklavin?«

»Sie steht vor dir.«

»Ich meine die schmächtige Kleine aus Tenos.«

»Ich habe sie fortgeschickt.«

»*Du* hast sie fortgeschickt?«

»Sie trägt keine Schuld. Sie hatte keine andere Wahl. Ich habe sie bestechen wollen; sie hat die Bestechung zurückgewiesen. Ich habe sie geschlagen. Die Schläge konnte sie nicht zurückweisen. Du wirst sie vor Morgengrauen nicht mehr zu Gesicht bekommen.«

»Ist dir eigentlich klar, dass du selber eine gehörige Tracht Prügel verdient hast, weil du einfach meine Diener herumkommandierst?«

»Ich gebe mich in deine Hand, mein Gebieter. Eine Berührung von dir, und sei es auch eine Strafe, wäre Glückseligkeit. Ich verschmachte vor Sehnsucht nach deiner Berührung. Aber weshalb gestattest du mir nicht, dir beim Ablegen der Rüstung zu helfen und dich zu baden? Wenn du mich dann immer noch schlagen willst, stehe ich dir zur Verfügung. Doch im Augenblick musst du sehr erschöpft sein.«

»Du bist die Tochter eines Gegners«, sagte darauf Diomedes. »Deine Anwesenheit hier in unseren Zelten hat schon einmal zuvor eine Katastrophe ausgelöst und das Leben hunderter von Männern gekostet. Woher soll ich wissen, dass du nicht in betrügerischer Absicht gekommen bist?«

»Oh, ich bin sehr wohl in betrügerischer Absicht gekommen«, erwiderte sie. »Du bist höchst scharfsinnig, mein Gebieter. Ich habe einen riesigen Betrug im Sinn, aber einen Betrug an den Trojanern.«

Während sie noch sprach, hatte sie die Bänder seines Brustpanzers aufgeknotet. Sie zog das schwere, geschwungene Stück Bronze fort und fing dann an, die Bänder seines Harnisches aufzuschnüren.

»Nach deinem Bad, wenn du geruht hast, wenn du mit

den kühlen, parfümierten Ölen gesalbt bist und saubere Kleidung angelegt hast, wenn du gegessen und getrunken hast und dein Verstand nicht mehr von Erschöpfung umwölkt ist – dann will ich dir erzählen, was du am sehnlichsten zu wissen wünschst. Und nun in den Badekessel mit dir. Lass mich den Schmutz der Schlacht vom Körper meines Gebieters herunterschaben. Du wirst vor meiner Berührung nicht zurückschrecken, das garantiere ich dir. Meine Hände mögen vielleicht nicht so sanft sein wie die Pfoten eines Mäuschens, doch du wirst feststellen, dass meine Berührung ihren eigenen Reiz hat.«

Später, in der Nacht, als alle Zelte dunkel waren, erzählte Cressida, was sie getan hatte.

»Um es in aller Kürze zu sagen, mein Gebieter«, so setzte sie an, »ich bin zu dir mit jenen Geheimnissen gekommen, die das Schicksal Trojas beschließen. Gewisse Dinge müssen geschehen, oder man muss sie geschehen lassen, bevor ihr jene Stadtmauern stürmen und Troja plündern könnt.«

»Woher weißt du von jenen Orakelsprüchen? Hast du sie von deinem Vater, dem Priester? Verzeih mir, wenn ich das sage, aber ich habe deinen Vater gesehen, Mädchen, und ich kann nicht glauben, dass er die Art Mann ist, dem die Götter tatsächlich ihre Geheimnisse anvertrauen.«

»Nein, von meinem Vater habe ich sie nicht. Aber von Apollon selbst beziehungsweise von seiner Geliebten Kassandra, der sich der Sonnengott auch gegen ihren Willen anvertraut.«

»Und sie hat sich dir anvertraut?«

»Keineswegs«, antwortete Cressida. »Sie verabscheut mich. Und das aus gutem Grund. Nein, ihr Bruder Troilus war es, dem sie sich anvertraute. Denn da ich, die ich ja zu dir kommen wollte, nicht mit leeren Händen vor dir zu stehen wünschte, habe ich beschlossen, dir eine Liebesgabe zu bringen, die du nicht zurückweisen kannst. Also habe ich den jungen Troilus überzeugt – der mich in der Tat höchst überzeugend fand. Ich habe ihn gebeten, zu seiner Schwester Kassandra zu gehen und sie dazu zu bringen, ihm die Orakelsprüche zu verraten, und diese dann an mich weiterzugeben.«

»Und weshalb sollte Kassandra, die doch so klug ist und um die Bedeutung derartiger Orakelsprüche für das Schicksal Trojas wissen musste, weshalb sollte sie diese Sprüche überhaupt jemand anderem anvertrauen wollen?«

»Klug ist sie in der Tat, die Ärmste, doch sie betet Troilus an und kann ihm nichts abschlagen – ganz genau wie ich dich anbete, geliebtes Scheusal aus Argos. Im Übrigen ist die Ärmste so sehr daran gewöhnt, dass niemand ihren Prophezeiungen Glauben schenkt, dass sie nur zu gerne jemandem die Zukunft vorhersagt, der vorgibt, ihr zu glauben. Und auch das hat Troilus auf meine Instruktionen hin getan.«

»Es sieht so aus, als seist du selbst auch ein wirklich kluges Mädchen.«

»Die Leidenschaft hat meinen Verstand geschärft. Und gerade diese Leidenschaft zeigt, wie dumm ich in Wirklichkeit bin. Klugheit kann also durchaus der Dummheit entspringen, was mich hoffen lässt, dass ich selbst aus deiner eisigen Seele, o König von Argos, noch einen Funken Leidenschaft werde schlagen können.«

»Die Orakelsprüche!«, rief Diomedes. »Verrate mir die Orakelsprüche. Was müssen wir also tun, um Troja einnehmen zu können?«

»Zwei Bedingungen müssen erfüllt werden. Die erste ist in das Gewand eines Rätsels gekleidet. Sie besagt, dass Troja am Ende nur durch einen Akt ›monumentaler Frömmigkeit‹ fallen kann. Und dieses Rätsel ist in Gedichtform abgefasst.

Regt nun die Hände,
Fällt es behände,
Das Holz bringt die Wende.
Mit einem Apfel fing's an,
Ein Pferd steht am Ende.«

»Das geht über meinen Verstand hinaus«, erwiderte darauf Diomedes. »Vielleicht kann Odysseus herausfinden, was das zu bedeuten hat. Er hat den Kopf für derlei Dinge. Wie lautet die zweite Bedingung? Ich hoffe, sie ist ein wenig eindeutiger, sonst sind wir noch weitere zehn Jahre hier.«

»Die zweite Bedingung ist vollkommen eindeutig, vollkommen verständlich. Sie besagt, dass Troja nur dann fallen wird, wenn Troilus heute den Tod findet.«

»Heute? Dann ist es zu spät! Es ist bereits nach Mitternacht; der Tag ist zu Ende gegangen!«

»Aber bevor er zu Ende ging, ging es auch mit dem jungen Troilus zu Ende – er ging über den Styx in den Erebos, wo er all seine Brüder treffen wird, die vor ihm bereits von dir und Achilles dorthin gesandt wurden.«

»Willst du damit sagen, dass Troilus tot ist?«

»Ich bin heute sehr beschäftigt gewesen«, entgegnete Cressida. »Hier ist ein kleines Andenken an meinen so geschäftigen Tag.«

Sie reichte ihm einen Dolch.

»Sieh hier, mein Gebieter, die Klinge ist scharf, und sie ist benutzt worden. Es klebt darauf etwas, das für dich weit kostbarer sein sollte als alle Juwelen, das Herzblut des Troilus.«

Diomedes sprang auf. Er war ein tapferer Mann, einer der tapfersten, die je auf Erden gelebt haben, doch in diesem Augenblick war er in den eisigen Schweiß des Entsetzens gebadet. »Du hast ihn getötet!«, rief er. »Er hat dich geliebt, und du hast ihn getötet! Du bist Hekates wahre Handlangerin, eine Hexe direkt aus der Hölle!«

»Schande über dich«, klagte sie. »Ein Krieger, den die Vorstellung vom Tod derart entsetzt. Wie viele Männer hast du schon getötet, mein Gebieter? Wie viele prachtvolle Söhne hast du hingemordet und im Staub liegen gelassen? Also weshalb willst du mir den einen nicht gönnen, der meine Liebesgabe an dich ist? Hast du denn nicht schon oft gesehen, wie eine Katze, die ihren Herrn liebt, ihm einen toten Vogel oder eine tote Maus als Zeichen ihrer Liebe vor die Füße legt? Und genauso habe ich dir Troilus vor die herrlichen Füße gelegt, mein Herr, mein König, meine einzige Liebe. Sein Tod ist der Schlüssel, der euch die Tore Trojas öffnen und euch den Sieg bringen wird – sobald Odysseus das Rätsel jenes anderen Orakelspruchs gelöst hat.«

»Einen Gegner im offenen Kampf im Krieg zu töten ist eine Sache«, erwiderte darauf Diomedes. »Ihm einen Dolch in den Rücken zu stoßen, während man ihm sagt, wie sehr man ihn liebt, ist etwas völlig anderes.«

»Törichter Mann«, murmelte Cressida. »Deine Gegner sterben unter Schmerzen und in Angst. Troilus starb in einem Augenblick der Glückseligkeit. Meine Arme waren um ihn geschlungen, meine Lippen brannten auf den seinen. Er hat die Klinge nicht einmal gespürt. Wenn ein derart glücklicher Tod alle Menschen ereilen könnte, würde der Tod womöglich viel von seiner Unbeliebtheit verlieren.«

Das Ende des Krieges

Und so sollte sich die Prophezeiung erfüllen, die Achilles betraf: Priamos kam zum Zelt des Achilles, um ihn anzuflehen, ihm den Leichnam Hektors herauszugeben, damit er in Ehren verbrannt werden könne. Der alte König demütigte sich vor dem großen und starken jungen Mann, kniete ihm zu Füßen nieder und küsste die furchtbaren Hände, die seinen Sohn getötet hatten. Achilles gab nach und versprach, den Leichnam zurückzugeben. Diese freundliche Geste sollte ihm den Tod bringen. Denn als er den Leichnam zur Stadtmauer trug, befand sich Paris ganz in der Nähe in einem Versteck. Als Achilles den Leichnam von seinem Streitwagen herunterhob, schoss Paris den Pfeil ab, den Apollon geradewegs auf die einzige verwundbare Stelle am Körper des Achilles lenkte, nämlich auf die kräftige Sehne direkt oberhalb der rechten Ferse. Der Pfeil durchtrennte die Sehne und tötete ihn auf der Stelle.

Achilles hatte das Versprechen gehalten, das er seinen Hengsten gegeben hatte. Sie wurden gemeinsam mit ihm auf demselben Scheiterhaufen verbrannt und mussten so nie eines anderen Herrn Hand an ihren Zügeln kennen lernen.

Odysseus, der sich der Aufgabe gegenübersah, das Rätsel des Orakelspruchs zu lösen, betete zu Athene und flehte um Weisheit. Ob sie ihm neue Einsichten gewährte oder seine alte Listigkeit auffrischte, sollte er nie erfahren.

»Mit diesen Worten endet das Gedicht«, dachte er bei sich. »›Mit einem Apfel fing's an, / Ein Pferd steht am Ende.‹ Aber *was* fing mit einem Apfel an? Dieser Krieg, natürlich. Er wurde ausgelöst durch den goldenen Apfel der Zwietracht, der zu dem Streit unter den Göttinnen führte, zum Urteil des Paris, zu der Entführung Helenas – was wiederum zur Anwesenheit tausender von Schiffen in Aulis und der Belagerung Trojas führte. Dann steht ein Pferd am Ende des Krieges, so heißt es in dem Orakelspruch. Was für ein Pferd? Was für eine Art Pferd? Das wird zweifellos das Gedicht uns sagen. Wollen doch einmal sehen …

Regt nun die Hände,
Fällt es behände,
Das Holz bringt die Wende.
Mit einem Apfel fing's an,
Ein Pferd steht am Ende.

Die Antwort ist Holz! Ein hölzernes Pferd! Das ist es, was der Orakelspruch eindeutig verlangt, wobei er aber alles Weitere nach wie vor im Dunkeln lässt. Was können wir mit einem hölzernen Pferd erreichen? Was wollen wir denn überhaupt erreichen? Natürlich ins Innere der Stadt Troja gelangen. Können wir dieses hölzerne Schlachtross reiten, es über die Stadtmauern Trojas springen lassen? Hölzerne Pferde sind nicht gerade berühmt für ihre Schnelligkeit und Behändigkeit … Doch wenn wir es einmal aus einer anderen Perspektive betrachten, so ist es kein Pferd, sondern eine Statue. Eine Statue? Aber ja! Natürlich! Eine Statue zu Ehren von Poseidon, dem Vater der Pferde! Das ist es! Eine Statue so groß, dass bewaffnete Männer sich im Bauch des Pferdes verstecken können und von den frommen Trojanern nach Troja hineingerollt werden. Das ist es, was der Orakelspruch mit dem Akt ›monumentaler Frömmigkeit‹ meinte. Es passt alles zusammen.«

Daraufhin setzte Odysseus einen gigantischen Plan in

Gang, das listigste Komplott, das er in seiner bisherigen Karriere der List und Schläue ersonnen hatte. Am Strand versteckt, außer Sichtweite der Trojaner und ihrer Stadtmauern, wurde auf seinen Befehl hin von Zimmerleuten ein riesiges hölzernes Pferd errichtet, das auf äußersten Glanz poliert und mit goldener Mähne und goldenen Hufen geschmückt wurde. Es wurde auf massive hölzerne Räder gesetzt, und außerdem wurde in seinen Bauch eine Falltür geschnitten, durch die jene zwanzig Mann, die im Innern Platz hatten, hineinklettern konnten.

Dann versteckten sich Odysseus, Diomedes, Menelaos, Ajax der Kleine und sechzehn weitere der besten Krieger im Bauch des Pferdes. Sie trugen keine Rüstung und hatten auch keine Schilde bei sich, denn sie hatten die Befürchtung, das rasselnde Metall könne sie verraten; bewaffnet waren sie lediglich mit Schwertern und Dolchen. Die Schiffe wurden ans Meeresufer gerollt und zu Wasser gelassen. Masten wurden hochgehievt, Segel gehisst, und die Flotte verließ den Hafen und segelte um die Landzunge herum, bis sie außer Sichtweite war. Als die Schiffe vom Land aus nicht mehr zu sehen waren, warfen sie Anker und warteten auf ein Signal.

Als die Trojaner am nächsten Morgen erwachten, sahen sie weder Zelte am Strand noch Schiffe, noch Griechen. Das Lager war verschwunden. Sogar das Vieh war verschwunden und die Feuerstellen waren erkaltet. Lauthals schreiend jubilierten sie und weinten vor Freude und die gesamte Bevölkerung eilte hinaus auf den Strand. Keine einzige Menschenseele war zu sehen. Nach zehn Jahren gehörte der Strand wieder den Trojanern. Der Krieg war aus! Es war unglaublich, und gleichzeitig war es unerträglich, etwas anderes zu glauben.

Verwundert standen sie da, als sie auf das riesige hölzerne Pferd stießen und zu erraten versuchten, welchem Zweck es wohl dienen mochte.

»Lasst uns lesen, was dort geschrieben steht!«, rief da Chryses.

In die Schulter des Pferdes eingeritzt standen diese Worte: »Eine Opfergabe für Poseidon von den Griechen, die nach zehn Jahren des Krieges wieder nach Hause gesegelt sind und um günstige Witterung und um Rückenwind flehen.«

»Ganz offensichtlich eine Opfergabe an Poseidon«, bemerkte Chryses schlau. »Wenn wir es in die Stadt nehmen und in unserem Tempel aufstellen, werden wir diejenigen sein, denen die Gunst des Erdenbewegers zuteil wird, der uns gegenüber so feindselig gewesen ist.«

»Hervorragend«, sagte Priamos. »Genau das wollen wir tun.«

»Verhängnisvoll!«, kreischte Kassandra. »Dieses Pferd wird Troja verschlingen!«

Doch niemand beachtete sie.

Ein weiterer Ratgeber des Priamos, ein Mann namens Laokoon, war ebenfalls anderer Meinung.

»Hör mich an, o König«, sagte er. »Hüte dich vor den Griechen, selbst wenn sie Geschenke bringen. Ich bin skeptisch, was dieses Pferd betrifft. Ich bin allem gegenüber skeptisch, was ein Gegner tut. Lasst uns Äxte nehmen und das Pferd in Stücke hauen.«

Er war ein sehr kräftiger, beeindruckender Mann mit tiefer Stimme. Seine Worte ließen Priamos zögern und Laokoon hätte den König am Ende vielleicht auch überzeugt, doch da griff Poseidon ein. Er sandte zwei riesige Seeschlangen, die auf den Strand glitten. Sie ergriffen die beiden kleinen Söhne des Laokoon und fingen an, sie ganz zu verschlingen. Laokoon sprang auf die Schlangen zu, doch sie legten einfach ihre Windungen um ihn und zerquetschten ihn, während sie seine Söhne zu Ende fraßen.

»Mögen die Gottlosen sich in Acht nehmen!«, rief Chryses. »Jene Schlangen wurden von Poseidon gesandt, und zwar als Strafe für die frevlerischen Worte des Laokoon. Wir müssen dieses dem Meeresgott geweihte hölzerne Pferd ehren. Schmückt es mit Blumen; zieht es in die Stadt; und stellt es in unserem Tempel auf.«

Von Ehrfurcht ergriffen angesichts des Schicksals des Laokoon, taten die Trojaner, was Chryses ihnen befohlen hatte.

In jener Nacht lief die griechische Flotte wieder in den Hafen ein. Unter dem Befehl des Agamemnon gingen die Männer von Bord und warteten am Strand, während die von den Jubelfeiern erschöpften Trojaner in ihrer Stadt schliefen. In der dunkelsten Stunde der Nacht kroch Odysseus aus dem Pferd. Da er niemanden sah, klopfte er auf den Bauch des Pferdes. Diomedes und die anderen glitten lautlos durch die Falltür heraus. Menelaos eilte auf den Palast zu und der Helena entgegen, gefolgt von der Hälfte der Leute. Odysseus ging den anderen voran zur Stadtmauer, wo sie die schläfrigen Wachen überraschten und töteten – dann entzündeten sie ein Signalfeuer auf der Stadtmauer und riefen so ihr Heer herbei. Odysseus stieg hinab, öffnete schwungvoll die riesigen Tore, und der Großteil der Streitmacht zog in Troja ein.

An dieser Stelle werden die alten Legenden sehr ausführlich und listen die Namen der Trojaner auf, die bei der Plünderung der Stadt hingemetzelt wurden, und beschreiben haargenau, wie sie den Tod fanden. Doch es möge genügen zu sagen, dass die Männer abgeschlachtet, die Häuser geplündert und niedergebrannt und schließlich die Frauen und Kinder in die Sklaverei geschleppt wurden.

Andromache endete als Sklavin des Neoptolemos, von dem es hieß, er sei der Sohn des Achilles und einer der Prinzessinnen von Skyros. Damit wäre er weit jünger gewesen als Andromache, doch es mag noch einmal daran erinnert sein, dass sein Vater Achilles im Alter von zehn Jahren bereits voll ausgewachsen war und dass diese Frühreife möglicherweise also in der Familie lag.

Von all den trojanischen Fürsten und Prinzen war Äneas der Einzige, der dem Massaker entkam. Ohne auf seine eigene Sicherheit zu achten, hob er sich seinen alten Vater Anchises auf die Schultern und trug ihn durch die brennende Stadt. Und die Griechen waren derart beeindruckt von seinem Mut, dass sie ihn gehen ließen.

Er bestieg ein Schiff und segelte hinein in eine ganze Reihe seltsamer Abenteuer. Nach Jahren der Mühsal und unglaublicher Gefahren erreichte er ein liebliches, schönes Land und gründete eine Stadt, die später Rom genannt werden sollte.

Kassandra wurde als Agamemnons Sklavin nach Mykene gebracht, wurde dort jedoch von seiner Frau Klytämnestra ermordet, und zwar in derselben Nacht, in der diese auch ihren Mann im Bade tötete. Kassandra hatte Agamemnon davor gewarnt, dass das geschehen würde, doch er hatte ihr nicht geglaubt, bis es zu spät war.

Paris, so hieß es nach der Plünderung Trojas, sei ebenfalls umgekommen. Doch manche sagen, er sei geflohen und lebe unter immer anderen Namen in immer anderen Ländern, stets unter dem Schutz von Aphrodite. Und manche behaupten, er lebe immer noch, wirke immer noch als der Liebe ureigener Dieb und sei überall dort anzutreffen, wo eine schöne Frau einen langweiligen Ehemann verlässt.

Helena ging mit Menelaos nach Sparta zurück und lebte dort glücklich als Königin. Sie erklärte ihrem Gemahl, dass sie unter Anwendung von Gewalt entführt und gegen ihren Willen in Troja gefangen gehalten worden sei, und er beschloss, sich davon überzeugen zu lassen. Bis ans Ende ihrer Tage bewahrte sie sich ihre Schönheit und wurde sehr bewundert von den Fürsten von Hellas, die oftmals Gelegenheit fanden, dem königlichen Palast in Sparta einen Besuch abzustatten und auch über Nacht zu bleiben.

Cressidas Spur verliert sich nach dem Krieg. Man glaubt, sie sei von Diomedes nach Argos mitgenommen worden, doch was dort weiter mit ihr geschah, weiß niemand zu erzählen.

Die Flammen, die Troja vernichteten, brannten sieben Jahre lang und hatten die Farbe von Blut. Sie brannten so heiß, dass der Skamander sich in Dampf verwandelte und zischend versiegte. Und Poseidon selbst zog sich von dieser entsetzlichen Hitze zurück, die seine See schrumpfen ließ. Wo einst die wunderschönen Wasser des Hafens von Troja flossen, befindet sich jetzt nur noch eine ausgetrocknete und menschenleere Ebene.